论无边的
现实主义

Infinite
Realism

[法]罗杰·加洛蒂 ——— 著
Roger Garaudy

吴岳添 ——— 译

人民文学出版社

图书在版编目（CIP）数据

论无边的现实主义/（法）罗杰·加洛蒂著；吴岳添译．—北京：人民文学出版社，2018
（二十世纪欧美文论丛书）
ISBN 978-7-02-014576-8

Ⅰ.①论… Ⅱ.①罗… ②吴… Ⅲ.①现实主义—文艺评论 Ⅳ.① I109.9

中国版本图书馆 CIP 数据核字（2018）第 205042 号

出版统筹　仝保民
责任编辑　陈　黎
特约策划　李江华
特约编辑　李宝新
装帧设计　刘　远

出版发行　人民文学出版社
社　　址　北京市朝内大街 166 号
邮政编码　100705
网　　址　http://www.rw-cn.com

印　　刷　三河市祥宏印务有限公司
经　　销　全国新华书店等

字　　数　205 千字
开　　本　710 毫米 ×1000 毫米　1/16
印　　张　15.75
印　　数　1—6000
版　　次　2019 年 11 月北京第 1 版
印　　次　2019 年 11 月第 1 次印刷

书　　号　978-7-02-014576-8
定　　价　48.00 元

如有印装质量问题，请与本社图书销售中心调换。电话：010-65233595

二十世纪欧美文论丛书编辑委员会

顾　问：冯　至　叶水夫　王佐良　陆梅林
主　编：陈　燊
副主编：郭家申　谭立德
编　委：王道乾　王逢振　邓光东　白　烨
　　　　朱　虹　刘　宁　刘硕良　吕同六
　　　　吴元迈　李光鉴　李辉凡　张　羽
　　　　张　玲　张　捷　张　黎　余顺尧
　　　　陈　燊　胡其鼎　陆建德　郭宏安
　　　　郭家申　闻树国　袁可嘉　夏　玟
　　　　夏仲翼　钱中文　黄宝生　章国锋
　　　　董衡巽　韩耀成　谭立德

（以姓氏笔划为序）

目　录

译者前言 …………………………………………………… 1
序言 ………………………………………………………… 1

毕加索 ……………………………………………………… 1
圣琼·佩斯 ………………………………………………… 62
卡夫卡 ……………………………………………………… 85
代后记 ……………………………………………………… 143

附录
时代的见证 ………………………………………………… 149
关于现实主义的争论 ………………………… Б.苏契科夫 201

再版后记 …………………………………………………… 227

译者前言

　　罗杰·加洛蒂,法国著名的理论家、文艺批评家。他出生于工人家庭,早年是基督教徒。一九三三年加入法国共产党。一九四〇年因参加抵抗运动被捕,在阿尔及利亚集中营里被关押了近三年。盟军登陆后才获释放,期间他参加过阿尔及利亚共产党,回国后担任过法国参议院议员、国民教育委员会主席,后在大学执教。他曾当选为法共中央政治局委员,并从一九五九年起主持法共创办的"马克思主义学习研究中心",但从未放弃对基督教的好感,一九七〇年六月因反对苏联入侵捷克等原因被法共开除出党。

　　加洛蒂发表过许多研究政治理论、哲学特别是马克思主义的著作和文章。主要有《法国社会主义的起源》(1949)、《唯物主义认识论》(1953)、《马克思主义的人道主义》(1957)、《人的远景》(1959)、《什么是马克思主义道德》(1963)、《卡尔·马克思》(1965)、《二十世纪的马克思主义》(1966)、《今天能成为共产主义者吗?》(1968)、《向活着的人呼吁》(1979)等。文艺论著主要有《从超现实主义到现实世界——阿拉贡的历程》(1961)、《论无边的现实主义》(1963)、《二十世纪的现实主义》(1968)以及许多评论和随笔。

　　《论无边的现实主义》包括阿拉贡写的序言,加洛蒂关于巴勃罗·毕加索(1881—1973)、圣琼·佩斯(1887—1975)和弗朗兹·卡夫卡(1883—1924)的三篇评论,以及一篇代后记。在这一论著中加洛蒂勾勒了画家毕加索从蓝色时期到粉色时期、立体派,直到一九四四年加入法共的历程,认为他的作品是绘画领域里的革命,他的一生在不断地进步,加入共产党是他的必然归宿;加洛蒂把圣琼·佩斯的外交家生涯和诗歌作品进行了对比,认为他有着"双重人格",资产阶级外交官的身份并不影响他成为最伟大的诗人,因为他的晦涩难懂的诗歌"像使用一把电光雕刻刀那样,使黑夜里涌现出我和我的战友们极力向往的远景和地平线";加洛蒂分析了卡夫卡所处的现实世界和他的内心世界的种种矛盾,认为他的作品描绘了资本主义社会里的异化现象,反映了在异化内部反对异化的斗争,所以卡夫卡既不是绝望者,也不是革命者,而是一个启发者和见证人。

《论无边的现实主义》虽然篇幅不长,却在理论界产生了强烈的反响,出版后很快就被译成十四种语言,从东方到西方都引起了激烈的争论,既有最热情的赞扬,也有最尖锐的批评。造成这种情况的原因不仅是加洛蒂和阿拉贡的声望,也不仅是现实主义这个理论问题的重要性,而是与当时国际上文学界的论争有关。

一九六三年五月,在离布拉格五十公里的里勃利斯宫堡举行了"卡夫卡讨论会",有社会主义国家和法国、奥地利共产党的近一百名研究卡夫卡的专家参加。加洛蒂出席了会议,并根据一些与会者的发言写了题为《卡夫卡与布拉格的春天》的评论。他认为这次讨论会和布拉格对卡夫卡表示的敬意"犹如预示着又一个春天来临的第一批燕子",认为"卡夫卡的全部作品就是反对异化,而始终找不到摆脱异化的出路的一种漫长的斗争",而"反对异化的斗争并不随着政权的夺取而终结"。结论是"一部作品可能在没落的时代里、在没落阶级内部产生,可能带着这种没落的印记和局限,却仍不失为一部地道的和伟大的作品","因此现实主义的观点本身也可能得到扩大和丰富"。可以看出,加洛蒂在这次会议上至少已为写作《论无边的现实主义》做了准备,也正是在这次会议上开始了关于现实主义的争论。当时民主德国的政论家和作家、德国统一社会党政治局文化委员会主席 A. 库莱拉持不同看法,后来他在《星期天》周报上发表了题为《春天、燕子与卡夫卡——评一次文学学术讨论会》的文章,驳斥加洛蒂的观点。库莱拉认为,卡夫卡作品的基本主题是"对没有目的的道路和没有道路的目的的恐惧",布拉格学术讨论会证实了"卡夫卡的作品不适宜于用来克服颓废,并扩大和丰富现实主义的源泉"。他说:"不能以卡夫卡的名义开展一场争论,完全公开地反对真正的马克思主义的分析,并打着为卡夫卡的现实化而斗争的旗号,明目张胆地追求政治目的。"他断然否认社会主义建设时期有"异化"现象,强调马克思主义"不需要那些毕竟是植根于晚期资产阶级社会分崩离析现象的思想体系来做任何'补充'"。

匈牙利批评家 L. 马特劳伊对卡夫卡也持否定的态度,他在《卡夫卡是我们的旗帜吗?》一文中指出:"卡夫卡认为荒谬的,并不是资本主义制度(或者更确切些,不仅仅是资本主义制度),而是一切的社会制度,他是以绝望的眼光来看待人类的存在的。"

苏联的扎东斯基早在一九五九年就发表了关于卡夫卡的论文,那时又以《卡夫卡真貌》为题,详尽地分析了卡夫卡的生平和创作,得出了与加洛蒂不同的结论:"作家卡夫卡主要是资本主义'异化'的牺牲品,而不是善于剖析这一现象的艺术家。"

针对这些意见,加洛蒂在本书《代后记》中集中阐明了他的观点。他说:

"从司汤达和巴尔扎克、库尔贝和列宾、托尔斯泰和马丁·杜加尔、高尔基和马雅可夫斯基的作品里,可以得出一种伟大的现实主义的标准。但是如果卡夫卡、圣琼·佩斯或者毕加索的作品不符合这些标准,我们怎么办呢?应该把他们排斥于现实主义,亦即艺术之外吗?还是相反,应该开放和扩大现实主义的定义,根据这些当代特有的作品,赋予现实主义以新的尺度,从而使我们能够把这一切新的贡献同过去的遗产融为一体?

"我们毫不犹疑地走第二条道路。"

本书问世后,法共评论家彼尔·戴克斯立即欢呼"这是一本迫切需要的书……"并且声称,"其重要意义不仅超越了法国的范围,也超越了马克思主义的范围"。他在题为《一种摆脱了教条的美学》的评论中,认为马克思、恩格斯和列宁的文艺评论都显而易见地带有"片断性、论战性以及有时是信笔所之的痕迹",所以不应该把它们"奉为法典",特别是卢卡契的《批判现实主义的当前意义》,更是"美学上的教条主义公式化",而加洛蒂的书则是"恢复了对于艺术和艺术创造的马克思主义观点",因此"势必会动摇墨守成规与安于现状的现象",所以它是"一篇我们时代的现实主义宣言"。

阿拉贡这时发表了一篇"莫斯科演说",赞美加洛蒂是"我国最杰出的马克思主义者之一……他这个人的声誉远远超出我们队伍之列……他的思想要深远得多",并再次肯定《论无边的现实主义》的问世是"一件大事"。

与加洛蒂本人直接论争的是苏联文艺理论家苏契科夫。他在发表于苏联《外国文学》杂志(1965年第1期)上的《关于现实主义的争论》(附载于本书)一文中,断言"'异化'同社会主义社会没有、也不可能有任何关系",认为"颓废派的'成就'不可能'丰富'现实主义,也不可能把现实主义的边界扩大到可以囊括颓废派艺术的领域",因为"颓废派艺术倾向于把私有制社会和私有制的灭亡解释成整个人类文化和全人类的灭亡"。所以他认为把颓废派和现实主义结合起来是"离奇而无益的思想。这种思想是关于艺术与现实相互关系的性质的庸俗社会学概念的产物","如果我们彻底地把'无边的现实主义论'应用于艺术的话,那就不得不把任何艺术作品看作现实主义的……从而取消了艺术认识现实和概括现实的必要性,亦即成为真正现实主义艺术的必要性"。他的结论是:加洛蒂的理论"对现实主义说来是有破坏性的理论","没有推动现实主义理论前进,而是足以使它陷于混乱"。

接着,加洛蒂在《外国文学》第五期(1965年)上发表《论现实主义及其边界》作为对苏契科夫的回答,指责苏契科夫把无边的现实主义

歪曲成无原则的现实主义。他在反驳苏契科夫的论点之前,再一次强调指出了"无边的现实主义"的原理:

一、世界在我之前就存在,在没有我之后也将存在。

二、这个世界和我对它的观念不是一成不变的,而是处于经常变革的过程中。

三、我们每一个人对这种变革都负有责任。

他认为艺术中的现实主义就是这样"把辩证唯物主义的根本原理移植到美学领域中来",而苏契科夫那样"对艺术的创造性的作用估计不足,对反映论的贫乏的理解,不愿意或者不善于批判地吸收马克思主义以前的创作思想所提供的一切有价值的东西,这一切都将导致贫乏无力的哲学,导致马克思以前的唯物主义。"

《外国文学》在发表加洛蒂的文章时附以《编辑部按语》,对该文"许多地方"表示"异议"。其中一例是关于颓废问题的看法。它说,颓废的精神的确像加洛蒂说的,"表现在一些宣扬色情和残酷、使人脱离现实、陷入'离奇的'惊险世界的低劣的电影和小说中",但是,除了这些之外,"还有更复杂的颓废的形式",其特点是:"思维上的形而上学性、否认理性的作用和不相信人";"宣扬非理性主义、历史宿命论、荒诞哲学,以及生活与人的存在主义观念"。马克思主义的批评除了要同宣扬色情和暴力的前一种作品做斗争外,"同时又要和那种空口自称是新现实的表达者、实则是体现现代资产阶级意识衰退的艺术进行斗争"。它还说:《论无边的现实主义》所表达的观点"从表面看来很广泛,实际则很狭隘,因为它只为艺术中的一个派别服务,忽视现实主义的真正的丰富内容和成就,忽视各个国家、各个时代艺术发展的具体特点"。

加洛蒂这本书发表以后,库莱拉写过关于异化的专著,苏契科夫还针对加洛蒂的论点写了《现实主义的命运》,所以这场论争一直在继续发展,在我国也有所反映。

附在书后的《时代的见证》,是加洛蒂的《今天能成为共产主义者吗?》的导言《作为见证的导言》,现在的标题为译者所加。这份自传性的资料,可以使读者更好地了解他的生平、思想和写作《论无边的现实主义》的背景。限于译者的理论和语言水平,译文中不妥和错误之处在所难免,敬请专家和读者们批评指正。

本书根据法国普隆出版社一九六三年版译出。《时代的见证》据法国格拉塞出版社一九六八年版译出。书中《卡夫卡》一节中的注释,除注明译注外均为原注,其余部分除注明"原注"外均为译注。另外《毕加索》部分承中央美术学院佟景韩同志校阅,谨致衷心的谢意。

译 者

1985 年 4 月于北京

序　言

我把这本书看成一件大事。

这是由于它所说的话和说这些话的人。由于它发表的时刻和它作为对未来的保证，作为终点和起点。由于它摧毁的和许诺的东西。它的拒绝和开辟。

首先应该注意这个人：因为这是一个特定的人的书，他用自认为是正确的并且与他的行动相一致的观点、按照他行动的原则本身来讲述他的处境以及他生活和活动的情况。他不是那种由于受到圣琼·佩斯的一首诗的感动，或者看过毕加索的一幅画就随便坐下来写作的人。这一切对于他都是带有根本性的。是与他的善恶观念、与他的生死之理和促使他站在多数受苦人一边的原因联系在一起的；他所说的从来不是由于心血来潮、感情用事而信口开河，他对己对人都负责任，确信这个领域里的谬误是其他行为里谬误的反映，他所说的是对进程的调整和对思想的论证。

对于这位我们熟悉的批评家，我们大概首先是从他所捍卫的东西、从他的言论中所包含的鉴赏力、从他的敏感性来判断他的。他在我们眼里将是正确的，因为他比我们先看到了这个或那个价值已经确定的、无可否认的东西。然而他的思想观点的总和对于我们却无关紧要。几代人都读过圣伯夫[①]的著作，是因为他介绍了七星诗社的诗人

[①] 圣伯夫（1804—1869），法国文学批评家。

或浪漫派作家,然而人们却忘了他是个圣西门主义者。

对罗杰·加洛蒂则不能这样。例如,对那些认为卡夫卡不是启示者的人来说,重要的是一位马克思主义者在此谈论卡夫卡,而且是这样一位马克思主义者。

这可能涉及马克思主义的本质。一切批评总是或多或少以敏感的方式属于一个总的世界观。通过占统治地位的世界观,作家同他的读者们协调一致,因此,批评家的权威就是被接受的或即将被接受的思想观点的权威。在一个特定的时代里,在一种特定的社会制度下,批评家用一个民族的语言表达在这个时代和这种制度下的一个民族的思想观点。这就在使他说的话变得伟大的同时勾勒出它的局限。对黄金世纪的西班牙人和太阳王时代的法国人来说,美、善都是不一样的。波瓦洛①已经把他自己国家里凡是在马莱伯②之前的一切都看得一团糟,贡戈拉③能被他理解吗?莎士比亚又如何呢?……虽然当时至少在世界的一部分地区流行着一种对事物的总的观念,它具有普救说的意愿,因此名叫天主教;然而就在普遍信仰的范围内,还是产生了特殊神宠说,这不仅仅是由于教会分裂、耶稣教在它所发展的国家便具有该国家的特点的原因,而且就是在同一种宗教里产生的,而圣胡安·德·拉·克鲁斯④和博叙埃⑤之间的鸿沟,并不亚于卡尔德隆⑥和拉辛的分歧。

马克思主义是这样做的第一次,或许应该说是唯一的尝试:凡是信仰它的人,必须保证永不忘记他不仅在为那些在他周围、而他也熟悉并与他处于同样的生活境况中的人说话,而且在为一切无论什么样的、可能不同于他并有着自己的变化前景的人说话。

---

① 波瓦洛(1636—1711),法国作家、古典主义文艺理论家。
② 马莱伯(1555—1628),法国诗人。
③ 贡戈拉(1561—1627),西班牙诗人。文学流派"贡戈拉主义"的创始者。
④ 圣胡安·德·拉·克鲁斯(1542—1591),西班牙神秘主义诗人。
⑤ 博叙埃(1627—1704),法国作家、宣道者。
⑥ 卡尔德隆(1600—1681),西班牙戏剧家。

序 言

马克思主义是根据它投下的一笔**赌注**(这要作为科学的假设来理解)说话的,对它来说,它有损于这笔赌注的一切错误,都是对人类的犯罪。

我是在一个这类错误曾绝无仅有地成为一次揭露对象的时代里写这些话的。这场揭露势必导致一切相信马克思主义的人仔细检查**他们的信仰**,我是指在一些专横的行为下他们被迫认为正确的那些思想观点。正如在上一次战争中,这个或那个阵营的人接受了暴力观念,而当和平恢复时他们自己都对暴力观念感到惊讶一样。对基督徒来说,为在政府强制下他们犯下的不人道的行为辩护并使之与自己的宗教信仰相调和,我不知道他们这样做是否正确:这不是我想进行讨论的问题,但是我很清楚,走入歧途和犯罪,没有、也不可能在马克思主义中得到正常的位置,它们是对马克思主义的歪曲、背叛和脱离。毫无疑问,正因为如此才在斯大林时代之后不久就对背离马克思主义的东西进行了前所未有的揭露。

这并不涉及对马克思主义进行一种修正,而是相反地恢复它。要结束在历史、科学和文学批评方面的教条主义的实践、专横的论据以及对那些封人嘴巴和使讨论成为不可能的种种圣书的引证。我只谈比如说文学方面,引证恩格斯——即恩格斯给巴尔扎克以正确地位的这篇文字,便足以压倒否定巴尔扎克的东西。一些因此而自命为马克思主义者的人,就这样在艺术作品中建立了一种批评不得的等级制度,同时却忘记了如果说恩格斯没有谈起过司汤达的话,那是因为没有读过他的作品。他们根本不懂得,恩格斯的**榜样**不在于**这篇文字**(即关于巴尔扎克的那段话),而是在于恩格斯对待巴尔扎克的态度;学习这个榜样,并不是背诵一段经文,而是能用恩格斯或马克思的智慧去分析另一种**现象**。

* * *

我把这本书看成一件大事。这是由于它触及了我的生活和我的思想中的基本内容。我愿意在这里就此谈谈我个人的观点。

我一生的斗争,是表现在我之外存在的、先于我来到世界并在我消失之后仍然存在于世界的事物上的。用抽象的语言来说,这叫作现实主义,而且人们竭力不用这种我动辄流露出来的悲剧性的语调来谈论它。现实主义者是在玩一场只以他自己作赌注的一场赌博,而且他在这场赌博中自己也要受牵连。有这种志向的人,如果输了就彻底完蛋:他什么也不会留下来,而你们却很可能指望相反的东西,所有的人内心深处都有这种野心,即希望他的某种东西留下来,在他死后仍然存在,留下他的痕迹。不是有许多人把自己的名字写在木头或石块上吗?他们的悲剧就是我的悲剧。

现实主义、**现实主义者**这些词造成了混乱,或者至少是人们相当一致地给它们加上了一种含混的意义。一些十分伟大的艺术家害怕它们,然而他们能名垂后世,却只是因为他们的作品里有着现实主义的东西。例如我想到亨利·马蒂斯①:他一方面说现实是他的不可或缺的跳板,但**现实主义者**这个词从他嘴里说出来却只有贬义。词汇问题,可悲的词汇问题……你们尽可以把**现实主义者**这个词变成一种可耻的标签,我也不会放弃它。在艺术和在生活中的现实主义态度,是我的生活和我的艺术的方向。我们好几个人都是这样想的。然而在我们所处的时代里,这个词的滥用、把它赋予庸俗的(像人们对某种唯物主义所说的那样)艺术形式、出售歌片或图片的商人对它的过分使用,都极大地使这个词丧失了信誉。这对于我不是赶时髦的问题。无论我面对公开的反现实主义者,或者面对所谓的现实主义者,都不是他们和他们的叫嚷或只值两个铜板的产品能使我对现实主义的态度感到耻辱而抛弃它的。我不是天生的现实主义者,这对于我也不曾是启示的问题。现实主义成为我思想上做出的决定——一种不可逆转

---

① 亨利·马蒂斯(1869—1954),法国画家,野兽派的主要代表。——译注

的决定,是缘于我毕生的经验。或许有一天人们会懂得我为它做出的牺牲。

因此,今天的一本**认清**现实主义的**处境**、根据六十年左右以来人们头脑里所能产生的东西来重新估价它的书,对于我就不是、也不可能简单地只是一次有趣的阅读:它触及到主要的东西,现实主义命运本身的东西;现实主义的命运并未一劳永逸地得到保证,而只能在不断重视新的事实的同时才能继续存在下去。这样一种现实主义——例如,一看到那些相信地球是平坦的、让太阳围绕地球旋转的人们的世界便停滞不前——算什么现实主义?它不是会对现实的更新的探索,例如相对论、雷达和原子结构都同样一无所知吗?然而,人们经常向我们提起的却正是这种**教条主义的**现实主义。明天的现实主义,即能适合那些将要来评判我们的人的现实主义,难道是一种对旧现实主义、对一些僵化的典型的模仿吗?而如果对现实的认识中产生的**震动**是来自那些不自称为现实主义者的和故意不当现实主义者的人和作品,如马蒂斯、乔伊斯,或者雅里①的话……

我提到雅里不是完全偶然的。阿尔弗雷德·雅里的作品属于那些曾培育了我幼稚的头脑、而当时还不可能看出是什么造成了它们得以受人称颂的价值的作品。虽然现在大学生的笑闹都一目了然,然而当时我能满足于雷恩中学的哲学教师为解释于布所做的粗浅的注释吗?幽默只是一种暂时的解释。当最近在人民国家剧院重新演出《于布王》时,今天的青年无可置疑地既像从前的我们一样为台词本身、但又在为**另外的某种东西**喝彩:某种出自历史的东西,使同样的观众欢迎《阿尔端·于依的可以阻止的高升》的可怕东西。拿我来说,作为事实的见证人,我是不会根据当代人对描绘时代的细节的一种要求来欢迎它的……人民国家剧院的于布不再像上世纪末那样受到学生的嘲笑,也不再是引起大叫"他妈的"的丑剧了;作品由于不是作者想象的、

---

① 阿尔弗雷德·雅里(1873—1907),法国剧作家,他写有讽刺资产阶级的喜剧《于布王》。

而是他身后的外界形势而引起的一种真正的、使作者的视野得以百倍地扩展的共鸣。

同样的现象发生在卡夫卡身上,他描绘的世界最初被看成一种病态想象的产物,现在已变得类似于**历史现实**了。马雅可夫斯基的戏剧也有同样的现象,在他的剧本里,一九二八年和一九二九年的夸张描写已经变成了一种对官僚主义的直接讽刺;在离诗人构思它之后的三十五年变得更加有效了,变成了一种更加危险的讽刺,因为今天的波别陀诺西柯夫[1]们更有理由在剧中认出自己了,同时否认描写了他们的肖像这个明显的事实:

> 这在我们身上是不存在的,这不自然,是预料不到的,一点也不像。应该重写,温和些,美一些,修饰一下……

现实主义难道应该抱着非现实主义的偏见,抛弃一种有力地阐明现实的艺术吗?难道它要跟那些以现实的名义要求重写、温和些、美一些、修饰一下的人站在一起吗?不管是面对阿波利奈尔[2]、克洛代尔[3]或者勒韦迪[4],还是面对巴雷斯[5]或吉卜林[6],这些问题便出现在头脑里,我是说出现在一个像我这样的人的头脑里。还有勃鲁盖尔[7]和戈雅[8]的绘画,同样地还有当代的巨画《格尔尼卡》[9]也向我提出这些问题。

用教条主义的尺度一贯地抛弃一切不是表现"现实"的东西,是阉割和缩小现实主义,特别是模糊了艺术发展的一个基本问题:像通常

---

[1] 马雅可夫斯基的剧本《澡堂》中的人物。
[2] 阿波利奈尔(1880—1918),法国诗人、艺术批评家。超现实主义的鼻祖。
[3] 保尔·克洛代尔(1868—1955),法国外交家、作家。
[4] 皮埃尔·勒韦迪(1889—1960),法国诗人。
[5] 莫里斯·巴雷斯(1862—1923),法国作家。
[6] 约瑟夫·吉卜林(1865—1936),英国作家。
[7] 勃鲁盖尔(1525—1569),尼德兰画家。他的画多反映农村生活。
[8] 戈雅(1746—1828),西班牙画家。
[9] 西班牙城市名,1937年被德国空军炸毁。毕加索以此为题创作了一幅巨画。

所说的文化继承问题。因为,怎么能够抛弃那些有可能在明天成为反映历史现实的作品(福斯塔夫①、费加罗、钦差大臣、于布、波别陀诺西柯夫……),而同时又把这种做法当作马克思主义者的观点,硬说是捍卫一个民族在文化方面的遗产呢?一种关于卡夫卡的同样简单化的观点,在对他作了多年错误的评价之后,不久前已在这个伟大作家的**社会主义的**祖国里被彻底抛弃了。这个事实清楚地表明,这样一种态度是站不住的,不能使人对人类理性的未来充满信心。这里我不想涉及最近讨论的细节,但是在这样的例子面前必须承认,关于艺术价值的**讨论**,其进行方式与战争——不管是不是内战——是完全不同的。同样,任何时候也不能设想,放弃了讨论,人类的精神会得到发展,各民族的文化会保持繁荣。讨论往往是激烈的,但这是与国家的暴力、与多数人对某一个人的强制所不同的另一种激烈。

无论是否现实主义者,艺术家们永远不会停止互相反对、互相否定:他们之间表面的和平永远只是表面现象。因此,谁能够谈论**意识形态的和平共处**呢?在艺术中吗?这是无稽之谈,完全像要把创作思想统一起来,使它们屈从于波别陀诺西柯夫们和于布们的规则的倾向一样荒唐。

在一个专横强权企图戴上科学的面具、教条主义企图摆出艺术面孔的世界上,罗杰·加洛蒂的书是一件大事。正是作为现实主义者——不要弄错,是**作为社会主义现实主义者**——我要向他的那种从容不迫的大胆致敬,我欣慰地想到,虽然在我们这里,一切都企图使年轻人像离开一个已被审理、判决、埋葬的案件一样离开现实主义,他们还是会从中看到艺术为改变世界做出贡献这样一种积极的思考已经开始了。

路易·阿拉贡

---

① 莎士比亚历史剧《亨利四世》及喜剧《温莎的风流娘儿们》中的人物。

毕加索

"难道我是火星上的居民吗?"毕加索每读完一部关于他的论著之后便这样问道。他经常向作者建议:"应该再加上一章:说巴勃罗·毕加索同样有两只臂膀、两条腿、一个脑袋、一个鼻子、一颗心,具有一副人的模样。"

我们遵循这个建议,而且就从这一点开始:毕加索是一个人。即使我们的时代在他身上发现了他本身造成的神话般的形象,他终究是个人,而不是神话。

一个人。既非预言家也非小丑。不是从天上掉下来的一块陨石,也不是出自地狱的一个魔鬼,连一个魔术师都算不上。

一个人——再补充一点——一个画家,即一个用贪婪的眼光观察一切事物……用手把它们再表现出来的人。在眼睛和手之间,有一个头脑和一颗心在进行一种消化和变形。

问题在于弄清这种消化、这种变形的规律。这种变化究竟是怎么回事?

苏黎世举办了一个毕加索展览会。令人尊敬的荣格[①]医生本着做这类诊断时特有的庄重自信为它开出了处方:"精神分裂症的典型表现。"

[①] 荣格(1875—1961),瑞士精神病科医生和心理学家,精神分析学的创立者之一。

第一个症状:这些"所谓断裂的线条……是通过形象表现出来的精神上的裂痕"。更严重的症状是:"蓝色时期,是'下地狱'的象征。"最糟的是:"丑和恶的魔鬼般的魅力。"对毕加索病状的最终预言:"感觉的矛盾或感觉的完全丧失。"收起这一套吧!

在本国的同行里有一个博学的人,不久以前大出风头,因为他解释说,拉马丁之所以成为一个伟大的演说家和诗人是由于断奶过早!

一种基本的道理使我们对这些专家们的思辨不予理会:这类解释就算有准确的论据,也说明不了任何问题。即使毕加索是"精神分裂症患者",也不是每个精神分裂症患者都是毕加索,每个断奶过早的婴儿也都未必成为拉马丁式的演说家和诗人。艺术不是几种因素凑合起来的结果。

环境和时代对于一部作品的产生同样起着某种主要的作用,然而并非作品的成分。它们向人提出问题,如果此人是一个创造者,就会回答它们。

精神分析学和其他一切机械的解释方法都有关于他的"琐事"。耸人听闻的报刊,还有传记作者,而且连批评家们都往往大谈艺术家的私生活或爱情逸事。这方面使我感兴趣的,仍然不是毕加索发生过什么事情,而是他对这些事情的处理。如果说是事件造就了他的话,那么他即使与众不同,也只会进入渺小者的行列。他的性生活或政治观点并未使他成为一个画家,人类的激情和时代的洪流在他身上翻腾,但只是在他赋予它们形式——由伟大的艺术作品构成的人类存在的最高形式之后才在他身上获得一种宇宙的或历史的意义。

艺术不是别的,只是一种生活方式。人的生活方式不可分割地既是反映又是创造。

因为这个人并不完全孤立。当他终于能充分地发展时,便成为一个社会的缩影。他身上带有人类过去的文化。他的存在,便是他的时代在他身上的存在。他经历着这种把纽约交易所的一次股票行情暴跌、莫斯科的一次代表大会或西班牙的一次罢工变成与个人事务息息相关的全球性的生活。在这种如圣琼·佩斯所说"四面八方都来乞食"的全球性的、整体性的生活里,他参与了世界及其历史的全部运动。他参与其中,在反映它的同时做出了贡献。

请原谅我兜了这么个哲学圈子来证明这两个普通的概念。毕加索是一个人,而这个人是个画家。现在我们可以这样来表达这两个概念:他胸怀世界,而他的作品则使我们从感受的世界走向构想的世界。

毕加索的绘画对于过去了的三分之二的二十世纪有着决定性的影响。他的作品像地震仪那样记下了这个世纪的轨迹。不是以机械的方式记下来的。地震仪不是一种被动的记录;它用一张曲线图来**表示**地震,而这张曲线图就是一种规律的形象化表现方式。

毕加索也许是用他的造型语言教我们看出现代的规律。

从蓝色到玫瑰色,从立体派到古典主义作品,从《格尔尼卡》到《生之欢乐》的曲线,从感受的世界到构想的世界,他的作品是人的心脏的舒张与收缩,犹如一部二十世纪的自传。既是一种见证,又是一种挑战。一种控诉和对一种信念的肯定。

对这个世界和这个时代,他既不进行复制又不使其理想化,也不简单地加以歪曲。他从中截取的不是偶然性,而是深刻的规律。他还证明了按其他规律创造另一个世界的可能性。他使现实之树长出了新枝。他创造了一些种类陌生的生物,也有一些魔鬼,但是它们都具有有机的统一性,这些生机勃勃的生物是由一种巨大的发问和挑战能力赋予活力的。可能的和幻想的绘画是现实的和日常的绘画的延续。它绝不会使观众不受影响。

因为毕加索不仅仅改变了绘画——在一九〇七年之后,在《阿维尼翁的少女》之后,人们不能再像从前那样绘画了——他的贡献还在于改变了我们观察的方式、眼睛的动作和手的姿势。我们对一把椅子、一只鞋或一座房子的形状有了其他的要求。我们不再需要某些曲线、对称、雅致,而要使事物符合当代的节奏,毕加索则在这个时代里留下了他的烙印。

这一切是怎样发生的,而毕加索又是如何参与这种变化的呢?

他重新提出了美的问题,并且对一切习惯和制度提出了挑战。

他并不是一下子就做到这一点的。然而人们不大可能说这是毕加索的演变,宁愿说这是一种反抗的辩证法。

大约在一九四五年的一天,我听他说过:"反对先于赞成。"

这是他逐步前进的辩证规律。对于他的创作的每个重要时期,我们试图通过提出这个问题来得出这一规律:他绘画时在**反对什么**?

从反对到反抗,我们将看到他对世界和绘画的一些愈来愈深奥的方面进行抨击,直至对它们的基本规律都产生怀疑。他的作品是一种战斗。像堂吉诃德一样,毕加索可以说:"我的休息就是战斗。"也像歌德的靡非斯特一样:"我是永远否定的精灵。"

现在我们按年代顺序来看一看这种反抗的辩证法的各个阶段。

他一开始不是毕加索,而是一个神童。对于他,人们可以应用夏多布里昂所写的关于帕斯卡尔[①]的著名篇章,并且说:有这么一个人,八岁便掌握了学院派的绘画技巧,十岁能构思油画,十四岁进巴塞罗那美术学校时,只用一天就完成了其他考生需要一个月才能完成的录取考试的题目。但是他神奇的经历以后并未停留在夏多布里昂所说的阶段:布莱兹·帕斯卡尔,这个可怕的天才,在对人类的科学作了全面探讨并察觉出它们的虚无之后,把他的思想转向了上帝……

扼要地说,巴勃罗·毕加索,这个毫不可怕的天才,在二十六岁时已经全面地探讨了以往绘画的经验,根本没有得出它们是虚无的结论,而是相反地像他的朋友胡安·格里斯[②]所写的那样,怀着"一个画家的质量取决于他对前人的绘画经验所掌握的数量"的自信,把他的作品转向了未来,并在一九〇七年开创了一个绘画的新阶段。

* * *

[①] 帕斯卡尔(1623—1662),法国哲学家、作家。
[②] 胡安·格里斯(1887—1927),西班牙立体派画家。

为了不曲解毕加索以后的作品，首先要强调指出的是他完全精通素描和绘画的一切技巧。这保证了他面临名家的任何要求都能得心应手，并且使他在一生的所有时期，都能从像一九一五年《马克斯·雅各布①肖像》那样最纯粹的古典主义的表现方式，转为像一九〇九年《伏拉尔②肖像》那样深刻的大胆。从一九四四年那幅线条纯净而又富于节奏感的铅笔肖像画，转入由表及里的艰苦探索——毕加索通过这种研究，从活的模特儿，例如那头公牛身上抽出有魄力的线条、构造的骨架，最后像建筑完毕去掉脚手架一样把它们从画中抽出来，去掉最初的陪衬，只保留动物的主要线条、特征或标志。这样他便推翻了一种千百年来的传统：当一幅作品完成的时候，要擦掉的脚手架恰恰是画家最初勾勒的结构线。对模特儿的模仿一向是终点，毕加索把它变成了起点。对有魄力的线条和结构轮廓的探索一向是一种手段，他却把它变成了目的。通过这种颠倒和不断剥皮的方法，他重新发现了在峭壁上勾画动物曲线的新石器时代艺术家线条的朴实无华。

处理各种造型问题对于他从来都不是一个障碍，而对现实的一切改变则都来源于有意识的选择。

正当他那做绘画教师的父亲对他灌输学院派绘画的教条并借此传授其自身最宝贵的经验——尊重职业和充分掌握技巧的时候，为什么会出现这些问题呢？

十九世纪的最后几年，当毕加索在巴塞罗那初次感受到人生时，他正处于一个历史的断裂点，处于两个世界的连接点上。西班牙资产阶级还在进行反对封建主和教会的斗争，无产阶级还没有力量完成一次真正的革命，只是像无政府主义者那样指手画脚。知识分子和艺术家们转向外国的经验，以便可能的话，在它们之中发现本国的历史现实不可能提供的远景。

---

① 马克斯·雅各布（1876—1944），法国作家。
② 伏拉尔（1868—1939），法国作家和画商。

无限的自我颂扬和神秘主义,基督教和无政府主义,是青年艺术家们精神状态的主要成分,他们在巴塞罗那的"四只猫"咖啡馆里,在对尼采和托尔斯泰、莫里斯·巴雷斯、吕斯金和易卜生的同样钦佩中联合在一起。画家吕西诺尔喊出了成为他们共同目标的反抗口号:"打碎模型。"

毕加索对世纪末垂死的一切感到不快。

从造型观点来看,他的第一次反抗就是对学院主义的反抗。在毕加索用绘画反对学院主义、即他的反抗的辩证法的第一阶段,他的反抗是双重的:既是对现代主义的,又是对原始主义的。他一九〇一年的作品便是证明。

首先是再现过去,再现米盖尔·德·乌纳穆诺①曾这样歌唱的逝去的天真:

> 我重又属于你,我的童年,
> 像安泰②重返地面
> 以便恢复精力。

毕加索恢复了卡塔卢尼亚地区的圣佩德罗德尔布尔加尔与圣玛丽亚德塔乌尔的壁画的罗曼风格,和佩德拉尔布寺院壁画的哥特式风格。

但是他同时反对英国画家的拉斐尔前派倾向及其德国先驱者:他们只是模仿意大利十五世纪的肤浅的、琐碎的方面——平面装饰法和图案型的轮廓。他看出了罗曼艺术的深刻性和它后来由巴尔特鲁萨伊蒂斯与福西庸③得出的重要规则:最大接触法则,它表现了人和他生

---

① 米盖尔·德·乌纳穆诺(1864—1936),西班牙作家。
② 安泰,希腊神话里的巨人,海神波塞冬和地母神盖娅的儿子。他一碰到地面就能恢复力气,后被大力神赫刺克勒斯举在空中扼死。
③ 福西庸(1881—1943),法国艺术史家。

存的空间之间的一种特殊关系,表现了似乎在引力定律作用下汇集成的密集的主体的、把人的形象和外部世界分开的一种更加密切的形状;还有连锁运动法则,这种曲线的缠绕像是在波浪里一样,没有一根线条在空白处中断。在这些交织的图案里一切都连贯起来了;像在罗曼艺术或日本版画中那样,有魄力的线条像一股直流电,迫使我们的眼睛接上一根无尽的电路。

既反对拉斐尔前派画家,又反对官方的学院主义,毕加索转向了充满活力的法国绘画的主题和技巧。他的第一批巴黎速写重新采用了图鲁兹·劳特累克①和斯泰伦②的题材:失去社会地位的人、穷途潦倒的人、妓女、酒吧。

但即使是从另一个画家的风格中受到启发时,毕加索也以自己的方式去掌握这种风格;例如,当他在《矮女人》中处理一个富有图鲁兹·劳特累克的特色的题材时,他不是像劳特累克那样运用巨大的平面,而是运用更使人印象深刻的凡·高③的、色彩刺目的并列笔触。

面对这个世界,毕加索像斯泰伦一样,也使人想起悲惨的世界。他的蓝色时期,从一九〇一年到一九〇五年,是反对虚假欢乐的世界的。这是一首西班牙八音节诗,它是通过在浅色背景上的一些自我封闭的形状的造型来表现孤独的。那时在他的作品里有一种特有的重复出现的主题:以温柔的或祈求的姿势寻求与人接触的长长的、瘦削的手。看看这些引起幻觉的手吧。母亲的爱抚的手,盲人摸索着乞求面包或他人的温暖的手,像一个浮标似的想触摸一件东西、一只可怜的动物,或者在一种空虚的压抑下把自己的孤独紧紧抓住的、绝望地合拢的孤独的手。

对这种线条和色彩的语言,毕加索的要求总是愈来愈严格:意义包含在并不直接参照外部世界的形状里。

---

① 图鲁兹·劳特累克(1864—1901),法国画家。
② 斯泰伦(1859—1923),法国素描画家。
③ 凡·高(1853—1890),荷兰画家,后期印象派代表之一。

这种意愿在这一时期作品里的强烈表现，是从一九〇一年到一九〇三年多次运用的压抑的主题。

无论是铅笔肖像画、彩色粉笔画或绘画，为了只保留极为重要的线条，毕加索粗略地进行描绘，而不顾琐碎的细节：手臂不是外科医生解剖的手臂（也不同于安格尔所画的《大宫女》的手臂）。它们是把两个尽可能非个体化的主体部分联为一体的有魄力的线条。

那是一个在线条上反对自然主义的斗争阶段，正如蓝色画在色彩上反对自然主义一样。

应该强调指出的是从这个时期开始，甚至在塞尚①对他产生影响之前，未来立体派的某些因素在毕加索的绘画里便已处于萌芽状态了：减少到最低限度的立体感和突起，没有深度、没有形体透视的空间感，分散的投光和已经只起次要作用的色彩——在像斑斑点点的墙壁一样浅色的背景上，突出了一些自我封闭的、整块的形状。

在这些颜色阴暗惨淡、不久前的鲜艳色彩于一九〇一年突然消失的画里，蓝色就是一种语言，而荣格医生对它从精神分析的角度所做的解释是徒劳的。这是一种古老的绘画传统：埃及壁画里的蓝色是地狱的颜色。在从阿尔道尔菲②到勃克林③的绘画里，它是悲伤和愤怒的颜色。对毕加索来说，它尤其是格列柯④的冷色：浅灰色、淡紫色和蓝色，更是惠斯勒⑤的蓝色和银色的和谐。

这是自我反省的时刻，是在造型上实行禁欲主义的时刻。咖啡馆舞场里的彩纸屑和彩纸带又落入了尘土，舞台的成排脚灯熄灭了。巴勃罗·毕加索的朋友卡扎克马斯刚刚自杀，他用十来幅画表现了这次死亡。一个对爱情甚至对生命都无动于衷的、赤裸而绝望的人。

格列柯的线条和色彩，他的青灰色的光线和表现主义的变形，使

---

① 塞尚（1839—1906），法国画家，现代艺术的先驱之一。
② 阿尔道尔菲（1480—1538），德国画家和雕刻家。
③ 勃克林（1827—1901），瑞士画家。
④ 格列柯（约1540—1614），希腊画家。他的画有一种神秘的现实主义。
⑤ 惠斯勒（1834—1903），美国画家。以色彩调和著称。

毕加索在反对浮华现实的解放性的反抗中得到了支持。尘世表象的破坏和向神圣的前进在格列柯身上具有一种神秘的意义，但在毕加索身上却具有一种人道的意义：向一种更为深刻的人类现实前进的意义。

这种深刻的现实不是痛苦。

毕加索利用并耗尽了他这个创作阶段的可能性，然而在他的作品里已经开始出现了曙光。一九〇五年，一种对生活的新的渴望通过色彩和线条在造型上表现出来了：似乎是为了着手谱写一曲渴望生活的新赞歌，他常用黎明的苍白色，而且在此以前封闭的线条也张开了。

在一首题献给毕加索和吉约姆·阿波利奈尔的诗里，安德烈·萨尔蒙指明了这个从蓝色时期到粉色时期、从火刑到复活的过程：

蓝色时期
把教堂门廊当成故乡的残废者、流浪汉；
没有乳汁的母亲们；百年的乌鸦。
所有的痛苦和所有的祈祷……
粉色时期
所有的镜子、所有的泉源、所有的玻璃、所有的裸体。
你记得吗，巴勃罗？……你记得吗，吉约姆？……
"在生活的边界上，在艺术的边缘，在生活的边缘。"
火刑，
复活。

* * *

他的题材不再表现悲惨或衰落，也不表现欢乐。毕加索毕竟尚未进入现实的世界，他只是在一九〇〇年巴黎的咖啡馆或流氓无产者之中认识了它最肤浅的方面。然而他拒绝与这个世界和这种秩序合成一体。他选择的主题已经告诉我们他为反对什么而绘画。卡恩威莱写道:"他的主题是他的爱情。"他选择的世界处于这种堕落**边缘**:意大利喜剧的丑角和街头卖艺者成了他喜爱的主题。

两个时期之间的转变是缓慢的。像格列柯的画一样,身体仍然是拉长的,有着骨瘦如柴的指头、尖尖的肩膀和肘部。先是人物里、然后是背景上的红色显得突出,暖色胜过冷色,恢复了光明。色彩重新涌现在毕加索的绘画里。长期以来自我封闭的形状松开了,线条张开了。它们看起来成了运动、轨迹、起飞跑道。人体和空间之间确立了一些新的关系:它们不再是在与矿物背景相对的空白里显得孤立的紧密的整块。四肢似乎为了触及和抓住世界而远远地冲出了身体。

这还算不上欢乐和丰富,但已经是生活了。这些街头卖艺者启发莱内·马利亚·里尔克①写出了一首表达这种期待和召唤的动人的诗歌:

> 但是他们是谁,告诉我,这些流浪者,
> 这些比我们自己逃得还快的
> 早就纠缠和折磨——为了谁,
> 为了谁的爱情——
> 一种永不满足意愿的人?它折磨他们,
> 使他们弯曲、起伏、屈从、奔起,
> 又把他们抓住;像一阵被油润滑的风,
> 他们重新下到
> 陈旧的、被他们无穷的蹦跳磨损的
> 地毯上,
> 这块消失在世界里的地毯……

---

① 莱内·马利亚·里尔克(1875—1926),奥地利象征主义诗人。

然而这一切只是一种更深刻的反抗的前奏。

当二十岁的毕加索来到巴黎时,除了无益于绘画史的官方的学院主义之外,盛行的是印象派。

不过,要是以为毕加索只是简单地进行反对印象派的斗争,那就错了。以一九〇七年《阿维尼翁的少女》为标志的他的绘画的新阶段,不但是一种对印象派的反抗,而且对六个世纪的绘画提出了诉讼。

为了理解他在现代绘画里开辟的新道路所追求的目标和真正意义,必须再一次提出这个问题:他发起进攻时在**反对什么**?

自从十四世纪以来,可以说自从乔托①以来,绘画决心征服现实,它所指的现实是当时飞跃发展的资产阶级所拥护的现实,即资产阶级工商企业的中心以及科学为资产阶级而赋予这些中心的数学的和机械的定义。

在资产阶级相继获得胜利的一切国家,特别是从乔托开始的意大利和凡·爱克兄弟②开始的荷兰,然后在这种影响所及的所有西欧国家里,新兴资产阶级的这种对世界的占有,在绘画里是以一张越来越详细和合理地排列的外部世界的清单为特征的。对凸起、运动、透视、光线、明暗对比及其手法的探索,构成了和对尘世的征服同样多的阶段。近千年来拜占庭艺术和罗马艺术把这个世界看作彼世的一种转瞬即逝和微不足道的反映,而把这个世界的绘画看作只是一种令人想起另一个世界即上帝的世界、基督的神圣悲剧和永恒本质的手段。

文艺复兴时期的艺术最终成了绘画唯一的典范:以恰如其分的肉体来表现人的目的,不再是为了使人想起他们的灵魂,和在自然里只看到一种精神象征或上帝的启示,而是为了他们自己才画肉体,为自然本身而研究自然,是用明暗法来表现形象的凸凹,恢复他们的和谐

---

① 乔托(1267—1337),意大利文艺复兴初期的画家、雕刻家和建筑师,是现代绘画的创始者之一。
② 凡·爱克兄弟(杨凡·爱克,1390—1441;胡伯特·凡·爱克,1370—1426),文艺复兴时期尼德兰画家,油画技术的革新者。

并再现他们的外貌直至逼真到最完美的程度。

这种在神秘和超验性的世界上对现实的重新征服延续了六个多世纪。一些最卓越的天才发现了独特的技巧：在着色的表面上创造人体及其准确的轮廓，然后是体积和深度这一现实的最完整的幻觉。这本身就提出了光线的问题：明暗对比可以暗示人体的凸起，而涂成蓝色和模糊朦胧则会使人有变远的感觉。人体之间相互确定位置的必要性提出了绘画的空间感问题。它不是用透视从几何上加以解决，而是由卡拉瓦乔①、伦勃朗②、乔治·德·拉图尔③和勒南兄弟④通过光线从视觉上解决的。

这样光线便在对外部世界的研究中取得了愈来愈重要的地位。这种研究随着印象派达到了它的顶点。莫奈⑤致力于在最短暂的表象中把握它的同时，在时间的推移里，在睡莲上、伦敦的大雾中或大教堂的石块上都注意它。现实主义这种极端的认真辩证地转向了自己的反面。库尔贝⑥已经说过："我只画我见到的东西。"印象派最终打破了感官的已知条件和智力的规则之间的平衡。只画所**见**的而不是所**知**的事物的这种固执，导致事物本身的丧失：为湮没轮廓和销蚀体积的光线的颤动而牺牲事物的形状和固体性，甚至为每个季节和每时每刻阳光的虹彩和照出浮尘而牺牲事物的本色。这种六个世纪来被绘画如此热切地追求的现实，当人们达到最极端的精细以抓住它的时候，却只剩下一种摸不出的尘埃、一个没有结构的世界。

在哲学上，资产阶级上升时期的唯物主义——笛卡尔曾表明了它的野心："成为自然的主人和占有者。"——赞成过奥古斯特·孔德的

---

① 卡拉瓦乔(1573—1610)，意大利画家。
② 伦勃朗(1606—1669)，荷兰杰出的画家和雕刻家。
③ 乔治·德·拉图尔(约1593—1652)，法国画家。
④ 勒南兄弟——法国画家三兄弟：安东·勒南(1588—1648)；路易·勒南(1593—1648)；马修·勒南(1607—1677)。
⑤ 莫奈(1840—1926)，法国印象派创始人。
⑥ 库尔贝(1819—1877)，法国画家，现实主义大师。

实证主义的暧昧妥协,以便随着这个阶级的经验使它对一个不断避开它的世界愈来愈怀疑而让位于主观唯心主义的新形式。同样,为了在法国得到继承,资产阶级时代的绘画经历了它征服的时期,即由包括从普桑①到夏尔丹②这些巨匠在内的由人控制世界的时期。后来,资产阶级感到它建立的秩序本身的美已经不大可靠,便以大卫③去寻求罗马的化装服饰。意识到现实世界和美之间不一致的安格尔,出色地开创了变形。在这条轨道的尽头,我们和印象派一起目击了一种极度衰落的艺术的最后的、光彩夺目的焰火:莫里斯·雷那尔把这个绘画时代的特征比作"矿工在采尽的矿脉里劳动"。印象派的历史功绩,是证明了一劳永逸的有效的外部世界的景象是不存在的,按照我们实际需要而划分的线条来实用地切割自然、我们的技术和科学所要求的远景和进展,并不构成造型艺术必需的和永恒的框框。

这种正确的揭示包含着一种沉重的代价:抛弃一种稳定而合理的世界结构。新印象派的修拉④,特别是塞尚反对自然和人的分裂,塞尚试图在绘画里恢复人的完整的存在:画家不能只甘心于作一只过分敏感的、有幻觉的眼睛。他渴望成为一个人,即一个设计师、一个创造者,他的作品是按照作为眼睛和理性、意志和诗意的人的规律来设计的一个物体,一个画的物体。

只有从这里开始人们才能对毕加索在一九〇七年左右所从事的工作进行估价:他即将使塞尚的企图获得大胆得无可比拟的发展。

二十世纪初对印象派最普遍的指责,是批评它丧失了绘画构造感,使绘画成为如当时人们在画室里所说的"无脊椎动物",并且只抓住了事物暂时的、偶然的方面。

但是在印象派之外,成为问题的却是自乔托以来的绘画传统的原

---

① 普桑(1594—1665),法国古典主义绘画的奠基人。
② 夏尔丹(1699—1779),法国画家。
③ 大卫(1748—1825),法国画家,新古典主义派领袖。
④ 修拉(1859—1891),法国画家。

则,它六个世纪以来一直倾向于认为绘画的主要目的就是再现敏感的表象。正如从几何形透视到色彩心理学的科学能抓住这些表象一样。

摄影术的发展使人们更为迫切地意识到绘画的意义和作用:在库尔贝时代,曝光时间极长的摄影术落后于已经能即时创作的画家的现实主义;在印象派时代,面对一种限于黑白的摄影艺术,画家捍卫着他存在的理由:色彩是他的王国。

可是后来呢?再说摄影术也不过是延续和结束了六个世纪以来的发展轨道:它最终获得了幻觉的技术,使绘画的实用功能变得过时了。

在这方面,与当代和过去的大师们实践过的一切技巧决裂,其高超技巧能与安格尔或柯罗①相匹敌的毕加索,感到需要使绘画跳出幻觉的死胡同。物体不能再是一个模特儿了。模仿不能再是一种目的。主题不能再是一个借口。

某些热情得对历史完全失去冷静的人往往说,《阿维尼翁的少女》使我们看到了一种"绘画命运的颠倒",绘画随着立体派而从物体的仆人变成了它的主人。像这样的说法是错误的。

这样说不仅是以一种粗暴的简单化使以前伟大的绘画变得不可理解,而且还贬低了毕加索绘画革命的意义。像绘画领域和其他方面一切真正的革命一样,他首要的功绩是在超越前人最优秀的作品的同时,融合、保存和发展它们。

从幻觉和模仿中解放绘画的必要性绝不导致放弃传统画家的一切发现,而是相反地对他们身上超出再现技巧和构成就本义而言的造型创作的东西有一种更尖锐的意识。阿波利奈尔写道:"绘画的现代派提出了自身美的问题。"②

人们不恰当地指称的"立体派"并未与传统决裂。而且画面本身的、区别立体派和一种机械模仿的、老一辈大师们当作一种以模仿自

---

① 柯罗(1796—1875),法国著名风景画家。
② 吉约姆·阿波利奈尔:《关于美学的思考》,第26页。——原注

然为目的的职业的手段而加以隐瞒的效果，都被毕加索和立体派画家们像确定绘画本身的性质和作用一样置于首要地位了。

当毕加索宣布"感受到美术馆绘画的作者们的内心生活"时，他继续了普桑的教诲。普桑着重指出结构在画画里的优先地位，但却是在一个他不能由此得出全部结果的时代里这样做的。他出色地写道："单纯的看不是别的，只是用眼睛自然地接受所见事物的形状和**外表**……但是看一个物体时对它进行观察，那么除了眼睛对形状的简单而自然的**接受**之外，人们还在特别专心地寻求深刻认识这个物体的方法：也可以说简单的**看**是一种自然的作用，而我所说的**察看**是一种理性的作用……"①一幅画里与主题无关的专门属于绘画的东西，也在法国绘画的另一个极端被德拉克洛瓦②着重指出来了："有一种专门属于绘画的、其他一切都无法表达的激动，一种由色彩、光线、阴影合成的这种光辉所产生的印象……这便是人们所称的画面的音乐。"③

普桑用传统画家的语言所说的"理性"和德拉克洛瓦用浪漫主义语言所说的"音乐"，就是与一切真正的绘画不可分割的、使画面不仅服从于自然法则，而且服从于造型法则的需要。直到艺术个人主义取胜的二十世纪初，大师们一直以为了造型而不惜歪曲自然法则的代价来实现两种法则的妥协，正如安格尔所做的那样。

一九〇七年左右随着"野兽派"胆怯地出现、随着毕加索和立体派大胆而果断地出现的新现象，是不再企图掩盖这两个术语之间的对立，要求创造先于模仿，表明进行一种只属于绘画的意愿。画面有一种并非借自它的模特儿的特有的活力。

毕加索对此有明确的意识。一九二三年，他向马利尤斯·德·扎亚表示："人们把自然主义和现代绘画对立起来。我想知道是否有谁曾经见过一件自然的艺术品。自然和艺术作为两种不同的事物，是不

---

① 尼古拉·普桑：《1647年11月24日致尚特卢特的信》。——原注
② 欧仁·德拉克洛瓦(1798—1863)，法国画家。
③ 欧仁·德拉克洛瓦：《现实主义和唯心主义》，第1卷，第63页。——原注

可能统一的。我们通过艺术来表达我们对非自然的观念。"

立体派盛行时得出的这个基本原则,一直潜伏在一切伟大的艺术创造之中,十九世纪最伟大的艺术批评家之一波德莱尔曾表述过这一原则:"一个艺术家的头等大事是取代自然并反对它。"①

从立体派开始,画家给自己确定的任务便不再是重现存在的世界、自然的世界,而是创造一个新世界、一个人类特有的世界。

面对毕加索的事业,德加叹道:"这些年轻人想干些比绘画更困难的事情。"

问题确实在于用一个臆造的世界来取代视觉的真实,这是画家用他的回忆、想象、知识重新创造的、具有本质意义的世界。

毕加索用一句富有特色的俏皮话概括的正是这一点:"人们应该刺穿画家的眼睛,正如为了使金翅鸟唱得更好而刺穿它们的眼睛一样。"

为绘画确定这样一个目的,必然要使手法和技巧发生深刻的变化。

大量传统的造型表现手法失去了存在的理由。

首先是古典主义的透视法。像奥尔德加·伊·加塞②那样,认为自塞尚以来绘画只画概念的说法是不正确的,因为绘画如果为了概念而牺牲感性,它也就不成其为绘画了。实际上在画面创作中,毕加索并不把所**知**的和所**见**的割裂开来。

作为一种必然的结果,这样一种观念导致废除文艺复兴时期由阿尔贝蒂③和布鲁奈列斯奇④确定的透视法。当阿尔贝蒂确定犹如从世界射向我们眼睛的光线构成的金字塔剖面的画面时,这种与自然视觉大不相符的观念奠定了一种极为不自然的惯例:它是以我们只用一只眼睛观察,而且以我们的眼睛不动为前提的,这样便把一种透过锁孔

---

① 波德莱尔:《1846年的沙龙》。——原注
② 奥尔德加·伊·加塞(1883—1955),西班牙作家。
③ 阿尔贝蒂(1404—1472),佛罗伦萨建筑师。
④ 布鲁奈列斯奇(1377—1446),意大利建筑师和雕刻家。

来看世界的窥视者的姿势强加于我们了。此外,这种透视法的伟大先驱布鲁奈列斯奇,为了阐明其法则还设计了一个符合这种定义的装置:一块代表从大教堂中门看到的佛罗伦萨圣洗堂和市政议会的木板;对面是一面镜子;木板中央有一个让眼睛贴上去看的孔。文艺复兴时期的透视法对一个独眼巨人或独眼龙,而且是不动的独眼龙或发愣的独眼巨人来说是"自然的"。普桑也在一个箱子里用他的画做了一个模型,通过一个唯一的孔来观察。立体派放弃了这种习惯和把戏。它使各种物体同时存在,并连续地显示出形形色色的外表,似乎像一个有生命的和活动的,尤其是一个在梦想和回忆的人。我不像一个几何学家那样去考虑从这座或那座桥上能否见到巴黎圣母院。我记得它是镶嵌在巴黎这块或那块风景里,即使这种并列与地图并不相符。一个女人或一位朋友的面孔使我同时想起这个人的侧影、脸和几乎全部的外貌,或者说是一种对我来说表现这个人的全部存在的总的视觉,即使这种综合不能在一张人体测量记录卡里得到表现。这样一种视觉无疑以透视和镜头的不断变化要求我们在物体四周跳一种真正的舞蹈,但是电影已使我们习惯于这些突变了。毕加索的绘画是典型的电影时代的绘画。整个过程犹如画家以空间的一种展开和爆裂,在一个我们围绕它移动的形象上记下和设置连续的最佳视点。时间随着电影失去了它两个主要的传统特性:连续性和不可逆转性。电影在时间里导入同时性,可以说使它空间化了。时间在电影里不再是一条连续而定向的线条。人在时间里可以向任何方向移动。毕加索为文艺复兴时期的空间做了电影为传统的时间所做的事情。

提及我们记忆中的物体,就要表现它一切有意义的方面。

不能不考虑人们要给我们看事物的内部。视觉效果不让我们看到它,回忆和梦想则迫使我们看到。画一座房子的孩子绝不会忘记画住在里面的人。毕加索、胡安·格里斯、布拉克[①]在许多静物画里便是

[①] 布拉克(1882—1967),法国画家,立体派的发起人,现代静物画最伟大的画家之一。

这样进行的:例如一把吉他、一只杯子或一个瓶子,为了让我们看到内部,就用平面图、正视图、剖面图甚至碎片来表现它们。

另一种方法是透明的方法,例如它可以用形象的重叠来显示书后面的读书的人。

相反地无须考虑物体的一切方面。问题在于使物体具有意义而不是模仿它。当然,这里的问题不在于像人们用一个词或一种图画文字的象征来表现的抽象的、观念的意义,而是人类的、总体的、既是感情的又是造型的意义,是人们可以称之为形状的意图的东西。然而某些轮廓是有意义的,其他的则没有。为了创造尽可能动人的形象,人们能够也应该选择。中间面的省略和主要形状的挑选,在理解立体派的画时并非是一个微不足道的困难。

事实上我们被引向事物纯视觉表现的一种解体和分割,以及它们按照一些法则进行的重新组合,这些法则不再是能够逼真地装配一把椅子、一座房子或它们的仿制品的几何法则了。

整个过程犹如人们围绕事物旋转,以便根据不同的镜头记下它们连续的表象。但是镜头不是任意的。人们不是随视角的变化通过眼睛,而是随意义的变化通过头脑来选择它们。于是这些形象应该是可以协调的,与摄影的"剪辑"不同,它们要求的不是一种简单的机械并列,而是一种有机的相互适应:每个形象都进入另一个形象,并在自己的结构和组织里改变它。

我们在这里碰到了被人们不恰当地称之为"变形"的一种新形式,而它只是对成为传统的某些习惯的否定。

长期以来,人们已经知道部分对整体的从属关系所要求的一种构成的变形。文艺复兴时期和古典主义的所有伟大先驱,首先是帕奥洛·乌切洛①和德拉·弗兰西斯加②,在这方面是很明显的。

表现主义的变形也是如此:在成为一个轮廓之前,我们说过,一根

---

① 帕奥洛·乌切洛(约1396—1475),佛罗伦萨雕镂工和画家。
② 德拉·弗兰西斯加(1406—1492),意大利文艺复兴时期翁勃利亚画派画家。

线条是一条轨道、一种运动的痕迹和条纹。为了使一种运动更加有力,就必须改变——一般是夸大——一条曲线的线路。米开朗琪罗、格列柯或安格尔——仅列举毕加索之前最典型的画家——便是这样做的。

毕加索引入了第三种变形,他废弃了自文艺复兴时期以来成为传统、建立在观众的静止上的透视法,由此产生出空间的或动态的变形。动态的变形是相反地产生于人在物体四周的移动,和随人的运动而变化的几个镜头的记录。

这就是这种变化的第一个结果,可以称之为复合视点法则。

但是它还引出了变化的第二个结果:这些复合视点应该在一个二维平面上同时得到表现。因此必须以某种方式在画布平面上展开事物的外表,就像在孩子们用纸板搭成城堡或车辆的建筑游戏里一样。何况这第二个法则,平面回转叠合法则在艺术里有一段很长的历史。在南方美拉尼西亚[①]的艺术里,隐蔽的平面被展开了:在面孔的椭圆形和象征头发的厚度上面画出了一个代表颈背的圆面,或者还用一副双重的面孔来表现老人环视的目光[②]。埃及人一贯在一个侧面像上从正面画出一只眼睛。离我们更近的安格尔,通过平面的一种回转叠合,果断地让只见背影的女奴露出了乳房。

这种对物体的分析有助于我们认识到观看是一个动作。在过去绘画的凝视习惯之外,这种分析符合一个积极探究世界和事物、意识到它们的变化特别是意识到为改变它们他所能采取的行动的人的经验。对于造型语言,同样地对于不再简单地凝视,而是加入一种行动的观众,它都有新的要求。

物体的解体和重新组合,需要把平面分割成小块。这些小平面使画画像一种晶体,引起了一种把这种运动命名为"立体派"的浅薄的批评。这个名称完全是任意加上的、不恰当的,首先是因为它把这种绘

[①] 太平洋群岛名。
[②] 莫里斯·莱恩哈德:《杜·长莫和大洋洲的艺术》。——原注

画观念本身的变革——自文艺复兴时期以来绘画艺术最伟大的变革——贬低为一种技巧手段,其次是因为它令人想起与运动的创始人无关的几何学的思辨。

这种绘画变化的内在逻辑,从最初的原则开始就引起了其他的结果:如果画面不再是对一个物体或一种外部景象的模仿,它也就不再由那些本来相互之间会有事物的空隙间隔或清晰照明的成分所组成了。

这样画的物体便成了一个服从于一种唯一节奏的整体,组成整体的成分——形象或背景——都不分等级。"伟大的绘画,"安德烈·马松出色地写道,"是间隔和决定间隔的形象有着同等活力的绘画。"在一幅例如伏拉尔或卡恩威莱的肖像里,面孔和围绕面孔的部分是在同一个晶体里由同样的成分组成的,晶体的雕琢则成了画家主要的操作。空间的观念取代了气氛的观念。

在这种构成的、绘画所特有的、其中不再有事物、事物之间也不再有空隙的空间内部,不仅是整体控制部分,而且总体的结构都服从于一种运动和一种节奏。这种运动和节奏不仅取决于由形象表现的物体的性质,而且取决于方向和造型的要求。色彩不再必然地被封闭在轮廓里了。费尔南·莱热[1]后来大大推进了这种分离。线条本身往往不是一个事物的轮廓,而是一种运动的轨道。这种运动可以有现在电影或爵士音乐已使我们习惯的切分节奏。

这场与一种关于绘画的性质和作用的新观念相联系的、对文艺复兴时期以来成为传统的绘画的表现原则和规律的诉讼,促使毕加索在六个世纪的绘画之外(但同时保留其丰富的遗产),恢复与文艺复兴时期的习惯或古典的希腊艺术无关的、更为古老的传统。首先是在西班牙,特别是在卡塔卢尼亚地区留下奇妙遗迹的罗曼艺术;然而也有拜占庭艺术,仍然是在西班牙,格列柯曾保存过它的痕迹,并通过威尼斯

---

[1] 费尔南·莱热(1881—1955),法国画家。

和罗马的教育把这个信息传给后代。在空间和时间上再追溯得更远一些,毕加索曾在人种志博物馆里查考过大洋洲艺术、非洲艺术、哥伦布发现新大陆之前的艺术,还有近东、克里特岛和迈锡尼艺术、古典时期之前的希腊艺术的创作。

它们的共同特征是表现了人类的一种原始的雄心。人类在自然面前没有一种凝视的姿势,而是感觉到一种焦虑、一种恐惧和在改变世界的同时克服这种焦虑和恐惧的需要。改变世界既靠人类的技术,又靠一种渴望越过这个世界的边界,建立另一个偶像和物神的世界的巫术,人类在偶像和物神里表现和集中了胜过自然的力量、神秘的力量。

在一个技术发展的水平高得无以复加的阶段里,人类会感觉到焦虑和恐惧,它们不再是产生于在大部分已被控制的自然力面前,而是产生于在他自己创造的社会力量面前的无能为力之感。这种力量与他不同,并且与他相对抗,就如同那要压碎他的那陌生而充满敌意的现实一样:贫困、危机、压迫人的机构、战争,它们都是人类的异化力量的形式。

这些变得和原始人面前的自然力同样不人道、同样可怕的力量,不能单靠技术的发展,而是要靠一种人类特有的主动性去制服和消除它的危害。为了在艺术创作中表现这种主动性,就应该恢复艺术在被固定在模仿技巧里之前的表现形式。恢复并不意味着照搬或重复,而是从它们深刻的倾向中重新抓住过去的创造性的时刻。这种"复兴"具有一种新的意义,它不仅是对地中海古典艺术的一种承担,而且是数千年来一切时代和一切文明中的原始雄心的根本恢复:超出叙事的或装饰的画面,创造一个与自然的世界不同的世界,与一个技术和理性的发展阶段相适应的,但本身包含着超越这一阶段的顽强意志的神秘的世界。

这种史诗和抒情诗般的创造,应该产生一种语言,一种未经过科学技术的需要这个模子浇铸过的自然的语言。

吉约姆·阿波利奈尔着重指出过:"中世纪几内亚和刚果的画家们终于不用任何借自直接视觉的成分而再现了人类的形象。"

波利尼西亚①或非洲的面具、阿兹特克人②或玛雅人③的陶器、罗曼语民族的动物寓言、迈锡尼的偶像、克里特岛的物神,曾大大推动了这种在不模仿自然的情况下重新创造自然的努力。

在惯常的面具里,非洲艺术往往把面孔的凸起和凹陷部分颠倒过来,以一种凸起来给人以深度的错觉;或者相反,在脸上刻出一条弯曲来造成凸起的错觉。毕加索的事业不在于继承这些方法和反对一种对文明而言的所谓的野蛮。他不去模仿方法,而是重新抓住了一种深刻的意图,并且去探索造型的寓意。

这种神话的创造,表现了人类特有的超越自然的行动和当时控制自然的技术;这种神话的创造,是从荷马直到塞万提斯的《堂吉诃德》、歌德的《浮士德》和高尔基的《母亲》的艺术本身的作用;这种神话的创造,不可分割地既是向世界提出的焦虑的问题,又是以人在每个时代对他的命运或未来形成的一种英雄形象的名义使世界的秩序成为问题。毕加索勇敢地从这种创造中看到了绘画的深刻使命。他以他的魔鬼、他对畸形事物的反抗、他对人的意志的肯定、他的希望、他的战斗、他的胜利,勾画了当代这种既是抒情的又是史诗的神奇景象。

有些画面是宣战、起诉状、挑战、诺言、确信,是在这个"启示录"和愤怒的时代给真正的人带来痛苦的、战斗的和狂热的生活的一切。

一种如此令人难以置信的事业是不会不遇到危险的。

首先是与现实决裂。使作品变得即使对毕加索想在他们的战斗中给予支持的人来说都无法辨认的危险。画家的职业,当人们对它的要求高到这种程度时,便不再是舒适的了,艺术家也就专心于经受巴尔扎克所写的《不为人知的杰作》的大师所受到的折磨,这是一本预言

---

① 太平洋群岛名。
② 墨西哥的印第安人。
③ 中美洲印第安人的一族。

性的书,塞尚读了会焦虑得脸色发白。

这本身证明了毕加索的即使是最大胆的发现,都远非无视包括先前六个世纪在内的以往的成果,而是相反地从它们开始向前跃进的。

所以才有大量来源于纯古典传统的,由科学分析检验过的发现。

一种历史的类似更能为我们证实这一点。

毕加索在形状的所有方面普及和推广了印象派、更多的是新印象派为色彩所做的一切。

在谢弗勒尔[①]赋予色彩以一种科学的表达之前,所有伟大的画家都以一种或多或少是本能的方式实行过这一法则:"把颜色放在一块画布上,不仅用这种颜色去染画布上被画笔画过的部分,而且用这种颜色的互补色去染与这种颜色邻接的空间。"印象派一贯是自觉地这样做的。

同样也应该说说线条。在画布上的决斗场里,只要画上一根线条,一个形状便产生了,而且决定了整个力场,它的紧张状态和对抗。在心理学上,"格式塔心理学"分析过这些"形状的特性"。但是我认为,没有一个人实际地、甚至本能地比毕加索更成功地运用过它们。"在现代绘画里,"他说,"每一笔都成了精密的操作,都是钟表业工作的一部分。你画一个人的胡子,它是红棕色的,这种红棕色就使你在大体上要重新安排一切,像连锁反应一样重画周围的一切。"[②]这正是毕加索的几批绘画中令人注意的东西,包括猫头鹰、公牛、《格尔尼卡》或《战争与和平》《宫女》或《草地上的午餐》的轮廓。每幅画都类似一位国际象棋大师的"变动",每一着都使全局发生变化,要求重新安排整个棋局。

所以毕加索涉及的不是"一种绘画命运的颠倒",而是一种对一切伟大绘画的内在规律的尖锐意识,一种对迄今为止一直从属于对自然的模仿,然而却构成绘画本质的人及其创造性行动的尖锐意识。

---

① 谢弗勒尔(1786—1889),法国化学家。
② 引自克洛德·鲁瓦:《战争与和平》,艺术团体出版社。——原注

艺术是人对自然的补充的说法是一种老生常谈。不过要同一切狭隘的美学决裂,却只需了解这种说法就够了:人们只能把人类特有的,即不单是自然的东西,而恰恰是与自然决裂的东西称为艺术——火,工具,艺术是在它们之后,和它们一起产生的。艺术从来都不是对自然的模仿,而是按照人类特有的一种规律进行的创造。

毕加索在绘画里,在一切艺术里开辟了这种闻所未闻的前景,它是以对人的肯定,以对超出自然,甚至在自然之外的人对创造另一现实权利的肯定,以另外的创造规律和另一种美,以另外的判断标准作为开始的。

这种新艺术和罗曼艺术无论在形式上多么相似,也应该着重指出它们深刻的分歧:罗曼艺术割断艺术和当时现实的联系,以便暗示超验性而把人引向上帝。毕加索与现时的表象决裂,以肯定人及其秩序的存在。未来是无神论者认识的唯一的超验性,正如艾吕雅所写的:"毕加索懂得前进的人每一步都发现一条新的地平线。"

毕加索在打破习惯的常规时,打算走出绘画陷入的死胡同,并开辟一条新的道路,用一种并非直接借自自然的语言来表达人的感情和意志。在为《蒂莱齐娅的乳房》所写的序言里,吉约姆·阿波利奈尔下了对毕加索的革新(它只是根据外表的标准才被命名为"立体派")比对超现实主义更适合的定义:"当人想模仿走路时,他便创造了不**像腿的车轮**。"

这种艺术不是对现实的一种模仿,而是人类特有的一种创造的主导观念,是自浪漫主义以来一种加速演变的延续:对本来会构成人们要再现的模特儿的一种现实、一种外部的或内在的自然的怀疑。

艺术作品的使命不是再现世界,而是表达人的愿望。这种愿望也许只是逃离世界,躲开它,或者相反地是改变它,这要看"主体"是作为狂怒而无能为力的个人的我,还是相反地是一种负有建设未来的使命的集体的、历史和社会的伟大力量的表现。逃避的艺术或革命的艺术,这在创造性艺术中最容易混为一谈。

一九〇七年的毕加索并不认为他的艺术具有一种社会意义,但尽管如此,它仍然是有社会意义的。与摄影术不同,画面的真实生活和意义与它所表现的生活和意义无关。《阿维尼翁的少女》的主题毫无价值:一个妓院的玻璃橱窗。可是这幅画却开创了一种无限的未来。它只是印证了热尔特律德·斯坦恩所立即觉察到的东西:"二十世纪的现实不是十九世纪的现实,根本不是,而毕加索是唯一在绘画时感觉到它的人。"

正如随印象派产生的颠倒一样,随着毕加索和立体派产生了一种新的辩证的颠倒。毕加索和称为"立体派"的运动,起初想以一种精确的技巧表现外部世界,不是如印象派那样抓住外表,而是相反地抓住本来面目的物体。面对现有的世界,他们终于按照人的规律建起了一个虚构的世界。

对于莫奈和德加这类回避历史和社会现实的印象派画家们来说,整个人类和每个人物都似乎准备像很久以前就丧失了内部实质和人的真实性的木乃伊那样风化为一团彩虹色的尘土。也许这些艺术家是在一种造型形式下,无意识地反映这样的一个历史发展阶段:变得不人道的社会动力使人类特有的一种主动的、自觉的反应成为不可能了。

毕加索和立体派画家们在一九〇七年左右的作品,并不构成一种反对人的堕落、反对一个腐朽没落社会中的有害势力的政治或社会的抗议,但是它在造型方面指出了人的一种抵抗或反击的开始。

毕加索反对抹杀现实和人的存在,他的美学革命首先是在作品的构成中对意志的优先地位作人道主义的肯定。人和世界的关系已经变了:问题不再仅仅是接受最短暂的表象,而是相反地肯定在最稳定、最有力的方面把握世界的主动性——绘画是结构组织的一种有意识的行为。

我们再强调一次:毕加索在这个阶段的反抗只停留在造型方面。他同时向现实的概念和美的概念提出了疑问。为了确定绘画的现实的定义,他探索与现实世界的自然法则无关的新法则,他也为确定美的定义而探索与被六个世纪的欧洲绘画所系统化的标准无关的新标准。

在这方面,认为他在放弃欧洲观念的美的标准时采用了黑人的、哥伦布发现新大陆之前的或波利尼西亚的标准的看法是毫无意义的。一种外部影响只有在符合一种期待和一种感觉得到的需要时才能真正地、深刻地发挥作用;嫁接的枝条只有在内部的发展条件创造了这种结合的条件时才能"生根"。希腊、拉丁的艺术的重新发现并不规定文艺复兴的特性:它只是满足了艺术家们人道主义的愿望,他们从两个世纪以来就以哥特式艺术反对对罗曼风格的因袭和歪曲,逐步地重新获得了一种新的真实,和一种像古代异教的美一样纯属人类的、人间的美。

一八六七年对最初的印象派画家来说曾是一种意外启示的日本版画也是如此。非洲的面具和贝宁的青铜艺术品也是如此:它们不是从外部移植到法国绘画里的一种美学,而是对毕加索在了解黑人的艺术之前所进行的事业的明显肯定。我们可以在高更的所作所为里找到这一事实的反证。他也在寻找一种走出十九世纪末绘画的死胡同的办法,到塔希提岛①去寻求他的灵感,然而这种与波利尼西亚艺术的直接接触并未导致绘画的任何革命。欧洲的美的理想依然如故。他描绘的形象根本不像波利尼西亚的偶像。

相反,决裂随着毕加索产生了。他怀着用并非直接借自自然的成分来重新创造一个绘画世界的意愿,超越了塞尚已经在寻求用"球体、圆柱体和锥体"重建自然的观念,②抛弃了这些持续不断的、立体几何学的人体,并通过用凹面代替凸面来重新安排他笔下的形象。

如果说希腊和基督教的关于人体各部比例的标准已被推翻的话,

---

① 波利尼西亚群岛的主要岛屿。
② 塞尚的绘画第一次只是在 1905 年,然后又在 1906 年,才被巴黎秋季美术展览会接受和展出,提及这一点不是无益的。——原注

也并非是简单地借助于外来的异国传统的结果。它被一种美学内在的辩证需要所超越,这种美学不再允许人在反对使他成为牺牲品的异化时恢复镇静:在一个被劳动异化和一种在人之外的、敌意的机械化所统治的世界上,在一个对世界实行革命变革的条件还不可能立即成熟的时代里,画家可以试图逃避。他可以跟印象派一样只在画布上画些最肤浅的、昙花一现的彩色外表来试图逃避,或者在一种以纯形式需要为名的思辨里,到世界和历史之外去寻找一个避难所,好沿着康定斯基①或蒙德里安②的道路逐步走向抽象的概念。或者他能够至少在造型方面挽救着色作品中人的一种特有构成的可能性,这种构成既不是已知的自然的构成,也不是经历的异化的构成。毕加索开辟的正是这种前景。

在这条道路上,正如我们已见到的,他在对反对异化的现代社会形式的人的肯定之中,大概寻回了一些远古民族的意识,他们曾反对过异化的古代的、**自然的**形式:他们是大洋洲、非洲、美洲或亚洲的偶像的创造者。问题不在于模仿或重复他们的艺术,而是要符合一个在一个基本方面与他们的要求类似的要求:肯定那些反对要把人压垮的自然或社会的力量的人。

由于这一点,也仅仅由于这一点毕加索才像一个原始人:是由于他通过这种人的最本能的行为来拒绝像物一般地存在,并且像从前通过火和工具的发现一样通过艺术来肯定人的特有的存在方式。

毕加索提出的造型问题,是要为绘画的基本问题之一带来适应二十世纪精神的一种新的解决办法——在一块画布上,也就是在两维空间上,要使人联想的不是一种幻觉的深度,而是在空间同时活动的形状的全部外表,这还只是一个更为深刻的问题的一个技巧方面的问题。在把我们对形状、光线和运动的复杂感觉凝聚成一个唯一的构成形象时,我们不得不对一种变得被动的视觉的常规和习惯产生疑问,

---

① 康定斯基(1866—1944),法国画家,生于莫斯科,抽象主义画派创始人。
② 蒙德里安(1872—1944),荷兰画家,抽象派艺术的主要代表之一。

重新控制和超越我们习惯感觉所暗含的一切活动。

印象派画家，特别是更为自觉的雷诺阿、修拉、西涅克①等后期印象派画家，在色彩上用视觉的混合代替化学的混合，使这些色彩只在我们的眼睛里形成，他们已经在这条道路上迈出了一步。但是**色彩的视觉混合**是在我们的眼睛里不自觉地、被动地形成的。相反立体派绘画向观众要求的**形状的精神综合**，却迫使我们意识到在感觉到的世界的总布局里我们自身的活动。在六个世纪之后，我们曾最终相信过，在文艺复兴时期系统化的、由于习惯而在我们身上生根和僵化的传统，一向是永恒和必然的感觉方式。毕加索的立体派的事业是责任感的一种觉醒。这种美学是一种道德。

在毕加索的绘画实验室里，一九〇七年正在产生的是一种史诗般的新艺术，正如卡恩威莱出色地描写的那样，不是表现"无力改变命运进程的人对命运的顺从，而是肯定反抗命运的人的伟大"的艺术。

奥尔德兰②曾对这种人和世界关系的史诗观念下过定义："表面天真的史诗诗篇含有英雄的意义。这是崇高愿望的隐喻。"

二十世纪已经模糊地感觉到它从一个发生了人类从未见过的最大的科学和历史变化的世纪里产生出来的痛苦，它的崇高愿望的隐喻在毕加索的作品里第一次得到了造型的表现。

毕加索发生的大转折是在一九〇六年至一九〇七年左右。我们也许可以把创作热尔特律德·斯泰恩肖像的时间作为开始。意味深长的是，在画了第一次姿势之后，热尔特律德·斯泰恩和他的兄弟都表示极为满意。毕加索要求画了九十次，然后通通擦光，到外省去了几个月。回来后他不用模特儿便画完了肖像，当困惑的热尔特律德·斯泰恩问他这像不像自己的时候，毕加索平静地回答他："您有一天会像它的。"这不止是一件逸事，是绘画及其与现实关系的一种观念。在《奇迹国里的阿里斯》里，猫已经完全消失，阿里斯还见到猫的一掠而

---

① 西涅克(1863—1935)，法国画家。
② 奥尔德兰(1770—1843)，德国诗人。

过的微笑。毕加索坚持这类不可思议的事情:使人想起一只猫的微笑而又不画猫。再说这不正是马拉美在一种表面上与立体派明显相似的美学里提出的这个要求吗:"倘若不在区区一张纸上表现浓密树林的本貌,而想包容森林的恐怖、树叶丛中此起彼伏的隐隐雷声,尽管这种意图决定杰作的产生,但是抛弃它吧,那是美学上的错误。内心骄傲的某些流露被忠实鼓吹,于是启迪了仅供居住的宫殿建筑,却全然不用任何石料的话,事情就难办了。"①

问题绝不在于奇迹,而在于技巧,或不如说艺术。"格式塔心理学"使我们在构成一种形状的所有成分的颠倒之外,熟悉了一种"形状的特性"的持久现象。这也许是毕加索美学的本质:以内部固有的,而不是借自然的模特儿的成分,在人类存在的暂时表象和转瞬即逝的表现之外重新创造人类存在的深刻现实。所以会有像面孔一样的形象和事物。

因此,毕加索重视设计要像面具一样的面孔结构:这种面具,既是模特儿的,使模特儿满意的模样,又是创作者猜测或要求的、超出即时的和偶然的表象的模样。热尔特律德·斯泰恩肖像或毕加索自画像,就已经本着这种精神被处理得"终于像他本人,而永恒改变了它"。

除了肖像画,面具使形象失去表情和个性,这就能使形象协调一致,面孔无须一种更高的、潜在的活力和吸引更多的力,以免损害画面内在紧张状态的平衡。

在戈索尔度过的几个月里,在安道尔的山谷中,毕加索形成了他的绘画观点的主要轮廓。在卢浮宫里,西班牙古代雕刻的某些形状,公元前五世纪至公元前二世纪奥苏纳②的青铜艺术品,已经给他留下了强烈的印象。在戈索尔,他画了一些令人想起一块硬木上的、需要用平面分成块的雕刻品的形象。《两个靠着的裸女》中的一个还是用

---

① 斯特凡·马拉美:《狂想》,法斯盖尔出版社(再版,1943年),第250—251页。——原注
② 西班牙地区名。

一种比较传统的方式处理的,而另一个则已经用平面的切割来处理了。这两个女人的并列是新道路上的一个标志。

一九〇七年的《阿维尼翁的少女》在一部作品里概括了新的倾向,具有宣言的价值。

环境的改变比同时形成的一切革新人体的处理、构图、空间还更为全面。

准备工作和草图使我们可以理解面孔和外形变化的所有阶段。头部使人想起人类最初的视觉:具有一种几何的椭圆形、空眼眶的非洲面具的视觉,按埃及人的方式则是一个侧面像里的正面的眼睛。人体被分割成清晰的平面。曲线越来越少,以让位于像水晶棱边的直线。形状不再是个人的和转瞬即逝的了。

构图用的简略的粗线条不再是轮廓,而是一块被打碎的唯一的棱柱的边,外形在棱柱里似乎和褶裥一样。人体被并入空间,背景和人物具有同样的性质。它们只是一个整体的一些部分。画面的统一性来自固体和它的周围——不是一种空白,而是一种和人体同样含蓄的现实的不断的相互作用。只有一个力场,其中的人和空间都服从于一种唯一的节奏。平衡是画画的,而不仅仅是外形的平衡。

这种唯一的空间感毫不犹疑地排除了凸起和立体感。它不使画的表面呈现出凹形。造成的印象则相反,这个棱柱的小平面似乎从画布的平面开始向我们走来,因而我们可以说被引进了画面。面孔上的一些影线,玫瑰红的或陶土般的色彩上的一些细微差别,足以暗示平面相互之间的这种渐变。毕加索本人在一九〇八年对他的朋友雕刻家贡扎莱斯说过:"总而言之,色彩只是不同透视的标志,只要把这些绘画剪成倾向于一边或另一边的斜面,再按色彩的标志把它们合在一起,便会有一件雕刻品了。"

《阿维尼翁的少女》开始了立体派的革命,对此人们只能说绘画史上从未见过一种像这样全面的决裂的先例,一种这样彻底的更新。

对这种画面的初步研究证明,构图受到了塞尚和他各式各样的

《浴女》的启发,但是毕加索极大地发展了塞尚的企图,直到实现一种真正的质变:首先完成与自然形状的决裂,其次用一种其基本成分不是直接来自现实的语言创造了人的典型,最后构成平面,以致眼睛总是被重新引向画布的表面。

现在可以展示这种艺术革命的结果了。它的发展分为两个阶段:分析的立体主义和综合的立体主义。

立体主义,首先是分析的立体主义的出发点,是注视一个行动,一个通过它抓住画面的行动,画面犹如一种具有它的多种外表、矛盾、内部紧张状态的完整性,我们便不再处于凝视的被动地位了。我们和画面、和画家创造的物体之间的关系,是为了在我们身上重建这种被艺术家分解了一切时刻的东西的统一性而进行一种行动、一场斗争的关系。

从文学的控制中解放出来的绘画,获得了它的独立性。

从前存在于绘画与自然或故事、景象或事件等非绘画之间的辩证的紧张状态,变成了绘画本身内在的紧张状态。语言要求与形象要求之间、艺术材料(线条或颜色)与它归纳出的使命之间、画画提出的问题(而首先是它的意义的问题)与它带来的神秘的和未来的答案之间的紧张状态。

达到了这一点,分析的立体主义便倒过来成了既是它的延续又是它的对立面的综合的立体主义。

这个过程发生在一九〇八年和一九〇九年左右。

我不认为人们可以像达尼埃尔·亨利·卡恩威莱所做的那样,用这种说法来说明这一超越的特点:毕加索使"开始时是一个纪律严格的派别的立体主义变成了一种自由的学说"。在一种不与无政府主义的个人主义混为一谈的自由观念里,纪律和自由绝不对立,而必然是相辅相成的。相反,颠倒倒是在于从抽象到具体(当然总是造型的而不是观念的抽象)、从一般到个别,在于颠倒地追随由分析的立体主义所继续的塞尚的道路。分析的立体主义是通过分析从外部现实中得出主要的构成成分的。现在的问题是通过综合的道路,借助于形状和色彩的因素来创造一些物体，它们只是以这个或那个方面来使人想起自然的习惯的物体，但它们都是有机的整体。正如第一个清晰地意识到这个变革的胡安·格里斯后来所写的那样："我以组织画面开始，然后修饰物体。问题在于创作不能与一个现实物体比较的新物体，这正是综合的立体主义与分析的立体主义的区别。"①

不应该把自然世界和产生画家创作的世界之间的这种对立，归结为一种神秘主义的再现。这些虚构物体的根源，不是一种超验性的来世，一种就词的神秘意义而言的"超自然的东西"。

综合的立体主义在毕加索身上的演变证实了这一点。

为了不再有可能使综合的立体主义在走向抽象艺术的下坡路上滑下去，毕加索和布拉克在他们这个时期——将近一九〇八年至一九〇九年——的画面里，首先引入了一些直接从惯用的或单纯模仿的物体的世界里借用的成分。布拉克首先在他的一幅画里富于象征性地安排了一枚画得逼真的钉子，似乎要以一种幼稚的方式来表明这种把绘画系于现实之中的意志。然后是粘贴画或和具体事物混在一起的不真实的树林、大理石、桥。一九〇九年，在一幅静物画《钢琴》里，抛弃了明暗对比但不愿失去立体感的毕加索，在画布上粘上一些凸起的石膏，并在这些凸起上作画，以便让光线向一块浅浮雕上投射阴影的同时严格地保持本色。这些注定失败的企图表明这种意愿：不但不陷入抽象的概念或几乎无法辨认的、像综合的立体主义最神秘的时期那样的形象表现，而且要把事物本身当作意义无法预料的、物体的隐喻来利用。

很久以后这方面在雕刻上取得最大成功的是：用一把铲子、一个旧水龙头和两把叉子形成的鹤；用一个马鞍和一个自行车把创作神话

---

① 这里可与马拉美类似的主题做一比较："按照说话的手法来改变一个必然的事实，使它颤动地自行消失，不用一个近似的或具体的重复来妨碍这种消失，然而要不是为了由此得出唯一的观念，这个改变的奇迹又有什么用呢？我说：一朵鲜花！于是在我的声音没有留下任何轮廓的遗忘之外，和谐地升起了某种与苦难不同的东西，微笑的或高傲的观念而没有任何花束。"（马拉美：《狂想》，第 255 页）——原注

动物；骨架浇铸在一只破筐上的山羊。

通过最平凡的物体在摆脱了它们的习惯用途并变成其他物体的隐喻的、诗意的比较，来得出预料不到的意义和一种美的火花，这种艺术，是毕加索艺术的一种经常的表现。

阿波利奈尔的诗论的依据是以意想不到的配合来得出效果，在这里得到了绘画的共鸣。洛特雷亚蒙①说过："美得像一把雨伞和一台缝纫机在一张解剖台上的会合。"这种为超现实主义者们所珍爱的"物体的幽默"，由毕加索在造型上实现了。

但是，在综合的立体主义开辟的道路上，节奏的优势有导致抽象艺术的危险：变得难以辨认的画的物体，在模仿一块云彩、一个波浪或一块水晶时是美的。胡安·格里斯说过，这种绘画对从前的绘画而言将相当于诗歌之于散文。阿波利奈尔补充说："我甚至想过像这样纯造型的专心致志会不会给我们带来一种全新的艺术，它对于绘画来说将相当于音乐之于文学。"②

极而言之，如果人们在这样一幅画的面前问道："它表现什么？"唯一的回答是："它表现创作它的人。"一幅画的主题，经过这样一种轨道之后，不再是一种自然景象，而是在创造性行动中的艺术家本人，他通过这种行动来表现他内心的狂喜。

正如我们到现在为止所做的那样，为了引用诗句来突出这个新时代的末期，我们联想到十四世纪中国理论家汤垕③的诗句，以展现另一时代、另一地点所确定的艺术方向。这些诗句是题在一幅宋朝的绢本上的④：

君心至诚，

---

① 洛特雷亚蒙(1846—1870)，法国作家，超现实主义先驱之一。
② 吉约姆·阿波利奈尔：《艺术编年史》，第216页。——原注
③ 汤垕，字君载，号采真子，山阳(今江苏淮安)人，元朝美术评论家，于1328年著成《古今画鉴》一卷。
④ 原诗查无出处，故从意译。

下笔有神。
文章丹青,
出之于仁。
老树修竹,
为伴为友,
妙手着意,
顷刻而就。
百年之宝,
令人心驰,
展卷观赏,
似亦见君。

* * *

为了重新获得物体而与印象派对立的立体派,经过一个新的辩证的大转折,像它一样趋于没落了。在又一次耗尽了一种果断地选择的方式的全部可能性之后,毕加索到了它的边缘,并懂得不能在皮埃·蒙德里安陷入的抽象概念的死胡同里断送自己。

毕加索不把一种那时将要变成老一套和强制的解放倾向发展到荒谬的程度。

他开辟了一条道路,或者不如说是各式各样的新道路,不是为了取消或否定过去,倒是相反地在表明,这种迫切需要所有重要时期的绘画形式的清晰意识,绝不要求对这些形式进行不明确的模仿,而是有着无限更新的可能性。

所以毕加索让未来派和非具象派去思考他提出的方法。他不像马尔维特①那样认为"艺术来到了一片除了唯一的感觉之外一无所有

---

① 卡西米尔·马尔维特(1878—1935),俄国画家,抽象艺术的先驱。

的荒漠"。他不愿像康定斯基那样"在现实生活的没有灵魂的内容面前转过头去",①他不像巴赞那样相信艺术只是"在一个令人窒息的世界里呼吸的诱惑"。② 绝望不是生长他绘画的腐殖土。这正是他和抽象艺术的根本区别。

毕加索不把他的艺术看成一种在精神内在性的借口下逃避现实世界的手段。他始终向世界敞开胸怀,并且具有丰富的经验,在一九一七年科克托为了替季亚吉列夫③的芭蕾舞团画布景而带他去意大利旅行之后,他毫不犹豫地在自己的作品中开始了一个古典主义的时期。

他画的斯特拉文斯基④或马克斯·雅各布肖像,令人想起安格尔素描的纯净。一九一四年到一九一八年的战争使他陷于孤独,他似乎很少作画,以他能为所有人立即理解的方式去寻求和一切人及一切事物的更直接的接触。在他的蓝色时期的画面里,狂热地寻求事物的存在和人的热情,把它们的轮廓贴合在一种崇敬或爱抚的动作之中的令人震惊的手的姿势,象征着他现在的态度:一种更易接近的方式使他可能获得一种更广泛的一致和一种摆脱孤独折磨的解放。毕加索时刻都面临着包含有不理解和孤独的危险的探索的时期。

这个安详而宁静的,他的创作建立在为一种悠久传统所习惯的价值之上的时期,一直延续到战争之后。它不是一种倒退、退却和对古代的单纯模仿。毕加索是以他过去全部经验的丰富性和能力来参考古代的。一九一九年他画《睡着的农民》时,尽管它使人想到《土耳其浴室》⑤的观念,但这不是一幅安格尔的画,倒更像是米开朗琪罗的一件极其激烈的作品。这几年中从他的画笔下产生了一个由男女巨人组成的民族,它似乎在岩石和黏土里扎下了根,与它们合为一体,只是为了在这个时代大量的"母爱图"里表现人的爱情和温柔的姿态才离

---

① 康定斯基:《论艺术中的教权》,第 28 页。——原注
② 巴赞:《关于目前绘画的笔记》,第 83 页。——原注
③ 季亚吉列夫,俄国芭蕾舞团的创立者。
④ 斯特拉文斯基(1882—1971),苏联作曲家。
⑤ 安格尔的作品。

开它们。

这些巨人犹如带着神话中成群的动物的一种威力和肉欲从地下冒出来的异教的神。

但是要在这个古典主义时期里探索毕加索"演变"的迹象将是徒劳的。他的一切创作行为都出自同一个中心，因而一些不同的以致对立的表现手法在他同一个时期的作品里能够同时存在。

对于这个时期，同对任何一个时期一样，人们不会谈到毕加索创作的交替。古典主义的表现或立体派的构成，是表现同样的结构要求的两种方式，不过有时是纯粹服从唯一的造型规则，有时**也**服从自然的规则。

造型艺术总是在两个极端之间摇摆：模仿和音乐。艺术一方面为幻术，另一方面为抽象的概念所窥伺。毕加索始终为保持它的平衡而斗争。对他来说，立体主义不排斥物体，但也不成为它的奴隶。

古典主义画家的教训在这里仍然存在：他们画面里伟大的东西并不总是他们所表现的东西。如果不是这样的话，那么譬如说，一些不再是基督教徒的人，怎么还会被纯属宗教主题的作品所感动呢？对于拉斐尔的圣母和儿子耶稣，我还可以超越教义，为人类的母爱所感动；但是对于格列柯用青灰色的光线、近乎蓝色的闪电、多角而撕碎的形状、不协调的刺目色彩，来表现十字架的圣约翰①或阿维拉②的圣泰雷思③的修行气氛的作品，如果不是通过一种人的存在的和一种能在表现的主题之外感动我们的造型语言的效力，那么我们怎么能解释这类作品对我们——哪怕我们同一切神秘主义无关——的震动？

除了这些特殊的例子之外，我们也可以对任何一件作品表示同样的看法：无论是普桑的《山羊阿马尔泰》④还是《勃列达的受降》⑤。它

---

① 十字架的圣约翰（1542—1591），加尔默罗会的创立者。
② 西班牙地区名。
③ 阿维拉的圣泰雷思（1515—1582），加尔默罗会的改革者。
④ 哺育朱庇特的羊。
⑤ 西班牙画家委拉斯开兹（1599—1660）的杰作之一。

们描绘的事件提不起我们的任何激情，和塞尚的高脚盘或毕加索的烟盒一样和我们毫无关系。

如果说画面对我们产生一种魅力，以致使详细讲解的博物馆向导只会使我们感到厌烦的话，那是由于与主题无关的原因。要是我想了解事件的话，最平庸的历史学家也要比最天才的画家更能满足我的要求。

至于作品的美学特性，它们可以多少附在模特儿或细枝末节上表现出来，但在任何情况下，还是它们从根本上构成了画面。正是它们，按照线条和角度、色彩和色阶形成对比和互相适应的方式，按照力的或对称的中心的节奏的组织，按照它们在为眼睛安排静止和惊异时加给它的进程，形成了作品所要表达和激起的感情。

况且即使被认为是古典主义风格的毕加索的作品，也是多种多样的：一九一五年到一九二〇年的"安格尔式"的素描；一九二〇年到一九二三年以明亮的天空为背景的巨大形象；或者受到《美惠三女神》那样的十六世纪风格主义启发的单色画的精致。

不过，在这个时期，毕加索作品的多样化显然要超过这些古典主义的变种。

由于作为毕加索创作的不变规则之一的、这种令人困惑的同时性，在一九二五年到一九三五年这个时期的作品——一九三〇年的《梦》、一九三一年的出色的《一张独脚小圆桌上的静物》，或者一九三三年的、光线像彩画玻璃窗的光线一样似乎来自画布后面的《梯子上的农妇》——里，有一股确信和欢乐的暗流，包含在被一根像彩画玻璃窗上的铅条一样的黑线条所突出的、包围着极其优雅和充满快感的曲线的美妙曲线里。

在他的作品里，用古典主义的方法，以一种凸起和最低限度的变形来处理的巨人的时代，与一九一七年他的《意大利女人》那样用几何切割画的均匀色调来处理的色彩鲜艳的画，或者像成为综合立体主义的杰作之一的、一九二一年的《三副音乐面具》那样的典型的立体派作品是属于同一时期的。

　　对于即将开始的时期,人们也不会说是毕加索的一个超现实主义时期。影响只是在一种内部必然性需要它或已经在凭空设想它的范围内才对他产生作用。

　　对为超现实主义者所重视的无意识的颂扬,作为通向一种超现实,不择手段地利用偶然性和妄想、幻觉或梦境的任意联合,这一切都与毕加索完全无关。

　　相反,在既是古典主义的、又是立体派的周期结束的时候,在毕加索从一九二五年左右开始的时期里,却显示出一种强烈的色情冲动、欲望和愤怒在艺术创作中的重要性。

　　在他所画的最美的、似乎用它们表现在一个新开端之前的劳动里的反省时刻而以车间为主题的静物画里,有几幅对他先前的发现进行了一种综合。在一九二五年的《头部是古代的静物》里,人们同时发现一个纯粹是古代的侧面像和同样的面具,一种属于分析的立体主义的构图,一把极为现实地描绘的吉他,和用单线条勾勒的其他陪衬部分,而整体的统一性和庄重的和谐却并不因此而被破坏。

　　从这个平静地沉思的时刻开始,魔鬼们闯了进来并且迅速增多,它们的产生似乎带有一种绝望的,只是由于一种强烈的幽默才变得温和的狂怒。特利斯坦·查拉①启发说:"如果人们不注意部分来自阿尔弗利德·雅里、部分来自戈雅的幽默,人们就很难理解包含毕加索对事物和人的看法的某些夸张或甚至是破坏。"

　　毕加索在这个时期最典型的成果之一是一九三〇年的《坐在海边的浴女》,人类研磨用的一个机器人,钳形的头部使人想起修女的披风和它象征的讨厌的传说,这是个有乳房、背部和手臂的机械的女人。但是她虽然引起了恐惧,她主要的线条、金黄的赭石色和淡灰色的柔和肤色,却表现了这个落入陷阱的魔鬼的无精打采的安宁。

――――――――――

　　① 特利斯坦·查拉(1896—1963),罗马尼亚诗人,达达主义的创立者。

从此以后他作品中占主要地位的是两个主题：运动的和魔鬼的主题。

一九二五年的《舞蹈》的画面标志着一个新起点。画面上的人体只是它使人联想到的、愈来愈狂热的运动的姿势：左边的舞女，以她酒神巴克科斯的女祭司般的扭曲、吃人妖魔般的牙齿、痉挛的脸部表情，大大超过了《阿维尼翁的少女》在造型上的大胆。

毕加索的俏皮话与其他任何时期相比都更适用于这个时期："我的画是破坏的总和。"他以一种无视传统观念的真正的狂怒，极力反对世界的习惯形式。

值得注意的是，正是在这个时期，毕加索为巴尔扎克的《不为人知的杰作》画了一系列插图，似乎巴尔扎克所写的老大师弗雷诺菲"由于过分研究，以至于怀疑他研究的对象本身"的苦恼，那时对于他分外亲切。

一九三〇年，他在以一种古典主义风格为奥维德的《变形记》作插图时重新获得了暂时的平静。变形的主题说明了他作品的一个时期的特点：他在痛苦和愤怒中创作的魔鬼的时期和这个疯狂的种族。

一切都可以面目全非，一种奇特形状的植物那时生长得十分茂盛。最想不到的突起、最不可能的歪斜，向自然的外貌和规则提出了一种持久的挑战，但始终服从于一种有创造性的意志的规则，这个意志使整体具有一种有机完整性的生动的统一性。

这种作品与十分宁静的作品是属于同一时代的。

毕加索那时对马蒂亚斯·格吕内瓦尔德①的《依萨姆汉祭坛画》中最可怕的《耶稣的磔刑》所做的一次沉思，表现了对于残忍和痛苦的同样的焦虑和情感。

毕加索以后模仿过大师们的许多作品，或者不如说手拿着画笔对

---

① 马蒂亚斯·格吕内瓦尔德（1455—1528），德国画家，《依萨姆汉祭坛画》是他的主要作品，包括《耶稣的磔刑》《圣母领报》《耶稣复活》和《圣安东尼的诱惑》等。

着这些作品沉思:他就这样从克拉纳赫①、格列柯、普桑、委拉斯开兹、德拉克洛瓦、库尔贝他们那里开始重新创造,但是意味深长的是在一九三〇年,他以各各他②的讨厌形象作为开始,这种选择揭示了他内心的混乱。

这个时期在一九三五年的《与人身牛头怪物的搏斗》里达到了它的顶点,也是它的终点。

毕加索似乎在这幅画里创造了他一生和他的时代的最伟大的神话。

首先必须使居尔特·格·塞凯尔的精神分析学的解释回到它自己的地方去。继荣格医生之后,他在这幅画里也只看到色情倾向的理想化:白昼光明的力量和黑夜秘密世界的力量的象征性的决斗;以乳房裸露的斗牛士般的女人表现的女性本原,和代表黑暗与鲜血的威力的、徒然地去撞孩子——爱神的象征——的蜡烛的人身牛头怪物③的对抗。我们要参与"光明和黑暗在人类灵魂里的永恒结合的创造性行动"。无论推动艺术家活动的色情冲动是什么样子,也应该再一次想到一件艺术品不是几种因素凑合的结果,并不限于一些诱发它的力量的结合。

社会政治决定论的社会学的解释,和社会决定论的解释同样无力。毫无疑问,自从一九三三年和希特勒上台之后,毕加索意识到世界上开始的战争赌注,感到面临着提出讨论这类问题的时刻:它们比他迄今为止所涉及的问题更为深刻,提出来讨论的不再仅仅是造型的传统和价值问题,而是将导致他意识到生活和历史的意义的、世界大乱的秩序本身的问题。卡恩威莱说,在一九三三年,毕加索在《贺拉斯兄弟的誓言》前,向他谈起过一种不再仅仅是为回答一种新的造型观而斗争的个人问题,而是回答当时向所有人提出的焦虑的问题的

---

① 克拉纳赫(1472—1553),德国画家。
② 《圣经》中耶稣受难的地方。
③ 希腊神话中饲养于克里特岛迷宫的、食人肉的怪物。

绘画。

可是要在《与人身牛头怪物的搏斗》里看出一种对反对法西斯主义的自由战斗的寓意,那也将是一种谬误。

毕加索的素描或绘画,从来不向我们提供一种或者隐蔽在画面之后,或者由一个头是装着他的观念的哲学家的头、手则是为了表示一种思想而展开线条和色彩的花束的画家的手的混合人抽象地制定的观念。

对毕加索来说,意义在画布平面上展开,而思想则既不在它之前,又不在它之上:它是与线条或笔触统一的。

人身牛头怪物并不意味着一种焦虑,它**是**这种焦虑。它踩在脚下或向之撞击的光明的力量,不是通过孩子、他的鲜花或光来"表示"的。它们就是光明的力量的体现,正如身体和灵魂不可分割一样。

所以我们把"与人身牛头怪物的搏斗"称为一个神话,即一种生动而特殊的伟大思想,它既不是精神分析学的象征,又不是社会学的寓意,而是其中带有它理想的力量和内在道德的造型创作。

* * *

从一九三六年开始的西班牙的战火……**反对**又一次先于**赞成**。但是毕加索完成的辩证飞跃在广度上超过了以前的一切飞跃。在此之前,他以伟大的艺术家的本能所特有的敏锐,感觉到时代的深刻推动并把它表现在一系列的造型革命之中。对于西班牙的、他的西班牙的战争向他提出的问题,毕加索不能再仅仅以一种新的造型观来回答。当然,对他来说,愤怒和热爱、焦虑和确信都必然会在一种造型形式下表现出来。但是他整个的人、完整的人——而不仅仅是画家——的态度,现在需要他把作品提高到与事变相适应的程度。

天主教作家约瑟·贝尔加曼当时曾经预言:"我把毕加索迄今为止的绘画,看作是他未来作品的序幕……我们目前的西班牙独立战

41

争,像另一场战争①曾给予戈雅的一样,将使毕加索完全意识到他绘画的、诗意的、创造性的天才。"

确实,他走的是戈雅的道路:他也画了《战争的灾难》②,并题名为《佛朗哥的梦想和谎言》,这是一个伟大的控诉行动。然后他画了戈雅的《马约的背》,即《格尔尼卡》。

一九三六年,保尔·艾吕雅到西班牙去为毕加索在巴塞罗那的自一九〇二年以来的第一个展览会举行开幕式。回来时,他在表达毕加索深刻的感受力时说道:"一切诗人有权利和义务确信他们已经深入于别人的生活,共同的生活之中的时代来到了。"他还发表了以后由毕加索作插图的诗集《智慧的日光》。

毕加索从第一天起便表明了自己的立场。佛朗哥叛乱分子散布了毕加索支持他们的流言,在举行西班牙共和主义画家展览会时,他在一篇发表于纽约的声明中写道:"西班牙的斗争是反动派反对人民、反对自由的一场战斗。我作为艺术家的全部生命只是反对反动派、反对艺术死亡的一场持续的斗争。人们怎么能哪怕暂时地想到我会跟反动派和邪恶保持一致?"他还讲了他对"把西班牙浸入痛苦和死亡的海洋的军事集团"的厌恶。后来他补充说:"面对一场把人类和文明的最高价值作为赌注的冲突,我过去始终相信、现在也相信,以精神价值来生活和工作的艺术家们不能、也不应该无动于衷。"

西班牙共和国任命他为普拉多博物馆主任,并要求他装饰一九三七年巴黎国际博览会的西班牙馆。《格尔尼卡》完成了这一委托。

毕加索以一九三七年四月二十八日希特勒和佛朗哥的空军轰炸比斯开的小城格尔尼卡为主题,但并不描绘事实。他甚至从画面上取消了一切细枝末节。他记下了法西斯主义对人类的凌辱,在这幅 $3.5m \times 7.8m$ 的油画板上,他可以说是画了一幅我们时代的神秘肖像。

---

① 1808 年拿破仑侵略西班牙的战争。

② 戈雅的作品。

我们再重复一遍,问题不在于象征或寓意,而是一个神话。画面之外没有可用一种空话来概括的意义。**意义和形式是统一的**。画面的色彩应该是痛苦,线条应该是恐怖或愤怒,被如此有力地控制的构图使作品不可分割地成为将获得胜利的人的一种意见和呼声。

这是一个杀戮的舞台,一个就词的真实意义而言的舞台,犹如幕布刚刚升起的一幕,不过像伟大的古代神话一样,它超越了细枝末节和特殊环境。我们不是在一座房子的里面或外面,光线既不是日光也不是黑夜的光,人们说不准使这个尸体堆的细节清楚地显现的微弱的光束,是太阳的光线、战火的反光,还是一盏灯的光锥,或者是凝视着事物的这种明显的、可怕的目光。

这不是一幅历史画,撕碎的、畸形的肉体把人与兽的形状吓人地混杂在一起。左边这个怀里抱着一个死孩儿的女人的尖叫声,不是一个特定的母亲的叫喊,而是好比人类痛苦的普遍的象征。在一段剑上的花束,它那脆弱但不可遏制的生命力之中,奄奄一息的战士紧握的拳头不是一个失败的姿势,而仍然是一首不可遏制地要活下去取得胜利的意志的颂诗。同样还有垂死的战马可怕的嘶叫,多重透视的手法显出了它划破的两肋;这个女人临终的叫声;落入空白处的熊熊的火把;还有另一个整个身体伸展得像一个问号形状的人的急奔;和这双泪水模糊的眼睛。每种痛苦的形状、每种狂怒的形状,都使被它们制服的身体变形、失掉人性和残缺不全,似乎战争不是一种暂时的混乱,而是对事物规律本身的一种侵袭,正如有人说过①的那样,它建立了一种面对生活的、畸形而极为可怕的**反常**。魔鬼时期令人吃惊的兴盛在这里得到了一种事后的解释和证实,它像是预言的喊声,预感到不人道的时代就要来临。

透视和光线严格地服从于产生最大效果的规则。明暗不是来自任何自然的光源,甚至也不是来自这个在舞台上张开一只迟钝的眼睛

---

① 勒内·贝尔瑞:《绘画的发现》,第354页。——原注

的电灯泡。在一种突如其来的明亮中涌现的只是活人的被损伤的形状,而油画板的色彩、灰烬、裹尸布和噩梦的色彩,排除了能分散我们对悲剧性的巨大冲突的注意力的一切。正如洛特雷亚蒙在他的《玛尔佗萝之歌》中所写的那样:"做着鬼脸的人类会考虑用末日审判来算它的账。"

至于透视,它似乎在每个物体的内部,每个物体都有自身的空间感,并且像每朵花有它的开放方式一样,每一次都按照新的规则来表现它,以使这种痛苦的形状或使画布上出现的灾难达到最强烈的程度。

然而,由于只用形状表现的效果,这个尸体堆和这种混乱并不使我们产生失败和绝望的感觉。

构图的控制在这里起着一种决定性的作用。对人的胜利的确信不是产生于这个或那个细节,例如这个从窗户里出来向无动于衷的公牛伸着她的火炬的火女纯净的侧面像;它产生于证实超越于屠杀的突变之上的人、作为创造者和组织者的人、艺术家——诗人的完整存在的作品的整个结构。

画面具有类似一种三联画的结构,既因两个侧面而呈垂直形,又因中央的大三角形而呈顶端为火炬的等边三角形。在这种精确的三角测量的内部,黑、白、灰的色彩交替和直线、曲线的结构交替,创造了一种遍及整块画板的节奏。整体的庄重布局实际上可以说暗示了人对混乱、他的胜利对世界末日的控制。

认为群众不理解这样的作品的说法并不正确。这种艺术对于那些把每个形象当作画谜一样来辨认、并据此写作蹩脚文学和庸俗哲学的人来说是无法认识的。甚至无须详细地分析画面的结构和空间感,也不用分析由灰色的微妙系列控制的明暗变化的手法,便可以直接感受到作品的总的震撼人心的印象。硬说只有最低的水平和最平庸的现实主义才适合于人民的鉴赏力,是一种对人民十分蔑视、对艺术完全外行的观念。

在西班牙战争时期,像这个不幸时代的地平线本身一样,毕加索的调色板也暗淡了。随着法西斯主义和战争的猖獗,世界似乎正在痉挛和解体。毕加索的素描和绘画,为这种痉挛、这个被分裂的世界、这种变样的、不人道的人类提供了见证。"我没有画战争,"毕加索可以这样说,"因为我不属于这类像摄影师一样寻找一个主题的画家。但是毫无疑问,我当时的画里存在着战争。或许以后一个历史学家会证明战争的影响改变了我的绘画。"

不过,要觉察战争在他的作品里开凿的黑色犁沟,完全用不着成为历史学家,也无须敏锐的眼光。

一九三七年:他内心对处于折磨中的西班牙有什么看法才产生了这幅《哭泣的女人》?

一九三九年:在这幅《猫和鸟》中,处理它的风格本身不就有着对成为世界规律的残暴的讽刺吗?

一九四〇年:什么伟大的历史构图能比一九四〇年六月画于鲁瓦扬①的畸形的面孔更能表现纳粹的入侵、兽性和不人道的胜利?照相式的现实主义都将是撒谎,因为以阅兵的步伐进入的军队都还是被奉承和美化了。

在同一个时代,对于一个倒是无足轻重的主题——《梳头的裸女》,难道能够比在这个像战争与死亡的狮身人面像一样难以忍受的石柱上,更为悲惨地铭刻人类的混乱吗?

毕加索的女人形象有时表现出最美妙的优雅,有时也会使人吓一跳。可以说引人注目的是,像希腊人在复仇三女神里把最重大的暴行拟人化一样,他以女人最令人不安的、最富于刺激性的线条来表现他最残酷的、眼睛最难以忍受的幻象。

但是,从绘画把表现我们对世界的态度作为任务的时候开始,如何超越外表去构思当代最残暴的复仇三女神的、一种比帕斯卡尔所揭

---

① 法国城市。

露的更可怕、比波德莱尔所瞥见的更堕落的人类的象征？在奥拉多①和奥斯维辛的时代，什么样的笔触才有足够的表现力来喊出疯狂和愤怒？最荒唐的夸张在这里也只是表现一种理性的判断。没有什么比保持理性更不明智的了。这里我们可以重复戈雅的话，他自己也这样解释出自他的想象和愤怒的最难以置信的创作："EL sueno de la razon produce monstruos."②

毕加索大概体验到了阿拉贡在同一时期所表达的情感：

> 我写作在一个因瘟疫而荒芜的国家
> 它像戈雅的一个迟来的噩梦……
> 我写作在这个浸透鲜血的国家
> 它只是一堆痛苦和疮痍
> 一个被冰雹打得四面透风的草棚
> 一座死神在玩骨头的废墟
>
> 我写作在这个屠夫们剥它的皮的国家
> 我看到了它的神经、内脏和骨头
> 我看到它像火把一样燃烧的树林
> 鸟儿从烧着的麦穗上逃走
>
> 为什么你们要我谈论鲜花
> 可我所写的一切只有呼声……
>
> 假如我歌唱八月的鸟儿和动物变态
> 八月便在草木犀的深处凋谢
> 假如我歌唱风、歌唱玫瑰

---

① 法国地区。1944年6月10日，该区居民六百三十四人全部被德军屠杀。
② 西班牙文：我心里的梦产生了魔鬼。

我的乐曲就中断而成了呜咽。

*　　*　　*

伟大的八月迎来了解放。现在,毕加索作品的历史由我们的、所有人的历史时期本身来划分了,因为他的传记不仅和现代艺术的发展,而且是和当代的全部历史联系在一起的。

他完全意识到这一点:"这些受压迫的可怕年代向我表明,我不但应该用我的艺术,还应该用我所有的一切去战斗。"后来他更有力地明确指出:"你们以为一个艺术家是什么?一个作为画家只有眼睛、作为音乐家只有耳朵,或者作为诗人只有内心的种种诗兴,或者甚至是作为拳击家只有肌肉的傻瓜吗?完全相反,他同时是一个在令人心碎的、激烈的或温和的世界事变面前始终保持清醒、完全习惯于它们的形象的政治家。"

确实,从表现巴塞罗那的盲人和乞丐、悲伤的街头卖艺者和母爱的素描,到人类在《格尔尼卡》中的强烈抗议,毕加索始终深深地感受到人类的贫困、屈辱或柔情。但是现在毕加索却感到,他不仅仅和人类的幸福与不幸,而且也和他们的斗争休戚相关,并且更充分地认识到,一种绘画并不只是在被用来反对另一种绘画,而是在反对产生它的世界的秩序时才是真正革命的。我们在这篇论文的开头所说的反抗的辩证法,是通向一种真正的革命的。这对于毕加索不是一个转折,而是一种完成。他宣布:"我加入共产党是我的整个一生、我的全部作品的合乎逻辑的结果。因为,我自豪地说,我从未把绘画当成一种单纯消遣、娱乐的艺术,我要通过素描和色彩——那是我的武器——永远更加深入地认识世界和人类。"他还更有力地说:"绘画不是用来装饰房间的。它是跟敌人打进攻战和防御战的一种手段。"

毕加索是凭着他过去最值得自豪的坚贞而加入法国共产党的。不是为了把政治观点并列在他的艺术作品里,而是因为他创作的必然发展导致了他的加入。他出于自身的心愿而成了共产主义者,因为随着他作为艺术家的反抗的深入,他生活的节奏和世界发展的节奏一致起来了。在遵循他自身道路的上升运动时,他赶上了我们时代的上升运动。他在这句常说的明白的话里表示的正是这一点:"我达到共产主义就和人们到泉边去一样。"

为了问他这种加入是否迫使他改变了绘画的方式,一阵动听的喧哗和一些极其无知的评论越过了大西洋!似乎在诞生了巴黎画派的国家里,社会主义还需要用圣·絮尔皮斯①的风格来形象化,或者要求它的画家们回到不知是格吕兹②、大卫、库尔贝,还是资产阶级现实主义发展的任何一个阶段上去工作,好像塞尚、马蒂斯或立体派都没有存在过一样。

人们对画家所能提出的唯一要求,就是成为画家,即能够发现:专门用于表现我们时代的造型形式的人。这绝不是说一定要像毕加索那样去绘画,更不是说一定要像在十七、十八或十九世纪那样去绘画。伟大的哲学家和美学家拉帕利斯先生或许会说:从主题到风格,现在的绘画不是过去的绘画了。

在成为共产主义者的毕加索的艺术创作中有一种新颖的东西,就是他在绘画和生活里都是一个快乐的战士。

这个从前在手的乞求姿势里再三再四地描绘过他需要人类的存在和温暖的画家,懂得从此以后他不再孤独了:"从前我那么急于重新找到一个祖国,我始终是一个流放者。现在我不是了。"在提到党内的同伴郎之万③、约里奥④、阿拉贡和艾吕雅时,他补充说:"我又处在我的兄弟们当中⋯⋯都是我最尊重的人,最伟大的学者,最伟大的诗人,都是我在八月的日子里见过的如此动人的巴黎起义者的面孔。"

---

① 圣·絮尔皮斯(? —591),法国布尔日主教。
② 格吕兹(1725—1805),法国画家。
③ 保尔·郎之万(1872—1946),法国物理学家。
④ 约里奥·居里(1900—1958),法国物理学家。

生活的时代重新来临,生之欢乐也随之而来。毕加索似乎在一切事物,直至最简陋和最平常的物体中都发现了他所具有的丰富性和欢乐:在《搪瓷锅里的静物》里,立体派的晶体具有天蓝色的刻面,酒壶的曲线特别精心地和弯曲的桌边融合在一起,以借助火苗,达到一个其阴影的锥体开始形成一个向下的弧形的尖部的顶端。在这些像一个彩画玻璃窗一样悦目的简陋事物里,闪耀着一种新的欢乐。

一个长着孩子般的眼睛、花瓣、叶子和果实的《花女》,在她的茎上抖动。

一幅似乎作为欢乐的芭蕾舞的布景而画的梅内尔贝①的风景画,有着熠熠闪光的树叶。

关于克拉纳赫②的《大卫和贝特萨蓓》③的沉思,因它的曲线而变得无比美妙;而普桑的《酒神巴克科斯的女祭司》则有着一种沸腾的生活。

在花女的肖像、梅内尔贝或昂蒂布④的风景画、过去的民间传说和神话,在一切事物和静物里的这种欢乐,都表现在概括这一切并且意味深长地题名为《生之欢乐》的一件作品之中。

在这幅全部以欢乐和调皮的曲线绘成的画里,每条曲线不是画出一个轮廓,而是画出一种运动;对最古老的民间传说及其农牧神、半人半马的怪物、山林仙女和跳舞的羊羔的模糊回忆,像一种似乎来自地下、未曾入画的轻巧的叶饰一样,以一种植物的本能来展开所有的形象。在天蓝色和麦穗般金黄色的画面里,沙滩和海洋加入了围着鲜花般的酒神狄俄尼索斯的女祭司游戏的、伴着乐曲跳圆舞的圈子。

毕加索知道,这幅创作技巧如此高明的绘画,能够直接产生一种质感、从生理上感觉得到的具体印象。当时他说:"至少是这一次,我

---

① 法国地名。
② 克拉纳赫(1472—1553),德国画家、雕塑家。
③ 贝特萨蓓,大卫之妻,所罗门之母。
④ 法国地名。

知道我是在为人民创作。"

他的手似乎怀着同样幸福的渴望想抓住一切,使一切变得更美。

在尝试石版画的时候,对于《两个裸女》的主题,他继续探索画出一幅展示构图的力的粗线条。

从一九四七年夏天开始,他更加热衷于材料的塑造和使色彩变化的火的魔力的运用。他在瓦洛里斯的陶器商们中间工作,不仅是装饰成品,使一个椭圆形的盘子构成带有台阶、人群和奔跑的公牛的斗牛场,而且使它们发生变化:一个罐子变成了猫头鹰、女人或女神,不过总是能令人想起克里特岛人或迈锡尼人的神秘偶像。几千年以前,地中海的另一些艺术家也曾赋予陶器以一种纪念性的或神话的形式,以驱除一个民族的焦虑或表现出它的希望。

一九四九年,毕加索以他的《和平鸽》创造了世界和平运动的徽章,这对他是一个表现各民族希望的极好的机会。

这幅同时获得费城美术学院奖章和国际和平奖的《和平鸽》,张贴在无数个从未被艺术感染过的家庭里。

某些人对这幅画出自一个不是从展览会到博物馆,而是从村庄到村庄地周游世界的、最神秘和最难理解的画家感到惊讶。但是偶然只有在必然性需要它时才会产生巨大的效果。《和平鸽》在五大洲的成就,只是最人道和最博学的艺术家的成功。正如立体派最优秀的批评家和先驱之一达尼埃尔·亨利·卡恩威莱所写的那样:"如果说千百万人今天把《和平鸽》的作者毕加索看成爱好和平的人的话,那是因为比起只把他的某些画当作没有客观意义的彩色表面来喜爱,而在《朝鲜的屠杀》面前则轻蔑和厌恶地转过身去的委琐的唯美主义者来,他们与真正的毕加索的接近要紧密得多了。"

从格尔尼卡到奥斯维辛、从朝鲜到西班牙,"反常"的机械装置摧残着人类及其未来。忠于他的深刻规律的毕加索,参加了当代人反对它们的一切战斗:他已经把它们画成弗朗凯恩斯坦恩的令人讨厌的人,有着成倍地超过中世纪野蛮的现代化手段。在另一个时代的盔甲后面挥舞着无名的武器和归根结底是无用的剑。

在过去属于勒兰斯①僧侣们,以后改变了用途的瓦洛里斯小教堂里,他后来描绘了当代这种中心的现实。

在《战争与和平》里,毕加索不仅仅以他的感觉,像把他的《格尔尼卡》和《生之欢乐》放在一起那样把两个极端集中起来,而是在赋予它一种直接的具体感的同时,表现出人类在命运的十字路口,在一个核能可以把世界变成一个死气沉沉的星球的地狱,或为所有人创造一种伊甸园生活的闻所未闻的可能性的时刻所可能做出的选择。

毕加索在这里仍然不通过要像画谜一样猜测的费解的象征来说话。无论是对战争还是对和平,形状都不表示意义,而是本身具有意义,并且无须对语言或观念的思索便能使我们受到感染。

当然,象征,而且最简单、最朴实的象征是十分丰富的。战争,是一辆可怜的外省柩车的"笨拙而颠簸"的移动,烧毁的书、断手、细菌武器或核武器造成的黑色的癌瘤,这些按一种像是分解打击姿势的顺序连接起来,令人想起勃鲁盖尔的跌倒的盲人们的、无用可笑的斧头、长矛和刺刀。对面则是以一切光明的武器、正义的天平和丰产的麦穗进行抵抗的人的毫不掩饰的人道主义,和坐在自己的盾牌上、绕着剑把上的金属丝的帕洛玛天使般的面孔。

和平,是长着金果的树、葡萄、丰产、书、劳动和估量、合成一体的眼睛和太阳;耕作的马长着飞马②的翼,乳房裸露的女人们在一个农牧神的芦笛伴奏下跳圆舞;以及可能和不可能的一切,在一种胜过镂刻③的平稳中,为人的手所吸引的鸟儿在游动、鱼儿在飞翔;雅典娜的猫头鹰从此以后也在夜幕降临之前起飞了。这种能为所有人理解的朴实的象征主义,成了使人联想起首要的和基本的意义的导线。

死亡的烦扰和欢乐的边界用不着这种图画文字,而是以它们的具

---

① 地中海群岛名。
② 诗神所骑的有翼天马。
③ 古代计时器。

体存在直接地感染我们。

克洛德·鲁瓦正确地记住了这一点：与《格尔尼卡》不同，"在《战争》中，既有对它所不能接受的东西的确信，又有对它也愚蠢地，即可笑地具有的东西的揭露"。

与《生之欢乐》不同，《和平》有着远远超过植物般茂盛的生命或动物的欢乐的东西：对力量的一种梦想、对人的能力的无限性的一种肯定。

不是象征做出决定，而是线条和色彩即时说了算数。

像对德拉克洛瓦或凡·高的一幅画面一样，我无须认清主题的轮廓和文学意义便能在肉体上感受到它的冲击或召唤。

德拉克洛瓦所描绘的南锡战斗中的大胆查理之死，即使我分不清画面的任何细节，色彩的悲剧性的对比，人群和线条的全部运动也使我们感受到命运无情的裁决。同样，在《战争》里，这个从红褐色转向铅灰色、饰有黑影条纹的整体的抑郁，这个竖立在一条以阴暗的色彩谴责悲惨暴行的血河之上的整体，直接压迫着我们的胸膛。同时，这个整体两次被分裂和拆散：首先是死神的马车及其骷髅筐后面的一条绿色，而这股沿着夜间马车的辕杆和马的鞍辔渗进来的绿流，就像是一线削弱死神威力的生命；其次是由于像一颗金星一样闪光的、书籍的火焰本身，即使它暂时还受着兽爪的限制和践踏。色彩的这种形状便已经使我们确信，隐蔽在他的麦穗和穿不透的天蓝色围墙后面的、拥有光明的武器的骑士是不可战胜的。

同样，与《和平》的全部清晰的意义相比，征服我们的是它空间的结构和色彩的布局。为了让肉体的整个表面在每个形象特有的一种配景里，好像目光在绕着一根轴旋转的圆形配景里全部呈现，女人的身体似乎裂开了。多枝的眼睛或太阳应用了罗贝尔·德洛奈[①]珍视的同时对比，以使用最刺目的振荡来使色彩富于节奏，并使展现劳动和

---

① 罗贝尔·德洛奈（1885—1941），法国画家。

欢乐的蓝色和绿色的矿物背景更为强烈。

*　　*　　*

　　毕加索的任何作品都不构成一个终点。六十多年以来,他的每一件作品都在产生某种东西。这种更新的能力,使最近几年的画布上经常出现他大量的作品中最新颖的、有时是最奇特的因素。

　　因为他深刻地挖掘过形式问题,并发现了一种新的空间观,人们有时就怀疑毕加索是个善于运用色彩的大画家。对委拉斯开兹的《宫女》的长期思索,和他在同一时期所画的寓于节奏感的窗户,证明他自己也和他所说的马蒂斯一样,"肚子里有一个太阳"。

　　他对《阿尔及尔的女人》的研究,证实他后来被德拉克洛瓦所吸引,显示出他在对色彩产生一种新的渴望的同时,也产生了一种在他以前作品中无法预见的烦扰:运动的烦扰。

　　毕加索一九六三年的作品显示了这种倾向,特别是他对《攻占萨比纳①》的一系列说明。

　　开辟了使绘画彻底更新的多种途径,并意识到只探索过其中一部分的毕加索,似乎毫不犹疑地还要着手探索其他即使是与他的天才十分疏远的,但却被他认为是最有潜力的途径。

　　为此他和他的某些弟子,即善于吸取他最深刻的教诲而又不抄袭或模仿的人进行对话。

　　从这个角度来看,我们觉得《攻占萨比纳》是一场造型讨论的开始。对话者是目前画家中既因预感到毕加索进行的绘画革命中的全部可能性而最接近他,又因他个人的气质和灵感而最远离他的人:爱德华·皮尼翁。

　　皮尼翁的卓越之处在于,他参加过毕加索的画派,甚至就在毕加

---

① 意大利中部古国。

索身边工作,却没有成为一个模仿者,而是以一种出乎意料的方式来延长由老师开始的轨道。皮尼翁注意世界的方式与毕加索的方式的差别,同德拉克洛瓦动态的世界观和安格尔静态的世界观的差别是一样的。

他画的是斗鸡或帆船、橄榄树干或密史脱拉风①下的波涛、骑士或矿工、采茉莉花的女人或打麦人,皮尼翁始终是一个战斗的画家。他参加战斗,并且使我们参加进去。

世界观和技巧在这里是如此统一,以致在试图确定他注意世界的方式时,人们不可分割地要探讨他的世界观和技巧。

皮尼翁教我们用现代——一个要观察和表现现实就必须抓住它不放的时代——的眼睛来观察现实。世界不是演戏,不是我们坐在正厅里看演员表演的剧院的舞台。从技巧上来说,这意味着人们不能老老实实地把世界关进文艺复兴时期的透视法的玻璃匣中,透过阿尔贝蒂的窗户来凝视它。这种注意世界的方式过去有它的伟大之处:"意大利十五世纪文艺复兴运动"的人文主义,就是对世界和上帝都保持距离、肯定理性的自主和几何学的权威的人——对这种思维的和构造的空间的陶醉,就是肯定人是事物的度量,世界对于人的思维来说是透明的,人的技术可以控制它。

我们工人的、战士的、普罗米修斯式的人道主义有着其他的要求。当皮尼翁打碎阿尔贝蒂的窗户、推倒古典主义透视法的立体的窗棂跳到舞台上来的时候,当他不是与现实保持距离,而是像人们吵架那样使眼睛贴近事物以尽力取消距离的时候,当他使画家和观众变成参与者的时候,这种绘画与当代的节奏和精神是更为协调了。在我们的时代里,世界和人类都发生了深刻的变化:无论是对于技师、学者,还是对政治家、艺术家,世界都不再是一堆安排在一种与我们和我们的行动无关的稳定秩序里的、贴上标签的、清晰的事物或规则。任何形式

---

① 法国南部及地中海上干寒而强烈的西北风或北风。

的科学、艺术、实践，对于一种现成的自然、一个一劳永逸地被确定的人、一种含有永恒教训的道德，都不可能是客观的分析清单。

世界是一个力场。人是它的力的一种，与其他所有的力相对立。无论是物理学家、战士、政治家还是艺术家、画家，他都不是在事物**面前**而是在其**里面**。

皮尼翁的作品把我们导向这种人对世界和对人的不断创造的实际经验中去。

皮尼翁同样摒弃其他与现实"保持距离"并把它当作演戏来对待的方式。例如印象派尤其是新印象派的方式，修拉和西涅克的方式。他们运用分隔笔触的严格技巧和黄金估计观，在世界和艺术家之间插入数学家和物理学家对色彩的计算，把画家无情地隔开并禁止他直接把握柔软而活动的事物的冷酷的栅栏。

绘画作品里人的存在和活动，使作品变成一个缩影、一种有机的、生动的完整性。这种完整的形式——皮尼翁从中看到了现代绘画的一种基本特征——在历史进程中有了很大的变化。这种也许可以通过像保罗·乌切洛那样的形体构图、像伦勃朗那样的光线、像凡·高那样的色彩来获得的统一性，没有这种完整的内在节奏便不是艺术品。皮尼翁特有的这种完整的形式，其特点是世界的普遍人道化；到处都能在实际上感觉到人的存在及其努力。塞尚曾梦想把"丘陵的肩部和女人的曲线"结合起来。在用人创造的而不是直接借自自然的成分构思画面时，他倾向于对现实进行一种改变。皮尼翁继续了他开辟的道路。

在一幅皮尼翁的画里，树木、动物、房屋、桅杆、云彩或人，是被一种同样坚决的努力所绷紧的肌肉结，犹如在一场独一无二的、热闹和气喘吁吁的混战中，物有了人的性质，有着同样的结构和同样的紧张状态，常常强烈得使这种肌肉组织显得像是带有纤维和鲜血的、被剥了皮的。

这类作品的统一性不是建筑型而是有机型的。它在内部形成并向外部投射,像在德拉克洛瓦的伟大构图如《十字军进入君士坦丁堡》或《萨达纳巴勒斯①之死》里一样,其中仅有一个波浪、一个长浪颤动着穿过整个画面,便把我们带进了它的汹涌澎湃之中。《打麦和推麦者》不让我们凝视一种动作的形象,而是在向我们呈现由飞扬的尘土、云彩和树木衬托下的人的姿势和劳动的同时,把我们引进这个动作本身。一切都被唯一的熔流所搅拌、束缚、系牢和抛出,把这种激流般的生活、人和物的肉搏的全部存在都强加于我们。

为了达到绘画空间的这种深刻动荡,皮尼翁从毕加索进行的革命中得到了帮助。这是世界从此围绕人旋转并导致物体的深刻变化的哥白尼式的革命。

不过他个人的问题是用与他的参与和完整性的要求相适应的语言来表现这种运动。

这个问题曾由罗丹着手研究,并通过他把草图的姿势和完成的姿势综合在一种与自然法则互不相容的姿态里得到了解决。在我们不服从快镜摄影的强制的回忆或想象中,这些姿势是联在一起的。快镜使运动固定不动,我们始终活跃的头脑却在记住并组合存在过和即将存在的东西,而不是使动作的一个"抽象的"时刻固定或发呆,在这种时刻里,人物的动作被千分之一秒所截止,看起来像单脚跳。罗丹反对镜头的机械表现,在评论他的《圣·约翰·巴蒂斯特》时说:"诚实的是艺术家,而摄影是骗人的,因为在现实里时间并不停止。"

皮尼翁并不满足于把几个时刻凝结在一个唯一的形象里。在这个既是变化又是力场的赫拉克利特②的世界里,绘画的曲线和交织概括了一个运动的世界。

勾画的线条不是描绘一个轮廓,而是标出一条轨道。它不是表示一种事物,而是表现一种节奏。

色彩往往起着一种修饰的作用。它伴随和贴合一条黑色痕迹的

---

① 萨达纳巴勒斯,传说人物,放荡君主的典型。
② 赫拉克利特(前540—前480),古希腊哲学家,他认为火是原初物质。

波动,这条痕迹既以它的线路来引导色彩,又以它的对比使色彩更加强烈。黑色和白色在皮尼翁的调色板上之所以重要,可能就是这个原因:它们是最适于使形状爆炸或引起色彩火灾的手段。

笔触有助于艺术家和观众参加到动作中去。像凡·高对自然的折磨有所反应一样,皮尼翁对人类的劳动有所反应。不过凡·高的笔触在一种由易激动的敏感性控制的秩序里就像一个磁场里的锉屑,而皮尼翁的笔触则延长到它们最大限度的紧张状态,犹如用力时的肌肉纤维,并形成拳头一样的结子。

看一幅皮尼翁的画是一个行动而不是凝视。这个行动需要人的一种完整存在,并受到世界的一种迫切召唤的激励。它正如角力者所说的一种"抓法",把一种过程、一种紧张、一种抵抗、一种肉搏强加给我们的目光和肌肉。

艺术就这样恢复了它生动的起源:劳动和巫术。一幅皮尼翁的作品往往使我们不禁要想起拉斯各[①]或阿尔塔米拉[②]的岩壁:在原始时代,人在一头野牛或一只驯鹿的侧影里,只用一根曲线就既表现动物的一个瞬间的轮廓、一种冲劲,又表现人的一种愿望、一种敏锐的观察和一个巫术的行动。

艺术上数千年的探索和学问,可以在一个更高的程度上恢复这种视觉的纯真和这种占有的热情。

现在我们远离古典主义的模仿画、世纪初的画的物体、抽象的机器画。画——力用它所有的触手和爪子抓住了我们。

通过它,现实成了参与,不是指这个词的巫术意义——尽管它曾保留现实的魔力——而是就劳动和战斗的意义而言的。

艺术的现实不是自然主义者所想象的没有人的事物。

现实不是浪漫主义者梦想的没有事物的自我。

现实是事物和人在劳动中的统一。在一种工人和战士的现实里,

---

① 法国地区。
② 西班牙地区。

人感到对一切负有责任：对世界及其未来、对他本身和他还没有的东西，甚至对事物的惰性。

这种绘画不是"用形象表现的"，即不是一种狭隘地、斤斤计较地设想的现实主义所要求的事物在一个无人世界里的重现。

这种绘画不是"抽象的"，即作品不应该只符合形式的唯一要求或康定斯基的唯一的"内心需要"。

这种绘画是只有工人和战士才能体验到的、人对现实的一种把握：不是凝视的，而是被经历和支配的现实。皮尼翁是这样确定劳动的定义的："必须有一种特别的节奏、一种对事物脉搏的感觉，而且人们为看到肌肉非常适应而感到愉快……这是一个劳动得很顺手的工人的身心状态……看看这些轮廓，它们被收割者挤满了……这是对劳动的尊重……这也许是一首抒情诗……"①

说这是一首史诗要更为正确。

描绘人类的战斗和劳动的皮尼翁，不是一个只表现自己的抒情诗人。他的现实主义在当代范围内是一种史诗的现实主义。

他以极度的清醒从事工作。毕加索曾说起胡安·格里斯："一个知道自己干什么的艺术家真了不起！"这对皮尼翁同样适用。他的审美意识和他的创作能力相称，这对一个画家来说是相当罕见的。

皮尼翁的绘画之所以重要，是因为它表现了我们时代的深刻规律。皮尼翁是当代最有意义的见证人之一。

毕加索以《攻占萨比纳》开始的新阶段正是由此获得了它的意义。

在塞尚，后来是毕加索对文艺复兴时期以来成为传统的空间观念提出疑问的时候，科学不再把空间看作一个空虚的、永恒的容器的同时，也对欧几里得几何学、牛顿和康德提出了疑问。

和立体派完全一样，物理学家们对物体和原子的传统的、机械的观念提出了疑问。在此以前，它们都被视作具有一种稳定结构和可以

---

① 《打麦和推麦者》，艺术团体出版社，巴黎，第12页。

严格地确定和固定的位置、能与整体隔离的现实。从此以后物理学只把物体看成是一个力场里的一个特殊点,只用它和整体的关系来确定它,证明既没有不运动的物质也不存在没有物质的运动,而现实的深度是无穷无尽的。

人类自身的世界经历了同样的动荡。半个世纪以来,心理学结束了一个由感官的"直接数据"构成的感觉世界的经验论的观念,或者一个可以单独地、分开地分析一个人的官能的形而上学的观念。波利泽①已经用"戏剧"的原始现实,像反对柏格森②的"直接数据"一样反对这种心理学的原子论;现象学和"格式塔心理学"强调了"完整性"的首要作用。亨利·瓦隆③从行动的辩证法里得出了思想的辩证法。恢复和发展了马克思主义的深刻直觉的巴什拉尔④,用假设及其检验的"无止境的辩证法",代替了笛卡尔的"唯一本质",和最终可以理解的直觉的认识论。在精神上,一种永恒的"人的本质"、理想和不变的戒律的传统观念也变得辩证了,以便把创造的价值置于首要地位。

真正的现代艺术,是人类传统观念的这种深刻变化的一个方面。这场伟大的战斗是我们的战斗、人类的战斗,毕加索的作品则处于这场前进中的伟大战斗的前线。

*　　*　　*

六十年来,毕加索就这样在人类的道路上前进,从来不当后卫,而且总是用他特有的语言,提出我们时代和他的表现方法的意义问题,直到最后的即选择的问题。他现在画的具有一种更为深刻意义的作品,始终是对责任的一种觉醒。

---

① 乔治·波利泽(1903—1942),法国哲学家。
② 亨利·柏格森(1859—1941),法国哲学家。
③ 亨利·瓦隆(1812—1904),法国历史学家和政治家。
④ 加斯东·巴什拉尔(1884—1962),法国哲学家。

一种对人类的不可动摇的信念始终引导着他，正是这一点使他能如此频繁地向人类提示他们自己的歌所希望的歌词。

他的一件件作品，勾画了当代的邪恶的蔓延，更为重要的是希望的增长。

穆西纳克写道：毕加索是"一个与我们经历的时代的动荡相称的艺术家，在这个暴力、混乱和希望的世纪里，他使我们看到了自己"。

在这个始终有着新符号的、一个批评家正确地称之为"希望的代数"里，每个战斗的人和每个热爱的人，都能认识和估计他战斗的赌注和他爱情的力量。

毕加索绘画的这种人道主义的特征就是它的普遍性；为了彻底地重新推敲绘画特有的意义和使命，他追溯到人类在一切时代里所有大陆上的创造性行动的根源本身。

人们可以开玩笑地把毕加索的作品说成是绘画的"维生素P"。这是向它本身的革新能力表示敬意。

绘画艺术由于毕加索而意识到它像对于美的传统标准一样对于外部世界的自主。它从文学里解放出来了。凝视让位于行动。正如瓦莱里[①]所说，画家不再是自然的抄写员，而是成了它的对手。它的任务不是无限地照抄存在的东西，而是表现这些东西的运动、生命、向一种预示未来的神话的超越。《圣经》告诉我们，在创造了天堂和动物与人居住的大地之后，上帝说："这下好了！"于是第七天就让自己休息。毕加索在绘画方面是创造第八天的人。他向众神们过早满足的创造提出了起诉。

在他的王国，即绘画的王国里，像一切革命家一样，毕加索认为对世界进行一些新的解释是不够的，必须按照不再仅仅是自然的或异化社会的规律，而是按照人类自身的规律来改变和重建它。在毕加索的绘画里，全部事物都在一个完整的行动、一个爱情的、手的、心灵的、思

---

① 保罗·瓦莱里(1871—1945)，法国诗人。

想的行动中被重新创造。

真正的生命在产生之中。它不是在事物里而只是在人类之中。毕加索为绘画得出的正是这个创造的最重要的规律。跟所有真正的艺术家一样,这个神话的创造者回击了把人类生命的气息给予物质的皮格玛利翁①的挑战。

他善于使梦想为未来服务,使神话的能力为人类手里、目光里、心灵里的众神服务。

在他的《毕加索,自由的好老师》里,保尔·艾吕雅明确地指出了毕加索对他的人类兄弟们的主要贡献:"你告诉他们,经历幸运的理想国、经历孩子们在假期里的无穷梦想是很美的,但是你也给他们以想看一切的愿望,赋予他们以日常的勇气去拒绝屈从于必然消失的假象。"对巨大形象的最大胆的探险者之一,还能有比这更崇高的敬意吗?

---

① 皮格玛利翁,塞浦路斯传说中的雕刻家。他爱上了自己雕刻的雕像加拉泰,在阿佛洛狄忒赋予她生命之后娶了她。

圣琼·佩斯

克洛代尔笔下的一个人物(《城市》里的科弗尔)给诗歌下了这样的定义:

> 我的孩子啊! 当我是人间的一位诗人时,
> 发明了这种既不押韵又无格律的诗,
> 在心里暗自确定了它那双重而又交互的功能,
> 人通过它消磨生命,并在临终的最后一幕中,
> 说出一种可以理解的话。[1]

这个定义包含着圣琼·佩斯的诗歌所提出的,或者不如说他的挑战所提出的问题。在世界、在他消磨的生命,和在他诗作中用来表现世界以及生活经历的言语之间,有些什么关系?

研究圣琼·佩斯的诗歌,首先就是研究这种变化、这种蜕变的规律。

* * *

---

[1] 保尔·克洛代尔:《戏剧》(《七星丛书》,第1卷,第488页)。——原注

当研究的对象是一位极力禁止在他的社会角色和他的诗作之间产生任何联系的诗人时，任务就特别艰巨。如果我们服从他的禁令，那么在亚历克西·莱热[1]——几年里曾是历届内阁的法国外交政策的实际首脑——的生平和圣琼·佩斯的诗篇之间，我们将无法确定任何关系。

　　"尤其不要让我就我的外交生涯作任何参考评价，"他在一九四八年写道，"我采用文学笔名和始终最严格地保持双重人格不是毫无道理的……实际上，圣琼·佩斯和亚历克西·莱热之间的任何联系，都不可避免地要使读者的看法产生错觉，要使读者对诗歌的理解完全陷入歧途。"[2]

　　然而我们应该不顾禁令来接受这种挑战，以便试图得出他的诗作——当代最伟大的作品之一——的意义。

　　因为作品本身的见证比作者的意愿还要更有分量。首先这一点是显而易见的：圣琼·佩斯诗歌世界的题材（我是说题材而不是说诗歌结构的规则）来自亚历克西·莱热的生活经历。形象的选择、表达形象的词汇、进行和表达这种选择的人的气派，所有得以构成诗篇的感觉、回忆和愿望的这位王子的珍宝都直接取自生活。

　　在位于安的列斯群岛海面的一个小岛上，那儿"水还是来自绿色的太阳"（第1卷，第17页），度过王子的童年。这座像被狂风卷到岛中央的帆船，在它周围长满了茂盛热带植物的青年时代的迷人住宅，它的自然的和人为的奢华，它最出乎意料的美的神秘，这一切都产生了一种奇特的人间生活：

　　　　我的眼睛立刻极力描绘
　　　　一个在闪光的波浪间晃动的世界，
　　　　我的眼睛熟悉那光滑的桅杆，

---

[1] 亚历克西·莱热系圣琼·佩斯的真名。
[2] 《致马克斯·波尔·富歇的信》。——原注

论无边的现实主义

　　　　叶丛下的桅楼,使风杆和横桁,
　　　　藤的支索,
　　　　那儿花朵长又长
　　　　却在鹦鹉的鸣声中败落。(第1卷,第20页)

　　直至最偶然的细节,直至最异常的机缘,生活提供了佩斯世界的原始素材。他的全部生活。

　　不仅是他王子的童年,还有使他能穿越茫茫的戈壁沙漠或在印度洋上旅行,也使他在受到贝当①打击时被流放到美洲海滩上去的王子的职业,因而丰富了他那范围广泛的印象和经验的宝库。王子的、旅行者王子的职业,他在海上陆地来来往往,从一切消失的文化和文明里收集伟大的痕迹和见证,也思索权力的运用、流放、海洋、沙漠、愤怒、希望,以及这一切在人类心灵深处谱成的歌。

　　诗人的语言本身证实了他的生活:他对童年时周围的色彩和植物的选择,他描绘的形象和使用的词汇,还有他那些从办公室里和石碑上的铭文里获得的字句及表达方式。

　　不过同样确实的是——这就已经会有助于我们理解,为什么圣琼·佩斯要求在他生活过的世界和他创造了的世界之间存在这样一条鸿沟——如果素材是相同的话,主宰它们生命力的法则却不仅是相异,而且完全相反。这个人是单个的,又是双重的。这种生活是一个整体,但矛盾是它的规律。

　　　　　　　　　　*　　*　　*

　　"我始终最严格地保持双重人格。"圣琼·佩斯写道。这个被分裂为两个的人实在是他那个时代的人:双重人的时代。

――――――――
　　① 菲力普·贝当(1856—1951),法国元帅,1940年对德国投降,组织维希政府,1945年被判处死刑,后改为无期徒刑。

阿拉贡的《豪华市区》里的两个主人公，常常使我想起圣琼·佩斯。这两个人物是盖斯内尔和格雷桑达，一个是善于处理大量事务的人，另一个像亚历克西·莱热一样是国家要员。在他们公开的生活之外，一个怀着对爱情的梦想，另一个则怀着对兰波①的热情。听听他们是怎样说的吧。盖斯内尔这样说道："政府、事务、数字，所有这些只是一种骗人的装饰。我想的是我不说出来的东西……我们和别人一样都是双重的存在。我们生活在这样一个历史时代，它的特征有一天也许可以这样表示：双重人的时代。我总是把我的生命分成两个部分……"（第267页）这是圣琼·佩斯的语言，也是他的悲剧。

盖斯内尔的朋友格雷桑达说："我们今天是一些双重人……一个负有社会职责，而另一个则与他毫无关系，往往对他怀恨、和他对立……社会上的人面对必然的灾祸无动于衷。人对此无能为力，下不了决心……我的全部防御便是在这种口是心非之中，在为我们保持的一块绿洲上……一些避开世界的铁的规则的东西。"（第283—285页）

佩斯不是经历过类似的悲剧吗？

正是在第二次世界大战前夕，法国不再成为一个大国的那几年里，他是法国外交政策的首脑。他经历了这种衰退，这种没落。这里我们不想分析他扮演过的角色，以及他的责任。我们只考虑他对这种失败的认识，作为理解他诗作的因素之一。他曾是白里安②最亲密的合作者，甘愿做后者的信徒，拥护后者的观点，所以从一九三三年起，他听凭"希特勒主义的泛滥"。③

导致法国一九四〇年背信弃义和衰落的阶级力量和关系，与这位外交官的政治判断毫无关系，然而诗人却起来反对压碎人类的机器了，尽管凯道赛④的秘书长是这部机器的一个巨大的齿轮。他感到了

---

① 兰波（1854—1891），法国诗人。
② 白里安（1862—1932），曾任法国总理，主张法德合作。
③ 1942年3月28日在纽约大学为纪念阿里斯蒂德·白里安诞生八十周年而发表的演说（见《七星丛书笔记》，第163页）。——原注
④ 法国外交部所在地。

人的异化的全部重压,成了与他无关的、外部的、敌对的、压垮他的力量的玩物。他对人类的整整一个时代提出了疑问。一九四〇年的灾难使他突然意识到这种根本的混乱和这种异化,由此产生了他最美的诗篇。他第一个行动是决裂和拒绝,他在《风》里写道:"不再谅解过去的一切。"(第 2 卷,第 109 页)

"啊!我们曾更准确地推测过人在石头上的足迹……啊!我们曾过高估计了戴着面具的人。"(第 2 卷,第 167 页)

"一个多世纪蒙受着历史的衰退。"(第 1 卷,第 178 页)

"你们难道没有看到,我们的一切都突然被打翻在地——所有的桅杆和所有带横桁的索具,以及所有我们蒙在脸上的面纱——**正如一大块幻灭的信仰**、正如一大块虚幻的长袍和虚假的薄膜——终于是在桥上拿起斧头的时候了吧?"(第 2 卷,第 31 页)

"一切都要重来。一切都要重述。在整个**有**上的目光是错误的。"(第 2 卷,第 21 页)

这种表达方式是启示性的,也绝不是孤立的:**有**与**存**在对立。他后来在《苦味药酒》中写道:"生活的自豪是在冲动里,既不是在习俗也不是在**有**里。"(第 2 卷,第 243 页)

这正是异化的中心主题,卡尔·马克思阐明了它的重要规律:"你**有**得越多,你**存在**得越少。"[①]在有的、所有制的、异化的世界里,人的一切关系具有在人之外的、与人无关的、敌对的、支配人的**物**的外表,这个"物化"的世界全力压在人的身上,成了人类充分发展的障碍。

这个矛盾处于从歌德到圣琼·佩斯的资产阶级人道主义的核心中。

资产阶级革命在消灭封建奴役及其强加的对人的充分发展的束缚时,激起了黑格尔和歌德关于完整的、至高无上的人的崇高理想。费尔巴哈写道:"我们的理想,应该是完整的、真正的、全面而彻底地发展的人。"

---

① 卡尔·马克思:《1844 年手稿》,第 6 卷,第 54 页。——原注

然而，为人的统一和完整充分发展创造条件的经济、社会和政治条件，同时也创造了使绝大多数人压伤并沦为残废的条件。这种历史演变的辩证法的基本矛盾，同时表现了资产阶级人道主义的伟大和局限。资产阶级社会产生了这种伟大的人道主义，也宣告了它的破灭。

从《维特》到《威廉·迈斯特》，从《普罗米修斯》到《浮士德》，歌德的作品表明了资产阶级人道主义的悲剧，人的自由和全面发展的崇高理想与资产阶级社会本身之间难以解决的冲突：人的和谐的充分发展和人与人之间的密切合作，与社会制度的法律本身、它的阶级对抗、弱肉强食的竞争、致命的劳动分工及大多数人因此受到的剥削和压迫相冲突。对这种在社会制度范围内难以解决的矛盾的意识，使巴尔扎克和司汤达的现实主义显得崇高悲壮。从卢梭的《梦想》直到超现实主义以创造一个补充世界来逃避这种矛盾的企图，显示出浪漫主义的特征。

圣琼·佩斯自身的悲剧，就是他生活的世界和他的阶级本性所必然产生的两重性的悲剧：作为从事社会活动的人，他不能把他的行动变成诗歌，也不能使他的诗歌成为一种行动。他的生活既不能成为这种行动的诗歌，也不能成为这种诗歌的行动。

这便是整整一个历史时代的、全部资产阶级人道主义的二分法。圣琼·佩斯的诗作是资产阶级人道主义最后的结果。他的诗歌是他行动的反面，同时是他行动的对立面和复制品。《疾病进展期》的辛酸教训，就是在这个世界上不可能成为征服者，不过……"有过一些我诗人兄弟的消息。"(第1卷，第162页)歌声在行动结束的地方开始。"叙述者在笃蓐香下就座了。"(第1卷，第157页)

在既定的制度下，使二人共同前进的不可能性所产生的、这种行动和梦想的巨大颠倒，是近两个世纪以来的法国诗歌的特征。

*　　*　　*

资本主义的巨大发展刚一开始，诗歌便负起要求**存在**而反对**有**的职责。它反对一切异化,表达了使我们**接触存在**的需要。诗歌运动受时代运动的支配:人愈是变得零碎,诗歌便愈是表现这一要求,即把自我和像物质存在,像存在的涨潮一样的生活的完整性联系起来。诗歌愈来愈不屑于模仿或表现现存的一切,而要创造和赞美一个更为现实、更为真实的世界。

诗歌成了认识和发现的手段。美学成了一种伦理、一种赞美生活和超越人类的方法。瓦莱里后来曾说,诗歌"命令我们变,远甚于要我们理解"。

圣琼·佩斯的诗歌,是从十九世纪初开始的诗歌演变的终点。在这种演变之前,艺术家对一个世界、一种自然、外部或内部的存在没有提出疑问,这种存在构成了艺术应以自身的手段重现其现实的模型。

浪漫主义对这个公认的原则提出了异议。

艺术家对被传统、社会及其语言所确定、僵化、坏死的客体愈来愈不感兴趣。不断摆脱客体的后果是主体具有愈来愈显著的重要性。作品的使命与其说是描绘世界,不如说是创造另一个世界。从它的词源来看,诗歌成了真正的创造。抒情的想象进入上帝的学校,以继续创世的作品。

大自然当然提供了色彩、形状、表象,然而这些只是原料。拒绝**表现**任何事物、模仿任何一个物体的义务的艺术家,去掉了这些现实材料的习惯的、传统的意义,用它们建造了另一个世界。

确实,画家和诗人们在离开一种为他们所拒绝的现实的同时,不自觉地遵循着历史发展及其内部矛盾的一种深刻的规律。

醉心于反对天国的需要的洛特雷阿蒙,或者揭露"杀人时代"的兰波,都想摆脱现实生活和诗歌之间的矛盾。由于在凡尔赛分子获胜的法国无法过一种人的和诗人的生活,兰波选择了沉默,而在哈拉尔从事黑奴贩子的可怜投机。奈瓦尔[①]在神经官能症和死亡中销声匿迹。

---

① 热拉尔·德·奈瓦尔(1808—1855),法国诗人、小说家。

波德莱尔像他的信天翁或马拉美的绝望的天鹅一样不能在这个世界上生活,因而寻求一些补充的世界。雅里以于比老头的狂笑,赋予了福斯特洛尔博士的"巴塔物理学"以研究"决定例外和解释补充世界的规律"的使命。

从浪漫主义到超现实主义,他们虽然才华不同,各有特色,却都属于同一个世系、同一个家族。对他们来说,现存的一切只是习惯,伟大就在于拒绝社会(他们没有意识到它本质上是资本主义社会)的一切实用的和实证的观念,在于创造一个人类的世界。圣琼·佩斯便属于这个家族、这个世系。

对他们来说,凡是在诗歌达到最大公设的地方,凡是在诗歌是世界上存在的一种形式的地方,诗歌便取代了哲学。

* * *

一切都以否定和反抗、以意识到这个世界与人无关而开始:"我怀着,怀着在人类中生活的兴趣,现在大地却流露出它陌生的精神。"(第1卷,第201页)"这是个丧失理智的世界。"(第1卷,第319页)这个商人们的世界,"大国在灼热的阳光下被拍卖,宁静的高原和外省在玫瑰花庄重的香味中被定价"。(第1卷,第142页)"接着来了做交易的买卖人。戴着耐磨的水牛皮手套的风尘仆仆的人。还有一切司法人员、警察的集合者和民兵的征集者……

"然后是为神父寻找大教区的罗马教廷的人……

"啊!我们是在这些塌鼻子的偶像之间做梦!"(第2卷,第70—71页)

"我们的书读了,我们的梦想结束了,不是仅此而已吗?那么运气在哪里,出路在哪里?……贵族阶级的人们,你们过去在撒谎;出身高贵的人们,你们一直在背叛!……

"荣誉在抛弃最出名的厚颜无耻的人。"(第2卷,第185—186页)

在圣琼·佩斯看来,整个世界都在摇晃和开裂,而这个世界就是他的世界。

佩斯不想逃避,躲入臆造的天堂。

这个没有上帝的人,不可能像克洛代尔那样在自身之外去寻求世界的意义。

然而他在任何时候都未失去对生活、人类及其未来的信心。他在灾难之中保持着一种高度的乐观主义,一种对人类的最终胜利、它的文明和成就的确信。在他身上人们重新发现了一八四八年前夜某些浪漫主义者的预言的热情,埃德加·基内①在《阿哈斯凡吕斯②》里的完全人道的信念,以及离我们更近的、使瓦尔特·惠特曼和维尔哈伦③获得灵感的、人类的伟大所产生的史诗般的情感。

这种信心的根源在于人和物的遥远的联合,这种和成为人的光荣开端的物的最初的结合。佩斯首先在他童年的天堂里发现了这种结合,那时他对人和美丽的大自然的一致性有着直接的感受。"要夺回美丽的故乡,国王在童年以后就未曾再见过的好地方,我为保卫它而歌唱。"(第 2 卷,第 145 页)

圣琼·佩斯的诗歌以欢呼和对生活的热爱开始。如果他是个信徒,对生活的热爱就会起到饭后经的作用,并且将永远像他为自己的第一部诗集所加的名称那样是《赞歌》。"这个名称这样美,"他给安德烈·纪德的文中写道,"如果我再发表一部或几部诗集,我绝不想用别的书名④。"

最高的美德首先是热情地赞同生活的力量。生活包括它的所有方面:从大自然涌向我们的一切活力,到人类伟大能力的宇宙意识。这种人类的能力推动人类全部历史并赋予它对未来的信心。

圣琼·佩斯的诗作好像是一气呵成的,似乎人类在经历了它所有

---

① 埃德加·基内(1803—1875),法国历史学家。
② 传说人物,又名流浪的犹太人。
③ 维尔哈伦(1855—1916),比利时法语诗人、剧作家。
④ 《七星丛书笔记》,第 10 卷,1950 年,第 26 页。——原注

的经验和文明之后，只产生了这首唯一的伟大诗篇，一部仅有的史诗、一种适合于我们时代的"世代的传说"，它使我们体验和经受到历史巨浪的汹涌澎湃，并以生活的骄傲和欢乐继续使波浪滚滚向前。

人类这种幸运的确信的最初形式，是对热带的富饶茂盛，对世界的存在的确信，是在"构成诗歌本质的**乐趣**的神秘规律"的名义下听任生活摆布的热情。①

小王子迷人的童年使这种最初的热情获得了精神食粮。"啊，我要赞美！"（第 1 卷，第 26 页）"我为万物命名，歌颂它们的伟大；我为百兽命名，歌颂它们的美丽和善良。"（第 1 卷，第 19 页）他在安的列斯群岛度过了青年时代，这个曾被哥伦布称为人类的眼睛所能见到的最美的地方，给他留下了最强烈的美的印象。他像怀念众神一样怀念着它，他的一切诗歌都是在创造一种类似于自然的美。

不过，这种无疑受到安德烈·纪德影响的充满激情的经历，对圣琼·佩斯来说只是一个出发点。他认为人与自然的关系绝不是被动的，并不满足于令人陶醉的世界。人与自然结合的最有力和最高级的形式是行动。

行动是这个人类和万物不断运动的世界的规律。

圣琼·佩斯世界观的中心主题，是赫拉克利特式的变化的、生命不断毁灭和创造的主题。正是赫拉克利特的诗篇，由于其宇宙的意义和预言的、神谕般的形式，与圣琼·佩斯的作品最为接近。

"世界不是任何上帝或任何人创造的，"埃菲斯②人说，"它过去是、现在是、将来也是一堆按照确定的规律燃烧和熄灭的永远充满活力的火……对火的需要形成了世界，而过多的火则引起了火灾……灵魂的边界，无论你走遍什么道路，你也不可能发现……守夜者们只有一个他们共有的世界，每个睡着的人则奔向一个特殊的世界……在德

---

① 《致瓦莱里·拉尔波德的信》。——原注
② 古代爱奥尼亚城市。埃菲斯人指赫拉克利特。

尔法①宣告神示的上帝不说话,不隐瞒:他只是表示。"

这些是埃菲斯的赫拉克利特作品的片段,它们表达思想的方式和古碑的文风,证实了已经消失的文明。圣琼·佩斯似乎辨认过这些片段,并把它们翻译在自己的诗句里,同时赋予它们一种新的生命和活力。

人具有海和风那种变幻不定的无限性。最伟大的诗篇的标题,即海和风的标题,是对无限的人的寓意。"问题不在于大海本身,而在于它在人的心灵中的影响。"(第 2 卷,第 135 页)"梦想和行动之间的伟大巡回者:渴望远方的对话者……"(第 2 卷,第 67 页)"灵魂的伟大冒险家。"(第 2 卷,第 81 页)"自由的路和水的探索者。"(第 2 卷,第 67 页)

"你变幻不定,我们不断运动,我们对你说不能名状的海:外表变化万端,整体经久不变;本质的多样性和与上帝的相似处;谎言里的真实和使命里的背叛;一切存在和一切不在,一切忍耐和一切拒绝——不在,存在;秩序和荒唐——放肆!……"(第 2 卷,第 297 页)

"永远许诺的海和传送一切诺言的海啊!"(第 2 卷,第 285 页)

佩斯诗篇的这些片段,令人想起并唤起了赫拉克利特式的存在:"和我们待在一起,库玛②的笑声和埃菲斯人最后的呼喊!"(第 2 卷,第 289 页)

"他们称我为卑微的人,而我的话来自海。"(第 2 卷,第 161 页)

海是佩斯作品的重要主题,像从前《奥德修纪》③的行吟诗人一样,他是海的行吟诗人。他把海比作召唤和要求,比作无限和超越。

对新的征服者来说,海犹如去发现新大陆的召唤:"巴尔博亚的海啊!……自动喷涌的海!一天晚上人驱赶着他发抖的牲畜时的力量和光辉的颂歌。……可是如果一切我都认识了,活着难道只是为了再次见到吗?……

---

① 希腊古城。
② 古希腊殖民地,附近有一个女预言者的山洞。
③ 旧译《奥德赛》。

"回忆啊,在我们尚未生活过的所有新大陆上,您总是走在我们前面。"(第2卷,第99页)

海犹如无限的人的一种要求"并绝不与自己缔结和约"(第1卷,第36页)。没有上帝的人仅仅是人,然而是无限的人:"远一些,再远一些,是否除你之外再无别人——除人之外再没有别的?……正午过后海的子夜……在水面上只有唯一的像日晷的人。"(第2卷,第101页)

全部诗篇——这也许是它的首要作用——都"反对怀疑的怂恿"(第2卷,第34页),赞美对无限和完满的意愿和渴望,"让一个有力的运动把我们带到我们的边界和边界之外"(第2卷,第32页)①。

"四面八方都来乞食。"(第1卷,第112页)

海也是一种与爱情的超越类似的超越。正如超现实主义者们,正如写"爱情首先是脱离自身"②的阿拉贡,圣琼·佩斯在爱情里看到了人和万物及历史之间的调停者和媒介。"万物之海和我之间的鳃啊……"(第2卷,第252页)

对于佩斯,海和爱情的形象始终像同一种无限性的预言者一样紧密地结合在一起。

"……在男人的心灵里,孤独。无边的、奇特的男人,在岸边的女人身旁。"(第2卷,第228页)

"在一块块石头上逐渐被驱赶到板岩或玄武岩的最后的山咀上去的男人,向古代的海俯下身去,在一种板岩色时代的光芒里,看到了巨大的、有着无数湿淋淋的凸起的、痉挛的外阴,正如在一瞬间赤裸的、神奇的内脏本身。"(第2卷,第301—302页)

同样是无止境的对女人和对海的爱,是创造、繁殖,而首先是行动

---

① 这也是阿拉贡的主题:
"我的全部自由,当我看到它的边界,
都珍惜这使它得到证实的新的一步。"(《未完成的小说》,第176页)
正如他青年时代的风和无限性的主题一样:"在死前达到他各个方向的边界。一切于我都是伸展的机会。"(《阿尼塞》,第197页)——原注
② 阿拉贡:《我摊牌》,第128页。——原注

的象征和诺言。

"现在。风起了。竞技者的马刷已经在活跃的水面上奔驰。武装的海永远在指挥！……它难道不是酝酿着行动的伟大的爱吗？"(第2卷，第265页)

"爱也是行动！我引证唯有被爱触怒的死亡……光荣和力量只能建立在人类心灵的高度上。"(第2卷，第268页)

诗人善于为我们渴望陌生的事物、吸引力量、解放源泉，使我们在消除围墙和边界的无止境的任务中喘不过气来。

推动他的是一种对完满而不是对逃避的需要。对人类形式中还没有的一切的需要。怀着对人及其未来的彻底的信心，使他无畏地注视着"暴风雨描绘下的天上所有的新大陆……

"所有成熟而坚实的大陆，在陌生人的脚步下，向另一个时代的梦想和美好时光展示了它伟大的神话。

"从一个海到另一个海，大陆在它最高的潮线上大步地向前奔跑，以最高明的画法，在遥远的地方展开了这个世界上最美的作品。"(第2卷，第40—41页)

"我听到大陆的一个新时代的骨骼在生长……

"人在大群放牧的山坡上放牧自己的身影。"(第2卷，第61页)

与人们今天如此乐意地提供给青年作为导师的不高明的预言者(他们预言怀疑、荒谬、绝望)相反，圣琼·佩斯在依靠人的世世代代前进的运动，并在自然的赫拉克利特式的变化里看到人类史诗和创造性行动的令人激动的戏剧的同时，要求一种伟大和欢乐的艺术，一种需要努力的使人振奋的艺术。

"为了海我们有希望产生新的作品：永恒的和极其优美的作品，它们只能是生动的、只能是优美的作品——向人的各种愿望开放并为**我们重新唤起对感受人的兴趣的**伟大的具有煽动性的、伟大的放浪作品。

"啊！在我们衰退的年代里，让一种来自海和更远处的高尚文风再让我们吃惊吧。啊！让一种更广泛的格律通过世界，在这个世界的万物之后把我们和万物的最伟大的故事联在一起吧,还要让一种更充分的灵感在我们身上升起,它对于我们就像海的本身和海的陌生的那样的伟大灵感!

"在辽阔的大海的运动里,谁为我们革新取自人民的伟大词句?"(第2卷,第178—179页)

因为在佩斯的作品中,这种对人及其行动的颂扬,不是对孤独的个人的颂扬,而且从《疾病进展期》到《风》和《岸标》的诗篇里,对征服者和首领的颂扬也越来越少。佩斯大概没有像艾吕雅那样设想过"从一个人的地平线到所有人的地平线"缓慢的进展。战斗的和人民的道路从来不是他的道路。

然而,比他深刻的贵族式的生活观和他的诗歌更为重要的是,圣琼·佩斯首先是一个史诗诗人。而伟大的史诗,从印度的伟大神话到斯堪的纳维亚的北欧传说,从《圣经》到《伊利亚特》和《罗兰之歌》,从来都不是个人的虚构,而是诗人仅能截取的一个民族的创造。

必须要整整一个民族的灵魂才能达到自然和历史的伟大风暴的高度,辨认出它们的伟大意义并把其回声延续到未来。

想歌唱这类诗篇的人不可能是孤立的。他必须是和整体结合在一起的一个人。得到所有人的支持。"还被四面八方的新观念困扰着的人,向掀起的精神巨浪让步了。"(第1卷,第209页)"而诗人在他时代的人类大道上,也和我们在一起。

"按我们时代的步伐前进,按这股大风的速度前进。

"他在我们当中的工作:揭示使命。"(第2卷,第86页)

"喊声!神的尖叫声!让它不在房间里,而是在人群中抓住我们。

"通过繁殖的人群,让它在我们之中的回声延续到感觉的边界……"(第2卷,第87页)

"而我们的诗篇就在人类的大道上离去,带着另一个时代的人类世系的种子和果实。一个新的种族在我的种族的男人们当中,一个新的种族在我的种族的姑娘们当中,我的活人的喊声,在人类的大道上愈来愈近,从一个人传到另一个人。

"直到被死亡抛弃的遥远的地方。"（第 2 卷，第 120 页）

这些诗篇之所以具有这样一种自信，并因而使正向世界的另一个时代前进的当代的歌声变得更加有力，这是因为圣琼·佩斯善于倾听"各民族及其不朽语言的遥远的声音"（第 2 卷，第 299 页），记住过去古老文明的痕迹，证实人在每个时代上升前进的一切，以及始终是"人在人类范围内的这种呼声"（第 2 卷，第 143 页）。"邻近的陆地徒然为我们画出它的边界。世界掀起的一阵同样的波涛，一阵同样的波涛，从特洛伊涌来。

"四处奔腾，直到现在。在离我们遥远的地方，这股气息曾向四面八方传开……"（第 2 卷，第 225 页）

这样，人类的全部历史，它涨潮时的一股冲力把我们抛向一种更高的未来。但从来不是孤立的，而是和所有的人在一起。听吧：

"人群张开的弓仍然把我们置于它的弦上。而跳着人群的舞蹈的你，我们祖先的高尚话语，你荒原上的部落的海啊，对我们你会是没有回音的海，比萨尔马特①人的梦还更为遥远的梦吗？

"……在人群当中，我们成群地向海移动，这种极其广泛的移动来自我们波涛起伏般的乡村人的腰身——啊！比贱民和国王们的小麦还更属于乡村。"（第 2 卷，第 170 页）

乘着这样一股来自久远的年代和人类堆积的战斗与工程的冲动，已经依靠着这首遥远的史诗，圣琼·佩斯召唤正在诞生的新世界，并向它致敬。听听他吧（第 2 卷，第 115—116 页）：

"诗人和你们在一起。他的思想在你们当中好比瞭望塔。让他坚持到晚上，让他把目光投向人类的命运！

"我用他的眼睛为你们填平深渊。**他敢于做过的梦，你们将把它变成行动。**"（第 2 卷，第 116 页）

因为"涉及的是人"，而且我首先要记住圣琼·佩斯的这个"人的

---

① 古代来自中亚的游牧民族，后与日耳曼人混合。

见证"(第2卷,第77页):

"人还在人类的大道上留下他的影子。

"屋顶上飘着人的炊烟,大路上人们在活动。

"人的季节在我们的嘴唇上像一个新的题材。"(第2卷,第95页)

"这是一种撒满眼睛的诺言,就像从未对人们许诺过,

"另一个世界突然在我们夜晚的正午成熟了……

"你们银行里、国家金库里的全部黄金,也绝不会买到这样一种资金的用法。

"……岸那边也要纳税!向下面的黑色的太阳致敬!"(第2卷,第83页)

我不知道佩斯以那么大的热情和信心致敬的是什么样的未来,甚至也不知道他这样愤怒地推开的是什么国家的什么样的黄金障碍物,他召唤升起的是什么样的黑色太阳。但是就凭这些诗篇歌颂的人的伟大,人在人群中的必然存在和对人类未来的信心,我,作为战士,我看到人们——那些已经站起来,再也不会在亚洲、非洲、拉美洲的土地上低下头去的人,那些在建设人的社会主义未来的同时锤炼与人的史前史决裂的伟大意志的人——抱有实在希望的面孔出现了。

对我来说,圣琼·佩斯有过引起别的梦想和引起人的其他远景的意图是无关紧要的:他在我身上唤起的和他歌颂的正是这些梦想和远景;而且他在我们之间反对怀疑、荒谬和绝望,在使我们分离的一切之外,建立热爱未来的人们的有力的博爱。

我喜爱这样回忆过去的诗人:

"还有一些人有过这种在风中生活和攀登的方式。"(第2卷,第70页)

我喜爱这样向未来致敬的诗人:

"将要诞生的太阳!国王的呼声!……边境军区骑士团封地的统帅和摄政者!……

"牵牢你发抖的牲畜去对付第一次野蛮的冲击……

"为了新神的闯入我会在那里第一批的人之中……"(第2卷,第73页)

圣琼·佩斯想用他的诗篇来产生一种新的和理想的、起源于一切远古历史时代的文明,一种反映人的全部历史:人的征服、人的功勋、人的伟大的各个方面的文明。

这里不仅有对存在的充满激情的颂扬,而且有一种黑格尔式的意愿,即创造一个遍布人类全部历史的、万能的个人,他在过去里发现必然超越现在的迹象和征兆,在这个时代里吸取新的力量,朝着生活的上升方向前进。这种诗篇的特色是生活的一种特色。为什么在我这样一个战士身上,诗篇不会引起一种与作者赋予的意义所不同的意义呢?

如果作者可能在赋予我的生活以意义的未来面前改变方向,如果他写的诗篇只是在我们的道路上陪伴我们,我看也毫无关系;他的眼睛转向升起的太阳,而我们,我们则是为了这个白昼的到来而做着诗人和预言家或许感到无法预见的、人类的默默无闻的工作。

"梦啊,不要隐讳你对人类和不朽的梦想。"(第2卷,第144页)

"在人类的地平线上永远升起最崇高的面具。"(第2卷,第174页)

我绝不是要在这里把一个离我们如此遥远——不仅因为他是凯道赛的外交官,而且也在于他的文体本身——的人,看成是和我们一样的马克思主义者。但是,在圣琼·佩斯的诗作构成的这首人类行进的英雄交响乐里,有一种人的激情和一种乐观主义,一种作为上升来构思的生活形象和一种对无边的人的颂扬;这些对我们极为接近和亲切的东西包含在我们的思想里,也是我们在每天的战斗所要体验和超越的任务。

这些对我们来说是共同的:

"静静地从天上转到地上放牧的、五月的巨大的蓝色阴影,在平原深处缓慢地前进……我们是放牧未来的人……"(第2卷,第339页)

"在手臂的末端,在我们的手掌上,我们抚育这颗人的忧郁的心,像抚育刚长出翅膀的幼雏一样。它有过渴望、热忱和那么多未曾显露的爱情……

"夜啊,你听着,在荒僻的院子①里,在孤独的拱门下,在神圣的废墟和古老白蚁冢的碎屑之间,无处安身的灵魂的沉重而坚定的脚步声。

"犹如在会有一只猛兽游荡的青铜平板上。

"伟大的时代,我们在这里。您衡量人的心吧!"(第2卷,第343页)

是的,我热爱这位歌颂幸福和伟大的诗人的直率的人道主义。他身上带有人类以往的一切,他也不能满足于现在。

诗歌对他来说,就是表现人和正在变化的世界的一切。

他的全部诗学都来自这种需要。

* * *

在十八世纪,达朗贝尔②陈述了这个关于诗歌的原理:"我认为,这就是我们的时代强加于诗人的严格的,然而是正确的规律:他在诗句里看出的精彩之处,只是他会在散文中发现的优秀篇章。"保罗·瓦莱里在引证这段话③时正确地强调指出,诗歌恰恰与这种"达朗贝尔定理"相反。

一首诗篇的美的方式与一份图样或一篇论文不同,也就是说不在于它所表现或阐明的完美。它对于我们像一个真实的人、像海、太阳或风。它的美不像一种论证,而是像一棵树。

"今天,"皮埃尔·勒韦迪写道,"问题不再在于用对事实多少是哀婉动人的陈述来感动人,而是要用和傍晚、繁星闪烁的天空、宁静、雄伟、悲剧性的大海,或者由阳光下的云彩扮演的一幕无声的壮丽戏剧所能做到的同样雄浑和纯洁来感动人。④"

---

① 指修道院、医院、监狱等的院子。
② 达朗贝尔(1717—1783),法国作家、哲学家、数学家,百科全书派主要成员之一。
③ 保罗·瓦莱里:《作品集》(《七星丛书》,第1卷,第1292页)。——原注
④ 皮埃尔·勒韦迪:《马尾手套》,普隆出版社,1926年,第41页。——原注

语言的作用本身也因此而成了问题:在诗歌的演变过程中,自从四分之三的世纪以来,词的表现价值越来越小,而创造性的价值则越来越大。诗的语言无须再模仿自然,或者以一篇论文或一个故事的方式来阐明,而是要产生一种新的现实。词不再仅仅是一些参与事物本身的符号。"语言不再是一种手段,它是一个有生命的东西",雅克·里维埃尔在他关于达达运动的论著中写道。

词的任务不是照抄事物和模仿它们,而是相反地炸开事物的定义、它们的实用范围和惯用的意义,像撞击的火石那样从事物中得出无法预见的可能性和诺言,它们本身具有的静止的和神奇的意义,把最为平庸的现实变成一种神话创作的素材。

现实包含着比日常直接行动从其中获得的更多的东西,包含着比已经在其中开辟的更多的道路,比习惯所赋予它的令人放心的勾结和默契更多的东西。

事物只是它们表现出来的意义的一部分。波德莱尔已经认为,敏感的世界是一个形象和符号的仓库,一本形式的词典,对应的作用将使它产生意外的共鸣。

当圣琼·佩斯提到"这些消失的鱼群,诗歌自始至终的主题"(第1卷,第41页)时,对应在不同的感觉之间。对应在事物和我们的愿望之间:"生命的智慧形成一棵美丽的树。"(第1卷,第58页)对应在事物及它们在整个宇宙内部的意义之间:"察看大地的空处,以了解这种极度混乱的意义,察看天空的床、水和地上阴暗的江河的沉淀——甚至可能因没有答案而恼火。"(第2卷,第82页)

这种意义的主题在圣琼·佩斯和保尔·克洛代尔的诗里都占有主要的地位,但有着根本的区别:在克洛代尔的天主教眼光里,这些意义已经铭刻在世界上,只有人和上帝的书能辨认出来;而对于圣琼·佩斯的无神论的人道主义来说,世界上没有铭刻别的价值,只有人的行动和创造的价值。人"对世界的一切符号都有权威"(第1卷,第150页)。

人只是依靠着他过去的功绩、他过去的行动向前跃进。

"始终有这种喧哗,始终有这种伟大。

"这个在世界上游荡的东西,这种穿越世界的强烈忧虑,在这个世界上的所有的罢工中,以同样的气息大声讲话,同样的人群大声喊叫。

"一个唯一而冗长的、没有顿挫、永远不可理解的句子……

"……每天夜里,我的门口更高地响着这种无声的喧哗;每天夜里,在古老建筑鳞饰的见证下,更高地响着多个世纪以来的抗议声,

"而在这个世界上的所有罢工中,一种更愤世的短长格诗句孕育着我的生命……"(第1卷,第171、173页)

以截取这些意义并提供其启示为使命的诗歌,不会悄悄地溜进已经由已有的诗和押韵诗预兆的古典形式。这种神谕式的或预言性的语言,从《圣经》到扎拉图斯特拉①,从克洛代尔到圣琼·佩斯,必然采取有节奏的文句的形式。

取自人的一切智慧和宗教、一切仪式和神话、一切体制和勇武行为,通过辨认它过去的痕迹和文物把它英雄的起源描绘成一个唯一的时代,这个人的伟大的纪念碑的风格,从来没有使佩斯感到过分辉煌、过分庄严和过分专横。回忆有时使我们感到过于夸张、过于仪式化了,"充满神谕的语言"(第2卷,第13页)。然而用什么样的风格来激起从未有过**创造**的威严的新生命的喷涌?

"我的光荣在沙漠上!我的光荣在沙漠上!……而这绝非流浪,外方人啊。

"多么觊觎最裸露的空地,以便在流沙上收集一首产生于虚无的伟大诗篇,一首以虚无构成的伟大诗篇……

"呼啸吧,世界上的投弹器啊;歌唱吧,水面上的海螺号啊!

"我把沙滩的浪花和水汽建筑在深渊上。我要躺在蓄水池和空船里。

"在一切虚幻和平淡的地方都有对伟大的欲望。"(第1卷,第168—169页)

---

① 扎拉图斯特拉(公元前八或公元前七世纪),古代爱奥尼亚宗教改革者。

诗人在人的边界上作证。似乎他是存在本身的声音。"这是一首从未唱过的海之歌,是我们身上的海将把它歌唱。"(第2卷,第133页)

"大海本身浪花四溅,像戴着鲜花的女预言者坐在她的铁椅上。"(第2卷,第134页)

《岸标》的最后几首诗篇之一表现了他的诗论的本质:

"啊!为了你,我们有过一些词,然而词总是不够的,

"现在爱把我们和这些词的对象本身混在一起了,

"词对于我们不再是词,也不是符号和首饰,

"但是它们象征的和打扮的是同样的事物;

"最好是你自己背诵,故事,我们就变成了你自己,故事,

"我们就是你自己,你和我们不相容:文章本身和它的内容,和它的海的运动,

"我们穿上韵律的长袍……"(第2卷,第307—308页)

简练和含沙射影的晦涩难懂的语言,神谕的或戒律的语言,也是有着列举、连祷、咒语的仪式的语言,但是形象和节奏、意义和声音是统一的。

圣琼·佩斯作品里音乐和思想的这种特殊的类似性,把一种独特风格和一种生动强加于我们。这也许不是诗歌的唯一标准,然而是一种主要的标准。诗歌的生动迫使我们接受一个以一种强制的必然性带动我们的、有节奏的和音乐的模式。它如果中断或仅仅是被撞、偏向,就会像保罗·瓦莱里所说的那样,"一种魔力或一块水晶的某种自然的东西就被粉碎或劈开了"。再听听这首海的诗篇吧(第2卷,第310—311页)。

"巴尔①的海,马蒙②的海;各种年龄和各种名称的海!

"我们梦想的子宫的海和被真正的梦纠缠的海,

"我们腰上裸露的伤痕,我们门口的古代大合唱,

---

① 巴尔,在《圣经》里指一切伪神。
② 马蒙,在《圣经》里指一切以不正当的手段获得的财富。

"啊,你是冒犯,你是光芒!一切荒唐和一切自在……"(第2卷,第301页)

　　　　　*　　　*　　　*

像人们不知道一块水晶是否已经停止振动而还在倾听一样,为了让你们在内心深处久久地倾听这种音乐的回声,我本来应该在这里结束了。

但是我必须再向你们说明一点,或者不如说是为了安心而对我自己作这点说明,似乎我需要为我的反常现象进行辩白:热爱一个离开我作为哲学家和战士如此遥远的诗人的反常现象。

我用了很长时间来使自己相信,我的战士的生活也能包含这种爱。这个诗人的爱。而我对于马克思主义哲学的思索则能说明这一点。

我不想以一种"为圣琼·佩斯的诗歌的耐用而祈祷"来结束,但是我想以这种诗歌进入我自己的生活的方式,向你们说说心里话。

近几个月来,我有两次体验到对圣琼·佩斯的诗歌不由自主的需要。

首先,在结束一部关于黑格尔哲学的长篇论著的写作时,我想避开这个体系——一切体系中最后的和最引人入胜的体系——对精神的迷惑,我渴望与它相反的东西:与观念相反的、最令人陶醉的具体的东西。然而黑格尔教给我们的对伟大的需求是如此强烈,因此很难找到满足这种需求的精神食粮。圣琼·佩斯高傲的诗歌在不降低这种需求的同时满足了这种需要。

我在他的诗歌里发现了与人类的黑格尔时代颠倒的形象:诗里作为人类的世界同样意识到了自身,并且大胆地坐到了从前众神的位置上。圣琼·佩斯为我们开辟的未来,大概是神话创造的未来,带有这种诗歌所包括的关于巫术、关于说话立即见效的原始信仰的一切。而这种基于说话和行动的同一性的、对语言的魔力的幻觉,是一种走上歧路的创造。

我们的梦幻大概不如我们的清醒有价值,大概为了需要诗意美的拜访,最卓越的苦行也可能是未来的战斗演习。

但是在这种诗歌里,甚至在它的神祇的语言里,我每天都更多地发现兰波会说的"天启",这些"天启"像使用一把电光雕刻刀一样,使黑夜里涌现出我和我的战友们极力向往的远景和地平线。

最近我去古巴时,只带了两本书:圣琼·佩斯的两卷诗集。在此以前我见过一些已经完成的革命,在古巴我是第一次投身于按照一种战斗的急促节奏正在进行的革命之中。每天傍晚,结束了当天在这个混乱的世界上的工作之后,我在房间里拿起佩斯的诗篇,在这些由于对人的充分信仰而生气勃勃的诗篇里,我发现了一种足够欢乐和足够急促的、可以用来加强一场革命的进行曲的节奏。

无论把黑格尔和古巴革命进行比较显得多么奇特,我感到就词的音乐意义而言,圣琼·佩斯的诗歌是两者的"调音",而这就是我想向它表示我的、大概是出乎意料的敬意。这种诗歌是在我作为哲学家和战士——对一个马克思主义者来说是一回事——的生活最崇高的时刻平等地碰上的。

为了让圣琼·佩斯来结束本文,我们列举他的两段诗句,也许我们热爱他首先是因为他属于:

"在梦中分辨转地放牧和改道的其他规律的人;用探头寻找最深处的红黏土以塑造他梦中的面孔的人。"(第 1 卷,第 181 页)

"在深渊的凉爽里觉察出新思想的人们,在未来的大门前吹响号角的人们。"(第 1 卷,第 187 页)

卡夫卡

卡夫卡的世界和我们的世界是统一的。

他生活过的世界和他创造的世界是统一的。

这是一个令人窒息的世界、不人道的世界、异化的世界,然而它有着对异化的强烈意识,也有着一种不可摧毁的希望;使我们透过这个被神奇和幽默弄得支离破碎的世界的裂缝,瞥见了一线光明,也许是一条出路。

这种深刻而生动的统一性,只要不陷入评注的把戏便能体会得到。评注总是用预想的体系使作品削足适履,并且只求作品能传奇般地证实一个论点。

神学家们做出了这类评注的典范:他们相信在卡夫卡身上找到了以色列最后的预言家;他们在看到他身上有"为获得圣宠而痛苦的灵魂"时,就已经想带他的灵魂去受洗礼;他们把他变成卡尔·巴尔特①的信徒;他们把他的作品看成否定神学的作品。

另一个极端则是假马克思主义的评注,它时而把卡夫卡看作一个颓废的小资产者,具有破坏性的悲观主义,时而又把他看作一个反抗者,假如不是把他看成社会主义者的话。

---

① 卡尔·巴尔特(1886—1968),瑞士神学家,一种发展了的加尔文新教的创立者。

论无边的现实主义

存在主义也把卡夫卡与西绪福斯①的荒谬任务或海德格尔②的焦虑联系在一起。被《致父亲的信》所吸引的精神分析学家们,以为在他身上发现了"恋母情结"的一种典型表现。医学也介入其中,有人毫不犹疑地力求用一九一七年公开的肺痨来对写于一九一三和一九一四年的《变形记》或《审判》做出武断的解释!随着卡夫卡作品的伟大变得不容置疑,评注就更是多得不可胜数了。

所以人们今天谈起卡夫卡时,会觉得他是他的短篇小说之一《燃烧的荆棘丛》里的主人公:"我陷进了一个无法摆脱的荆棘丛……我在沉思中平静地散步,突然发现我在这儿!似乎荆棘丛在我周围长了出来,我出不去了,我完了!"

"孩子,"看守人说,"你起先走的是一条禁止通行的路,你进了这个可怕的荆棘丛,然后就抱怨……可是你毕竟不是在一片处女林里!这儿是一个公园。人们会把你拉出去的……不过你应该耐心一点,我先要去找几个工人来开一条路,而在这之前,我必须征得上司的同意。"③

这些哪怕最对立的评注的共同特点,是把卡夫卡的作品变成"根据真人真事写的"小说,而这种线索不是一种神学的教条,便是一种社会学或精神分析学的无意识,或一种革命的纲领,或一种病理学的病症。

这些评注的每一种都并非毫无道理,然而它在把一种至多是探索性的工作变成一个总的评注体系时,立刻就使这点道理变成了谬误。

毫无疑问,卡夫卡的作品里有过一个信教的时刻;他的阶级地位限制了他的视野;他对存在的看法与克尔凯郭尔④及其追随者不无类似之处,这些都是确实的。

---

① 西绪福斯,传说中的科林斯国王,以残暴著称,死后被判处在地狱里往一座山顶上推一块不断落下的巨石。
② 海德格尔(1889—1976),德国哲学家,存在主义哲学的创始者之一。
③ 《中国的长城》,伽利玛出版社,第220页。
④ 索伦·克尔凯郭尔(1813—1858),丹麦哲学家、神学家,著有《焦虑的观念》。

但是他的作品不至于降低到成为上述任何论点的说明：一部小说或一篇史诗，并不是一种被隐喻弄得怪里怪气的抽象观念。

它是一种揭示性的神话。

一幅使天上人间成为一统世界的生活景象。一幅无所不包的生活景象：家庭和职业、婚姻和宗教、城市和它那机器以及办公室的没有尽头的迷宫、幻觉和不可摧毁性、神奇和平凡。

卡夫卡的世界和他的生活是用同样材料造成的："这不是一部自传，而是对尽可能压缩的材料的研究和发现，正是在这一点上我以后创造了自己，好比一个尽可能利用旧房的材料，要在旁边造一座新的坚固房子的人一样。然而令人遗憾的是，他在造到一半时失去了力气。于是原来一座摇晃的，但却是完整的房子不见了，留下的只是一座毁了一半、另一座造了一半的房子，如今等于什么也没有了。随之而来的是纯粹的疯狂，似乎像在两座房子之间跳哥萨克舞：哥萨克人跳舞时用靴子的后跟刮擦地面，直到他的坟墓在脚下形成为止。"①

作品的材料和生活的材料相同是显而易见的；在《一场战斗的描写》里布拉格令人着迷的存在，在《致父亲的信》《判决》及《变形记》的气氛之间、在他的职员经历和《审判》里人间与天上的官僚机构之间、在《城堡》和《致密伦娜的信》之间的密切关系。人到处沉没在这个不人道的世界里，在一个一切都合理化和可计算的体系的齿轮机构里受着物化。

在这个无名的、分成等级的社会里，人被剥夺了他的特性，变成了一种物，一种不具人格和古怪的可怜的物。这是资本的世界，它的不人道在垂死的奥匈帝国的腐朽而专制的机构里更为明显。

但是富有诗意的创造和生活的统一性的产生，并不仅仅是由于它们的材料相同，而是由于它们引起和表现同样的反抗。在一场个人对抗社会的无把握的战斗里，不幸地存在着特殊的和一般的问题。卡夫

---

① 《笔记》，见《乡村婚事》，第335—336页。

卡尽力置身于世界里,抓住它有意义的完整性,发现他生活的意义和他传递"谁也没有使他承担过的委托"①的信使角色。这样,反抗的时刻和信教的时刻、忍受的时刻和焦虑的时刻、拒绝的时刻和忧伤的时刻、嘲弄的时刻和疑问的时刻,便互相并立、互相渗透、互相冲突了。

卡夫卡的世界,他周围的世界和他内心的世界是统一的。当卡夫卡对我们谈到另一个世界时,他同时使我们理解到另一个世界就在这个世界里,就是这个世界。因为人的世界也就是这个世界所缺少的一切,是对这个世界表示异议的一切。

在他一生所有的时刻中,有一个否定的,即"卡夫卡"的时刻。"我极为自觉地接受了我时代的否定性,再说这种否定性与我类似,我无权反对它,但我有权在某种程度上表现它。微不足道的肯定性也好,转向肯定性的极端否定性也好,我生来是没有份的……我是一个终结或一个开端。"②

卡夫卡不是一个绝望者,是一个见证者。

卡夫卡不是一个革命者,是一个启发者。

他的作品表现了他对世界的态度。它既不是对世界原封不动的模仿,也不是乌托邦的幻想。它既不想解释世界,也不想改变世界。它暗示世界的缺陷并呼吁超越这个世界。

在他的《笔记》里进行着卡夫卡和读者之间的对话:

"这个世界决定性的特征是它的腐朽……如果我要和这个世界斗争,当然必须抨击它决定性的特征,即它的腐朽。在我的一生中能够这样做吗?不仅仅以信仰和希望作为武器,而是能够真正地这样做吗?"

"这么说,你是要用比希望和信仰更为真实的武器和世界斗争了?这类武器大概是有的,不过只是在一定条件下才能认识和使用。我先要看看你是否有这些条件……"

---

① 《内心日记》,格拉塞出版社,第222页。
② 《内心日记》,第221页。

"如果我没有,我或许能获得这些条件?"

"当然,但是在这方面我无法助你一臂之力。"

"……既然如此,为什么你首先要让我经受考验?"

"为了向你指出你缺少某种东西,而不是说明你缺少的是什么。"①

为了完成这个任务,卡夫卡创造了另一个世界,它就是这个世界的现实,因为它本身带有对它自身的否定,对它极端的不人道有着令人迷惑、烦扰人心的揭示。

这是在异化内部反对异化的斗争。或者按斯宾诺莎②的意思,是附属于对异化的原因及克服它的手段的愚昧上的异化意识。

要涉及作品和生活之间的关系这个中心问题,我们要理解卡夫卡的作品和生活之间内在的辩证法。

我们从卡夫卡的世界和现实世界的统一性出发。与他本身的存在、与现实世界及其冲突相适应,我们将看到一分为二的辩证法;异化的世界和异化意识的世界。"有"的世界和"存在"的世界。双重人的世界。卡夫卡正如《审判》的主人公:"代理人"和"被告"。"他和他的占有不是统一的,而是两者,无论谁摧毁了两者之间的联系,也就同时摧毁了他。"③

这个首要的矛盾被第一次拒绝、第一次否定超越了,因而面对"有"的世界的被动状态,"存在"能安于它自身的活动。但是在其统一性中恢复镇静的主体,与内心世界相适应,产生了新的一分为二。对异化的意识和由此在主体与客体、存在与有之间产生的、意义模糊的悲剧性的紧张状态;它是宗教,还是反抗?

这第二个矛盾在一次企图克服反抗和宗教的二律背反的设计中被超越了:这是冲突在艺术创作中的客观化,它既像宗教一样是对一

---

① 《八开本笔记》,见《乡村婚事》,第103页。
② 巴鲁赫·斯宾诺莎(1632—1677),荷兰哲学家。
③ 《乡村的诱惑》,格拉塞出版社,第47页。

个世界的意义及其缺陷的实际感受,又像反抗一样呼吁超越这个世界。与这个创造的世界相适应,显示出一种内在的矛盾:语言和神话的矛盾,两者的统一性和对立赋予作品以活力和生命。卡夫卡最后的任务:指出这种超验性,并迫使它在语言中追求一种不可能的使命,"我总是企图传播某种不能言传的东西,解释某种无法解释的东西……"①

卡夫卡留下的这个悬而未决的矛盾,是他的命运和他的使命的矛盾:"这种追求走的是一条来自人类的道路……这类文学全都是向边界的冲击……"②

一、现实世界及其冲突

在对人生意义的探索中,卡夫卡的主要感受,是作为异乡人和需要一张居留许可证才能存在的事实。他在《日记》里写道:"我生活得比一个陌生的人还要陌生。"

他是犹太人,讲德语,生活在奥匈帝国统治下的捷克,这种境遇加剧了他的孤独和背井离乡之感。一八九七年十一月卡夫卡十四岁时,发生了反抗维也纳统治的暴动,引起了仇视犹太人的大屠杀。在整个青年时代,他经受了在学生中猖獗的民族主义者们小小的种族冲突,正如他在《致密伦娜的信》里所回忆的那样,那时人们把犹太少数民族当成"败类"。他由于讲德语而与捷克人民有了距离,不过他还自认为是一个讲德语的客人。在他诞生的城市布拉格,他却感到是个异乡人。作为犹太人,他被讲德语的居民所孤立;作为一个批发商的儿子,他处于人民之外。布拉格的犹太区被摧毁了,但是精神上的犹太区依然存在。"不卫生的犹太旧城对于我们要比周围卫生的新城现实得

---

① 《致密伦娜的信》,第 250 页。
② 《内心日记》,第 529 页。

多。我们十分清醒地在梦里走着:我们自己只是过去时代的幽灵。"①与社会格格不入,精神上的孤独,使他感到处于任何历史的社团之外。

他也处于任何精神的社团性之外,是个异乡人。他唯一能设想到的上帝是犹太传说中可怕的上帝耶和华,耶和华的法是无情的。一个遥远的、虚无缥缈的神:人们永远见不到中国的皇帝,也见不到"法院"的院长、"城堡"的领主。以色列的历史对于他就是人与上帝关系的写照:他的人民是上帝的选民,但也是不顺从的人民,受着上帝的诅咒。"尽管我承认有些怪诞,我绝对不背叛我的种族,远远没有……我只是性格古怪,然而不要忘记,它可以用我的种族的特性来解释。"②

卡夫卡是个地地道道的犹太人,但同时也是一个与犹太人社会决裂的犹太人。他对犹太教的批评是无情的。在题为《在我们犹太教堂里》的短篇小说中,他像不懂信仰和宗教仪式——由于不认识它们的意义——却要描述它们的修士一样描述了犹太社团。常在特洛米赫尔犹太教堂出没的神秘而令人焦虑的动物,象征着信徒们不断盲目地为之祈祷的、无法理解的、难以捉摸的目的。

卡夫卡的态度在这里带有暧昧的痕迹。暧昧性在社会和宗教方面都是一致的,比犹太教更为可怕。"犹太教不仅是个信仰问题,而且首先是一种由信仰制约的社会的根本经验。"③脱离了它,卡夫卡便同时失去了天上和人间、与上帝的联系和与人类的联系。作为犹太人,与犹太人的社会割裂的犹太人,怀念这种社会,始终在信仰和他的否定之间左右为难的犹太人,他由于不可克服的特性而经受着最痛苦的孤独。他丧失了一切根基:他为"没有土地、缺乏法的气氛"而痛苦。"为我创造这些,这就是我的任务,甚至是最原始的任务。"④"当人自觉地生活,明确地意识到他与别人的关系和对别人的责任时,古老的

---

① 雅努赫:《卡夫卡谈话录》,第58页。
② 《一只狗的探索》,见《中国的长城》,第232页。
③ 雅努赫:《卡夫卡谈话录》,第163页:"《圣经》的民族是个人通过一种法的联合。但是今天的群众反对这种联合,他们试图分开,因为他们没有内在的同一性。"
④ 《致密伦娜的信》,第221页。

祖国就会不断更新。人确实只有通过联系才能解放自己。而这正是这种生活中最高尚的。"①

卡夫卡不是一个抽象的作家：这个似乎不知来自何方、没有归属、甚至也许无处可去的人，狂热地希望在人类的土地上扎根。与这个基本意愿无关的一切对于他都是无所谓的。

卡夫卡不是一个"黑色"作家。这个一直被人们描写成为绝望者和孤独者的人，极力向往正常的、健康的一切，与人类幸运地结合在一起。"我们的一切法律和一切政治机构……起源于对我们所能设想到的最大幸福的渴望：人们互相挤靠取得温暖……"②这种怀念之情是坚定不移的："我将会受到极其隆重的欢迎，我这个在内心深处总感到自己是个不法之徒、一个猛攻城墙的野蛮人。我将会沉浸在周围所有的狗都垂涎的热情之中……"③

这就是在人间和天上都是一个异乡人的感觉和获得一个身体、一个祖国、一种确信、一些根基的狂热需要的根源：

"我有一种特性，使我极为明显地区别于……一切我认识的人。我们两人都认识许多典型的西方犹太人，据我所知，我是所有人中最典型的。夸张点说，我没有一秒钟安宁，我什么都没有，我必须获得一切，我应该得到所有的人生来就无偿地得到的东西：不仅要现在和未来，而且还要过去，这也许是最困难的事情……"④

* * *

对于社会关系和他的犹太人的地位，卡夫卡在他的家庭里有着特别强烈的感受。他和父亲的关系没有任何病态和反常，但无论从神圣

---

① 雅努赫：《卡夫卡谈话录》，第91页。
② 《一只狗的探索》，见《中国的长城》，第233页。
③ 同上书，第270页。
④ 《致密伦娜的信》，第248页。

的还是从社会的观点来看,都加剧了他与犹太人社会之间的紧张状态。

与父亲的冲突,绝不是对精神分析学论点的说明,恰恰相反:精神分析学家们认为他与父亲的第一次冲突是以后一切冲突的预兆,实际上它是概括并集中反映了社会的紧张状态。

在传统的犹太家庭里,父亲具有一种神圣的特征。所以上帝在卡夫卡身上的表现,绝不是来自他下意识地对自己与父亲关系的感受,而是他把与《圣经》里令人敬畏的上帝的关系这种传统的形象投射到了父亲身上。何况卡夫卡的父亲是一个严守教规、要求儿子参加宗教仪式的犹太人,卡夫卡认为这些仪式没有任何内容和意义。他自己在精神分析学里只看到一种"极端的谬误。这一切所谓的疾病……它们是信仰的现实,是人在出生的某块土地上处于困境时的抛锚。同样,当精神分析学探讨宗教的原始本质时,它除了造成一个人的疾病的东西之外什么也不会发现"。①

在社会方面,卡夫卡和父亲的冲突,是实业家、self mademan② 和他的诗人儿子的冲突。卡夫卡把他的父亲看成一个他不愿做、也不能做的上层人物的典型。他在父亲的企业里第一次体验到剥削和压迫的社会关系:"商店本身终于引起了我的苦恼……我尤其想到对待人的方式……你称你的职员是'领工资的敌人',虽然他们确实如此,可是在他们成为敌人之前,我就认为你是他们的'付工资的敌人'了……这使商店变得难以忍受,它太让我想起对你来说我自己所处的地位了……所以我必然是站在职员一边的。"③

从极为夸张的角度看来,他的父亲对他来说是一个压迫人的、异化的、扼杀个人特性的社会形象。集社会关系总体之大成的异化,他首先是在与父亲关系的形式下体验到的:"在学校里和在家里,根据我

---

① 《致密伦娜的信》,第247页。
② 英文:白手起家的人。——译注
③ 《致父亲的信》,见《乡村婚事》,第178—179页。

的经验,人们都在竭力抹杀特性……人们不承认我的特性。由此导致了一种特性的显露,要么我仇视压迫者,要么我认为这种特性并不存在……但是我悄悄地抹去了我的这一特性,于是我恨自己,我和我的命运,我认为自己是个坏人或下地狱的人!"①在谈到他的父亲和说明父亲为什么使他陷入"一种双重性的,可怕生活"时,他补充说:"为什么我要离开世界?"因为"他不让我在世界上,在他的世界上生活……从现在起我就是另一个世界的公民了……迦南②对于我必然是唯一的希望之乡,因为人类没有第三个地方了"。③

卡夫卡后来向勃罗德说起他给自己的全部作品题名为"逃出父亲范围的愿望"的计划。但是把这类作品当作精神分析学的资料将是荒谬的。首先因为与恋母情结相反,这里的一切都在意识清醒的情况下发生,其次因为"父亲的范围"表现了卡夫卡长期地经历异化的社会关系和宗教关系的方式。

他和父亲的关系,与他和社会及宗教的关系有着同样的暧昧性:它们是由热爱和恐惧、反抗和怀念构成的。

* * *

职业在使他更深刻地进入社会生活的同时,加剧了他的异化,加强了他的两重性。从一九〇八年开始,他是"波希米亚王国工伤事故保险公司"的职员。

他"双重部分"的生活随着他的职业经验和与这种经验的绝望对立而形成:作为官僚机构的职员,他是把人压垮并抑制其特性的厄运的一个齿轮。在使他活着、但每天都有点在扼杀他的工作里,他是异

---

① 《内心日记》,第 237—241 页。
② 迦南,巴勒斯坦和叙利亚、黎巴嫩等地的古称,《圣经》故事称其为上帝赐给以色列人祖先的"希望之乡"。——译注
③ 《内心日记》,第 541 页。

化的工具。在这个无名的、分成等级的机构里,他参与了它以抽象的、不人道的法律的名义压碎人类的机械的、荒谬的、不负责任的运转。研究司法对他来说已经是一种折磨:"我对法律进行了一些研究。也就是说,考试之前的几个月使我的神经极度衰弱,我的精神食粮是一堆木屑,更要命的是几千张嘴巴已经在我之前嚼过这堆木屑了。"①

这种与人无关并且在人之外的法,这种异化,表现的不仅是一般与特殊的对立,而且是两个阶级的对抗。卡夫卡意识到这一点。他向雅努赫阐明资本主义的异化机构,这种机构不是产生于人类,而是产生于制度本身:"资本主义是一个从里到外、从外到里、从上到下、从下到上的附属关系的体系。一切都分成了等级,一切都戴着锁链。资本主义是一种世态和一种心境。"②

卡夫卡,这个压迫机构里的小职员,为处于他的地位经常要说谎而痛苦。

在这个对他来说表现了社会的一切异化的官僚机构里,他的行动常常要违背他的良心:时而写一篇报告或文章,以准备一项他所憎恨的法规③,时而拒绝或回避一些他深知有法律依据的申请。他被派到事故预防处,在每一份文件之外,他都隐约地看到工人们在机器和法的齿轮机构里被碾碎的人间惨剧:工伤事故、残废、死亡、寡妇、使不幸者在一个失去个性和压迫人的社会的神秘之中为追究捉摸不到的责任而筋疲力尽的办公室的迷宫。在这个社会的社团成员和办公室之间、在归法院管辖的人和法官之间、在现实和法之间、最后在劳动和资本之间的关系里,一切都受着愚弄。

卡夫卡在那里成千上万次地重新发现了他在父亲企业里察觉的基本关系。他又一次"站在职工一边"。"这些工人多么谦恭啊!"他

---

① 《致父亲的信》,见《乡村婚礼筹备》,第 195 页。
② 雅努赫:《卡夫卡谈话录》,第 141 页。
③ 《内心日记》,1911 年 10 月 10 日:"写一篇诡辩的文章……支持或反对法规……"(第 131 页)

对勃罗德说,"他们来恳求我们。他们不是冲进公司、洗劫一切,而是来恳求我们。"①

他的反应停留在导致他与捷克无政府主义者阶层来往的,尤其是与他们的领袖卡沙来往的反抗阶段。这也是一种加强他自身犯罪感的道德和宗教的反应:"我有什么办法呢?我是法律界的人,所以我无法摆脱苦恼。"②

在文学里,他感到强烈兴趣的是表现被机器弄得精疲力竭、受着法的折磨的劳动者世界的内容。他读赫尔岑、克鲁泡特金、陀思妥耶夫斯基、托尔斯泰、高尔基的作品。

但是无政府主义的反抗或对错误的形而上的感觉只是引导他梦想逃离讨厌的圈子。他有时想通过体力劳动,在现实的世界里、在人类的兄弟之情中扎根:"脑力劳动,"他在一九二一年向雅努赫吐露说,"使人脱离人的社团。手艺则相反,使人接近人们。遗憾的是我不能再在车间或园子里干活了。"

"您不想放弃您在这儿的职业吧?"

"为什么不?我一心想作为巴勒斯坦的农民或手艺人离开这儿。"

"那您要抛弃一切了?"

"一切都是为了在安全和美好中找到富有意义的生活。"③

诗歌是他被监禁的世界的对立物。创作是异化的对立物。

让我们翻一翻这个双重的、无所适从的人的悲惨的日记:

"我的境遇使我无法忍受,因为它与我唯一的愿望和唯一的志向即文学背道而驰。由于我只以文学为事业,不能也不愿意搞别的行业,我的境遇就永远吸引不了我,相反它只能完全把我毁掉。我离被毁掉不远了。"(1913 年 8 月 21 日)

"我可怕地感到我身上的一切都是为一种富有想象力的伟大工作而准备的,这样的工作对于我将是一种奇妙的解脱和真正的生活,而

---

① 马克斯·勃罗德:《弗朗兹·卡夫卡》,第 132—133 页。
②③ 雅努赫:《卡夫卡谈话录》,第 15 页。

在办公室里,为了一堆毫无价值的文件,我必须在这个具有幸福天分的身体上挖掉一块肉。"(1911年10月4日)

"无法忍受生活,或者更确切地说无法忍受生活的连续性。时钟走得不一致,内心的时钟以魔鬼般的、疯狂的、无论如何是不人道的方式奔跑,外部的时钟却断断续续地以通常的步子前进。除了两个不同的世界互相分离,或者至少彼此以一种可怕的方式互相挣脱之外,还能够产生什么呢?"(1922年1月16日)

"这对于我是一种非常可怕的双重生活,除了发疯之外确实没有别的出路。"(1911年2月19日)

作为犹太人,他属于上帝的选民,然而是被抛弃和被驱散的上帝的选民,他想做父亲的"一个被剥夺继承权的儿子",被父亲赶出这个世界后,他躲入了一个逐渐成为他真正故乡的内心世界。他被白天的职业和夜晚的志向撕碎了:白天的职业使他变成一个为盲目的杀人机构服务的物,夜晚的志向使他极度亢奋,他因狂热地创作以白天的一切噩梦为题材的作品而失眠。卡夫卡渴望能扎根于生活之中,扎根于他不断怀念的一种社会的和精神的社团之中:"重新和人类做伴是幸福的。"[1]他用全部力量呼吁"尽力服务的可能性"[2]。

这个没有被流放的流放者,这个到处都是异乡人的人,渴望着分享这种服务。

爱情是调停者、说情者。

卡夫卡首先认识到的是母亲的爱:"我感到她是如何尽力地……补偿她与生活关系的缺陷的。"(1922年1月30日)

在他一生的另一个阶段,一九一一年左右,卡夫卡在他与一个犹太剧团的经理洛维的友谊里找到了一种真正的生活方式:对他来说,这组生活贫困而只爱他们的艺术的演员,是他渴求的纯洁的象征——一种扎根于社会和精神团体里的、完全献身于艺术而神圣化的生活。

---

[1] 《致密伦娜的信》,1922年2月2日,第207页。
[2] 同上书,1922年2月13日,第211页。

值得注意的是,在他唯一的有圆满结局的小说《美国》里,主人公卡尔·罗斯曼的人间奇遇以在俄克拉荷马的马戏团受雇佣而结束,他在那儿重新找到他的同伙,也就是陀思妥耶夫斯基的"被侮辱者"与"被损害者",正如在一个美的天堂里,每个人终于扮演了生活禁止他扮演的角色一样。

在一场从异化内部反对异化的无止境的斗争中,卡夫卡筋疲力尽了。

这种成为他致命伤的"与生活关系的缺陷",卡夫卡梦想用爱情来补偿。

"这儿没有一个人理解我存在的完整性。有一个能理解我的人,例如一个女人,就到处都能立足,就有上帝。"(《笔记》,1915)他只是在生命的尽头和多拉·迪曼特在一起时才获得的这种幸福,这种对生活的完全分享,赋予爱情和婚姻以一种宇宙的意义。

"女人,或者说得更严格一些,婚姻是生活的代表,你应该向它表明自己的看法。"①

在重新获得的生活的统一性中,爱情有一种人的成分和一种宗教的成分。它们是统一的,因为神圣的事物不可分割地是人间和上帝的同一性。"肉体的爱胜过天堂的爱,它本身做不到这一点,但是因为它本身无意识地带有天堂的爱,它终于做到了。"②

在卡夫卡内心生活悲剧性的辩证法里,爱情是极为暧昧的:它接近现实又远离现实;它是分享生活的条件,又是分享生活的障碍;它是改变目的的一种诱惑,又是达到目的的一个手段。

在他的《日记》和《笔记》里,卡夫卡多次权衡结婚或拒绝结婚的理由。他在沉思中总是重复看到爱情的同样暧昧的意义。

对本质的追求需要孤独,集中他所有的精力:"我非常需要孤独,我成功地所做的一切只是孤独的一种结果。我害怕结合,害怕和另一

---

① 《八开本笔记》(1912 年 1 月 23 日),见《乡村婚事》,第 105 页。
② 《内心日记》,第 269 页。

个人纠缠,那样我就永远不会孤单了。"(1913年7月21日)

与对纠缠的焦虑相对应的是扎根的狂热希望:"勇敢、冒险、有力、令人吃惊的激动,我通常只有写作时才能做到。要是靠着一个女人,我在所有人面前也能这样的话!……"

三年之后是同样的内心对话和同样的动摇:独自一个"我能集中我的全部精力。结了婚你就不能再分享生活,就会发疯,随风飘荡……"(1916年8月20日)

女人是与本质最有力的联系,也是使人远离本质的诱惑。在小说的象征形式下,卡夫卡的主人公对女人都有这种双重的、暧昧的态度:在《审判》中,约瑟夫·K期待着利用他和律师伊尔德的女仆莱妮的关系来揭露一桩关于法官的秘密,但是他刚刚象征性地吻了这只因残疾而变得像猛禽爪子的手时,莱妮便对他说:"现在你属于我了。"在《城堡》里,土地丈量员指望通过弗丽达的爱情找到城堡的先生们,而他最后的失败又把他和他们隔开了。

也许,在这种对爱情的双重态度中,卡夫卡对生活,也是对信仰的两种基本态度在互相冲突。

克尔凯郭尔还是黑格尔?

要么人类的努力与上帝的裁判没有共同的标准,因而毫无价值,对于孤独的主观性和超验性之间对话的本质来说,任何肉体的依恋只是一种嘲弄,一种消遣。所以跟克尔凯郭尔断绝与雷吉娜的关系一样,卡夫卡断绝了与未婚妻费丽丝的关系。

人类的爱属于上帝的爱(况且人类的一切行为都是如此),有限地属于无限。而有限毫无疑问是一种危险:我们会在有限中落入圈套和堕落。但是无限毕竟只能在有限中实现,而有限的完成则是达到一切的唯一途径。卡夫卡在对费丽丝两次燃起的爱情里,在对密伦娜热烈的期待之中,在终于在多拉身边获得的幸福里,体验到了完整存在和分享生活的可能性。

超验性还是内在性?在卡夫卡身上,这不是两种神学或哲学论点的冲突,而是他的整个肉体和全部生涯所经历的一场悲剧。

有时他会对雅努赫说:"肉欲分散我们感官的注意力。"①

有时他给密伦娜写道:"我所爱的并不是你,而是要多得多,是我的存在:它是通过你而赋予我的。"②

在寻求一种真正的存在时,爱情和婚姻是一个必须战胜的考验:欢乐是一个必须毫不停留地穿越的阶段。

爱情和婚姻可以是与真正的存在的**联系**。正是这一点与卡夫卡的存在主义的解释互不相容:自由是在联系之中,而不是在它的决裂里。

卡夫卡给自己下过定义:"没有祖先、没有妻子、没有后代,有一种想要祖先、夫妇生活和后代的强烈愿望。"(1922年1月21日)③

在他身上,同一现实的两个方面,即对孤独的意识和在一种真正的同一性里扎根的意志,紧密地联系在一起。"结婚、建立家庭、接受生下来的孩子、在这个靠不住的世界上养活他们以致在可能的情况下给他们引引路,我深信这是一个人所能达到的最高度。"④短篇小说《十一个儿子》表达了这种对家长式的家族的怀念。

如果说卡夫卡未能完成这个首要任务,这是由于他认为自己没有能力在可能建立家庭的生活里扎根。"结婚意味着……有把握",否则"孤独之上再加孤独,永远不可能产生一个故乡,而是相反地产生一个苦役犯监狱"。⑤

因而与未婚妻的决裂获得了一种特殊的意义。与《蓓蕾尼斯》⑥

---

① 雅努赫:《卡夫卡谈话录》,第175页。
② 《致密伦娜的信》,第109页。
③ 参看1911年11月1日、1922年10月17日、1922年1月19日的《内心日记》:"无限的、深刻的、热烈而解放的幸福是面对母亲坐在孩子的摇篮旁边。这里有点儿这种意思:即使你不愿意,这不再取决于你。相反,没有孩子的人的看法是,不管你愿不愿意,这都取决于你……西绪福斯是个单身汉。"
④ 《致父亲的信》,见《乡村婚事》,第196页。
⑤ 《致密伦娜的信》,第265页。
⑥ 法国古典主义诗人拉辛(1639—1699)的悲剧。——译注

的决裂相反,卡夫卡在一页《日记》里写道:"从前我爱着一个年轻的姑娘,她也爱着我,然而我不得不离开了她。"这肯定会使人想起塔西佗[1]的名言:"Invitus invitam dimisit"[2]和拉辛的悲剧。实际上,分离蒂居斯和蓓蕾尼斯的是世界的重压、是人对其权利和义务的不可克制的留恋,是使人在社会生活和他最不可捉摸的价值里扎根的一切。相反,使卡夫卡和未婚妻分离的则是面对虚无、没有根基、在空间飘荡的感觉。

他只有在社团时才能汲取必要的力量作为他爱情的基础。首先这一点正是他所没有的:"与同类的联系就是与祈祷的联系、与自身的联系,是努力的联系;努力的可能性只有在祈祷之中才能获得。"[3]

在卡夫卡的一生中,孤独和爱情的悲剧性的辩证法,由于他社会地位及宗教处境的矛盾、与父亲的冲突、职业和志向的异化而更加深了已有的裂痕。

* * *

这种悲剧的完全形成把卡夫卡带向疾病和死亡:"我自己被撕碎了……世界——费丽丝是它的代表——和我陷入了一种无法解决的冲突,正在撕裂我的身体。"[4]

他的订婚仪式只是使这个致命的冲突更加尖锐。卡夫卡清楚地意识到这一点:一九一七年九月十五日他刚得病时就写道:"肺部的病变只是创伤的一种象征,创伤的炎症名叫费丽丝,而创伤的深度名叫辩护的理由。"[5]

后来他向密伦娜表示:"肺部的疾病只是精神痛苦的一种爆发。

---

[1] 塔西佗(约56—约120),古罗马历史学家。——译注
[2] 拉丁文:我不得不抛弃不愿离开我的姑娘。——译注
[3] 《内心日记》,第280页。
[4] 同上书,第223页。
[5] 同上书,第183页。

从我头两次订婚仪式以来,我病了四五年了。"①

卡夫卡生活在一种持久的紧张状态里,生活在焦虑和恐惧之中,恐惧袭击他直至内心的深处。他意识到一种繁重的责任:揭示生活的意义、说真话、成为真理,然而他无法完成这个使命。"大部分人活着并不意识到个人的责任,我认为这正是我们不幸的核心……罪恶是在自己的使命面前后退。不理解、急躁、疏忽,这些就是罪恶。作家的使命是把孤独的和必死的一切引向无限的生活,把偶然的东西变成符合法的东西。他的使命是带有预言性的。"②

卡夫卡对自己的责任有一种极端的意识。他自认为被赋予预言的使命,但他却是一个无能为力的、应受谴责的预言家。

"这是一种委托。按我的本性,除了一种谁都未赋予我的委托之外,我不能承担别的事情。正是在这个矛盾,也总是在这个矛盾中我才能活着。大概跟任何人一样,因为人们都是虽生犹死。"③

预言家的使命是讲法。而卡夫卡只是一个否定的弥赛亚④,他揭示一个世界内部的混乱和荒谬,却连"希望之乡"都无法指明。他感到难以忍受这个他被排斥的世界的重压。他指不出结束混乱的道路。这种混乱的存在非难他、判处他。"人类只有在脱离赋予形式的法则时才变成无定形的,因而不知如何称谓的乌合之众。但那时也不再有高贵和卑贱。生活降低到只是简单的存在,既无悲剧也无斗争,而只有物质的消耗,以及衰退。"⑤

这个被抛弃的世界缓慢地走向死亡。

卡夫卡补充说:"这既不是《圣经》的,也不是犹太教的世界。"然而颠倒这个运动,使它成为一种上升过程的上帝,也不能指明这个世界。

---

① 《致密伦娜的信》,第61页。
② 雅努赫:《卡夫卡谈话录》,第119页和第162页。
③ 《内心日记》,第222页。
④ 犹太人期望的复国救主。——译注
⑤ 雅努赫:《卡夫卡谈话录》,第161页。

人类只有在忘记他们的义务时才能安眠。"谁确切地了解他的义务？谁都不了解。所以我们所有的人都感到内疚，并用尽快入睡的办法来竭力逃避这种感觉……也许我的失眠只是对这个使我活着的来访者的一种恐惧……失眠可能掩饰着我对死亡的巨大恐怖。或许我是担心我的灵魂——它在我睡着时抛弃我——会一去不复返了。或许失眠只是一种对罪恶的强烈意识，害怕会突然受到审判。或许失眠本身便已经是罪恶了。或许它是对自然的一种反抗……罪恶是百病之源，有了它我们才会死去。"①

付出了逐步毁灭自己的代价，卡夫卡才仍然是守夜者和启发者。他用没有睡眠的梦来对抗没有异化之梦的睡眠，直到由于上帝的不在而烦恼得死去为止。

* * *

这些便是卡夫卡世界的矛盾，他的生活的矛盾，使他死亡的矛盾。

他是否是个特殊的人，他的见证只具有个别的意义？这类作品是否仅仅是没落社会阶层精神状态的反映，特别是地位和远景受到威胁，把自己的焦虑当成形而上的绝对的小资产阶级的苦恼？

毫无疑问，卡夫卡是个特殊的人，但也许是就这个意义而言的："诗人总是比社会的平均值更小和更弱。所以他对自己在世界上的存在所受到的重压，要比其他人的感觉远为强烈和沉重。"②

同样毫无疑问，卡夫卡的世界观打上了他阶级地位的烙印，受到本阶级视野的限制，必然有无穷的矛盾和动摇。这种地位阻碍他在反对异化的同时抨击异化的原因，只能使他像"在睡梦里为驱逐一种幻觉而摆手的人"那样去斗争。但是，由于他有追忆异化世界的噩梦的能力，由于他有从这个异化世界上排除令人窒息的一切的清醒意识，

---

① 《卡夫卡谈话录》，第 64 页和第 137 页。
② 同上书，第 17 页。

他使我们像透过暴风雨中的闪电那样,瞥见了另一个世界的可能性,并唤起我们对那个世界的难以抑制的需要。所有这些都具有一种意义,它未揭示《人类的命运》①的一种形而上的所谓法规,却超越了这个个人和这个阶级,并构成了——即使是在一种异化形式下——对当代一种深刻规律的觉醒。

这类作品中表现出来的关于人的命运的重大问题,有着一种现代世纪儿忏悔录的价值。

"我在我的探索中真是如此孤独吗?"《一只狗的探索》里的主人公问道。"我在这儿说话不是为了我,而是为了他们。"《审判》的主人公说。"我以最大多数人的名义说话。"《中国的长城》的主人公肯定地说。《城堡》里的土地丈量员,他尽管引起了恐惧和怀疑,却还是村民们重新发现和希望的一种权利持有人。在《审判》的最后一页,在处死约瑟夫·K的时候,一扇窗户"像亮光一闪"似的打开,有个人向犯人示意,卡夫卡便问道:"这个人是谁?一个愿意提供帮助的人?仅仅是他一个人吗?还是所有的人?"

这是拒绝异化迫使他接受事物法规的人。他拒绝像奥德拉戴克那样成为一个机械的、荒谬的自动木偶。他要求得到生活里人的一切价值。

这是像《审判》里的约瑟夫·K或《城堡》里的土地丈量员那样不因障碍——哪怕它们堆积得无穷无尽——而灰心的人。

这是要求"弄清最终目的",尤其是不接受用习惯的、传统的标准来衡量人类、法规及自己的行为,而是要求把一切与这些最终目的进行比较的人。

这是永不放弃的人,现实的绝望对于他绝不会是放弃的人。他怀着对一种合理而纯洁的存在的可能性的不可摧毁的信念,探索一切事物的意义,顺从人类的根本法则,并始终热爱健康、崇高和生活。

---

① 法国作家安德烈·马尔罗(1901—1976)的小说。——译注

作为运动员、划船手、游泳者、骑手的卡夫卡不寻求生活的阴暗面。对他所钦佩的人,扎根于存在之中的,"这个世界的真正的公民",他用他的《笔记》发出启示:"不要绝望,即使是对于你并不感到绝望的东西。你自以为已经山穷水尽,而这时却产生了新的力量。这正是称之为生活的东西……"

"到雨中去,让它的铁箭把你刺穿……无论如何要留下、等待、站立着,阳光会突然浸透你的全身,直到永远。"

在他的世界和他生活的致命矛盾之外,什么是卡夫卡得以保存的阳光呢?

二、内心世界及其暧昧性

卡夫卡经历的世界是异化的世界,是冲突的世界,是双重人的世界,也是人对这种双重性失去知觉、昏昏欲睡的世界。构成卡夫卡内心世界的,是属于这个异化世界、沉没于其中的感情,和唤醒昏睡者过一种真正生活的强烈愿望。

一个名为《夜曲》的片段明确了这个任务。"你隐没在黑夜里……周围的人都睡了。在坚固的屋顶下,他们睡在结实的床上,盖着被子,在床垫、褥单上躺着或蜷缩着,这是一出小小的喜剧,一种天真的幻觉!实际上无论过去和以后,他们都在寂静中集合在一起,一个露天的营地、无数的人、一支军队、一个民族,在寒冷的天空下,在坚实的大地上……而你,你整夜不睡,你是守夜人之一,在你挥动的火把光下,你瞥见脚下燃烧的火更近了……你为什么通宵不眠?必须有一个人守夜,大家都这么说!必须要有一个。"[①]

他试图用需要的统一性来克服客观的双重性。

他作为人的任务是谴责幻觉,揭穿既定秩序的骗局,唤起每个人

---

① 《夜曲》,见《中国的长城》,第174页。

对一种活生生的法的愿望。

首先要清醒地意识到人的两重性和对启发者抱着敌视态度的可怕的惰性。

《审判》的主人公约瑟夫·K是这些双重人的典型。他在社会上被职务所限定,他是"代理人"。正如社会秩序只是另一种属于人类特有的、宇宙的或上帝的秩序的可耻、骗人的漫画一样,职务和职业在这里具有双重的意义;在虚伪和异化的世界上,他有一定的权力,是注定要压在人类身上的官僚厄运的一个齿轮,正如国家保险公司机构里的职员卡夫卡。但与此同时,他在真实的世界里和卡夫卡一样接受了一种委托,也有一定的权力,不过不像任何一种众所周知的权力罢了。他是无法证实自己使命的使者,他是有罪的,他是被告。他真实生活的内心里的这种原罪感,从此以后控制了他日常的工作和生活,它在他找到他的法官、证明他的生活无罪之前绝不会消失。

从社会的观点来看,他是无可指责的:一个正直的职员,受人尊敬的资产者。在一个为既定秩序的一切尺度所限定的世界里,他的安全会得到充分的保证。

然而有一天,在他迄今为止被日常世界的潮流平静地所左右的生活里,他就自己存在的合法性,就能够证明他的存在无罪的最终目的进行自问,使这种生活产生了一条裂痕①;它不断地扩大,直到像一个深渊,逐渐使整个现实都成了问题。

他变成了一个世界里的被告。在这个世界里,只要承认一个外加的、人类特有的或上帝的尺度,便可以使法律甚至习惯的道德不再有效,使人间或天堂的所有法庭为之动摇。法庭的一切都显得卑鄙恶劣;好像是魔杖敲了一下,它的书记室成了又脏又乱的房间,它的法官

---

① 这是在狗自问它存在的理由时开始的:"我的生活全变了……我在密切注视它时发现了一条小小的裂缝;始终有些问题在响,一种烦恼。"直到"在喧哗之中,我急切地向他们大声叫着我的问题"为止。《一只狗的探索》,见《中国的长城》,第231页和第238页。

席出现了奇迹,神秘的判决由看不见的法官在顶楼里宣布,而且被告永远都听不到。

法院里所有虚伪的装潢,和只有在画家蒂雷托里想象的肖像画——它用对人的驱逐来象征法庭本身——里才出现的法官的紫红袍,这一切当昏睡者刚苏醒时便消失了。

《城堡》的土地丈量员也破除了一种骗人的魔法。他是土地丈量员,是测量土地的人,但他所生活的世界却不愿让人就它的度量提出异议,他生活在用不着度量的世界上。所以他的身份得不到任何人的承认。镇长向他宣布:"我们不需要土地丈量员,这儿根本用不着你。我们小块地产的边界都已划好,全部按规定进行了登记,不会有什么产权的变化。至于有关边界问题的微小争议,我们都在和睦的气氛中解决。既然如此,我们要一个土地丈量员有什么用呢?"①

在这个登记得十分精确的**有**的世界里,每个人,无论他是地主、农奴或职员,都永远被关闭在自己的边界之中,任何移动界石的企图都是一种会引起怀疑和愤怒的破坏行为。在这个固定的世界里,自以为适合做土地丈量员的人被逐出村庄。**有**的世界拒绝度量,**存在**的世界不用度量。然而土地丈量员却产生了一种奇特的魅力:正如《审判》中律师的女仆莱妮发现"所有的被告都是美的"一样,处于城堡和村庄的法律之外的土地丈量员,在自己身上凝聚了活着的人的无数希望。他引起了猜疑、恐惧,但同时对于顺从和昏睡的人们来说他又是一种新生活的预言者,笼罩着一层神秘的光晕。

只有他的目光使事物恢复原有的尺度。他刚一出现,装潢便被撕破,在外表的、传说的豪华背后露出了可笑的现实:"K继续赶路,眼睛注视着城堡……然而在靠近时他失望了,这个城堡毕竟只是一个可怜的小城,一堆没有任何区别的乡间小屋……"甚至还不如他故乡村庄里简陋的钟楼;"钟楼的塔满怀信心地、笔直地向上升去,毫不犹

---

① 《城堡》,第71页。

疑……那是一座地上的建筑物，当然！——我们还能造出什么别的？——但是它的目标始终是高于平坦的小屋堆，居于苦难的岁月和日常的劳动之上，因而显得更加光明。这儿的塔……有点儿疯狂的模样，顶部像个平台，平台上不清晰、不规则和摇摇欲坠的齿形装饰，在一块蓝天里显出了一些似乎由一个孩子的手慌慌张张地、粗枝大叶地涂成的齿状物。活像一个狼狈不堪的居民，他一直被关在屋内最偏僻的房间里生活，为了要在世界上露面才扒开屋顶站了起来。"①

卡夫卡与一个魔术师相反：他不把一间茅屋变成宫殿，也不把破衣烂衫变成公主的服装。他进行相反方向的变化，当光彩闪烁的幻觉被要求根据最终目的来解释它们存在的理由时，它们便解体、崩溃，而且毫无遮盖地让人看到一种可怜和令人不安的现实。

人们以为真实的世界便有了古怪的模样。"《审判》，"卡夫卡说，"是一个黑夜里的幽灵……正是这一点：对战胜这个幽灵的意识；以及由此而产生的对这种胜利的确信。"②

在异化的无名游戏里，人类在从法官到刽子手的最庄严的职务中，本身只是些傀儡或蹩脚演员。两个负责处决约瑟夫·K 的人物，卡夫卡是按照布拉格剧院小丑的特征来描绘的。约瑟夫·K 想道："他们把二流的蹩脚演员派来对付我，想轻易地把我干掉。"他问他们："你们在哪个剧院演戏？"

"剧院？"其中一位先生说着用目光向另一个人询问。

那个人的反应像是一个努力摆脱尴尬局面的哑巴。

"他们没防备被人提问。"K 想。③

意义、人类现实和形式的奇妙融合，以神话具体的丰富性表现了卡夫卡的世界观：执行"不可摧毁性"即法——既是一个政治和社会世界的内在法则，又是上帝秩序的宇宙法则的完整法则——的人，无论

---

① 《城堡》，第 14—15 页。
② 雅努赫：《卡夫卡谈话录》，第 30 页。
③ 《审判》，第 360 页。

他们是法官还是教士，都是一种权力或一种宗教——它们的人的或上帝的深刻意义久已被遗忘或歪曲了——的代理人。他们作为专横而迟钝的官僚，继续管理着已经毫无内容的神圣事物。

在一个对法不断进行渎神的滑稽模仿的世界上，人在荒凉的迷宫里孤独地游荡，死也和生一样是无法居住的。在《死者们的客人》里，来访者仍然是异乡人，他在通过这个琢磨生活中最嘲弄的物和职务的世界时不能停留。在《猎人格拉克斯》里则相反，死者可以接近活人们的海岸，但总是被重新赶走。

地上和天上都是无名和平庸的领域。上面一片沉寂，上帝的死留下了巨大的真空；下面的乌合之众已不成其为人，他们已经被异化的齿轮机构轧碎了。

从出没于特洛米赫尔犹太教会堂的神秘动物——如同已被遗忘的宗教信仰和改变用途的宗教仪式的一种可笑形象——到不能为他的行刑机器的作用辩护的教养院的军官，到卡尔达铁路线无目的的守卫者，卡夫卡的世界给人一种既无尽头，又没有法的荒谬生活的令人心碎的印象。

作为能支配人类特有的存在的内在而生动的原则的法，被社会、国家和宗教的畸形机构所掩盖。对这只海中怪兽来说，生活已失去一切意义。

卡夫卡的业绩，是在笨拙地模仿人类秩序的、社会和宗教的虚伪秩序之外，企图重新发现生活被遗忘的和已经丧失的意义。

社会及其法律、宗教及其教义和仪式，只是业已冷却的灰烬，必须在它们之外去重新找到最初的火焰，恢复生动的完整性，使每个细节都因此重新获得意义和生命力。作品里每个被分割的、分散而孤独的、被降低到只是些碎片、渣滓和死亡的人使卡夫卡发出的每一声痛苦的喊叫，都和这种恢复生动的、母性的完整性的抱负产生了共鸣。在《内心日记》或《笔记》里，这种抱负往往以积极的方式流露出来："生活意味着：处于生活之中，以我创造了生活的目光来观察生活。世界只是在它被创造的地方看起来才是好的。"①它也出现在作品中提及把握全景的巨大希望的瞬间,同时赋予文笔以一种奇特的华丽。在《中国的长城》里,他提到"为着唯一的目标而用一切手段寻求团结的人群",每个人都渴望确定和履行"我们在宏大的总体内部占据的微小职务"。于是人类的全部注意力和希望都转向了会议大厅:"它到底在哪里?是谁出席会议?谁也不知道,谁也不能告诉我!——这个大厅里刻着人类所有的思想和希望,而在另一些相反的聚会者那里则刻着人类实现的一切和全部目标。然而透过窗户,在制订计划的最高会议的首脑们庄重的手上,映照着上帝的世界的光辉……"②

卡夫卡在其他地方想起过"感到与黎明水乳交融的快乐"。

在一生的不同阶段,卡夫卡都看到面前已经开辟了一些道路。一九一八年,他起草了一个"不拥有资本的劳动者团体"的计划③,扼要地勾画了未来以色列国的劳动团体"基布兹"④的轮廓。在生命的尽头,在他认真研究希伯来语的时候,由于多拉·迪曼特的影响,他被接受参加了哈西德派⑤,这种信教活动指点人在反省时会发现上帝无处不在,以及身外皆空的神秘观念。这种观念在《笔记》里已初露端倪:"你无须离家,坐在桌边听着。甚至不用听,只要等着。甚至不用等,只要绝对安静和孤独。世界会自己呈现在你的面前,让你揭去它的面具,它非来不可,它将在你面前捧腹狂喜。"⑥

然而无论是在社会上体现犹太复国主义的企图,还是哈西德派的内心启示,都不能阻止卡夫卡要在地上和精神上真正扎根的冲动。

《城堡》里土地丈量员的两种处境使人左右为难:或者他被村里的

---

① 《八开本笔记》,见《乡村婚事》,第 102 页。
② 《中国的长城》,第 104 页。
③ 见《乡村婚事》,第 111 页。
④ 希伯来文,指以色列资本主义性质的农业合作组织。——译注
⑤ 十八世纪中叶在波兰犹太人中出现的宗教神秘主义团体,十九世纪中叶其教徒已占东欧犹太人的半数。该派强调通过狂热的祈祷与神结合,相信弥赛亚即将来临解救其苦难。——译注
⑥ 《八开本笔记》,1918 年 2 月 26 日,见《乡村婚事》,第 109 页。

居民同化，在那里劳动、结婚，陷于异化的昏沉之中；或者他继续徒然地要求回答他先前向城堡提出的问题：什么是它真正的地位？他应该遵从什么秩序？什么是他生活最终的理由？

他在天上和人间、城堡和村庄之间无所适从，在两种情况下都要吃亏：坚持不懈地向城堡提出的问题，使他离开了他的社会职务，他作为人的任务，而与村庄的联系又妨碍他发现能打开城堡大门的魔语。他在空虚的天堂和死气沉沉的人间当中犹疑、飘荡，一直到死都未能获得在存在中居留的许可证，和对他土地丈量员身份的承认。

《美国》里移民的比喻继续了对同一主题的思索：即在一种永远不会结束的"总和"——可以称之为"人类失败的总和"之后，在"新世界"里扎根的主题。

卡夫卡的难题，是发现特殊在一般之中、个人在整体之中的插入点，揭示每个人的唯一使命和他在社团里的真正位置，并按照这种境遇给他确定的法则行事。

"我认为，"土地丈量员说，"有两点要加以区别：首先是行政机构内部发生的一切，以及机构对这一切任意所做的这样或那样的考虑；其次是我自身的人、我真实的人、存在于办公室之外的我，办公室用来威胁我的一个过错是如此荒谬，以至于我始终无法相信这种危险的真实性。"①

在人间或天上的一切"官僚机构"之外，卡夫卡要"拯救"的是每个人的特性："只有个人才能接近上帝。所有的人都有他自己的生活和自己的上帝、他的辩护人和他的法官。教士和宗教仪式只是灵魂在瘫痪时的拐杖。"②

在这种卡夫卡主张最彻底个性化的、特殊和一般的辩证法里，上帝只能在极端自身的形式下显示它的存在："一旦最抑制不了的**信仰的个性化**成为可能——任何人都不再消灭、都不再允许消灭这种可能

---

① 《城堡》，第 78 页。
② 雅努赫：《卡夫卡谈话录》，第 155 页。

性，也就是坟墓打开的时候——弥赛亚便会到来。这也许就是基督教的全部学说，无论是现在对应该被仿效的**榜样**、一种**个性化**的榜样的论证，还是对在**个人**内心复活中介的论证都是如此。"①

*　　*　　*

个人能通过反省得到保护吗？比起他身后发表的，由《审判》《美国》和《城堡》这三部伟大作品构成的孤独三部曲来，短篇小说《地洞》更好地回答和表现了这一焦虑。

地下的动物在地洞里反省它的"有"，并首先具有怯懦的轻松之感，体验到事物不再压迫自己或者反对自己了："我换了地方，离开了世界。下到我的地洞里，立刻觉得产生了效果。这是一个给人以新的力量的新王国，而且上面令人厌倦的一切在这里也不再讨厌了。"②

它快乐地陷入了内心的幻觉，它脱离了现实，在纯粹精神的虚幻而缥缈的真空里，一切都变得或似乎变得安逸了："要是我能平息内心的冲突，我就相信自己已经很幸福了。"

对"有"，哪怕是纯粹精神的"有"进行反省，这种思辨结构的脆弱性是一种不顾生活的、不可靠的防御。焦虑马上又产生了："一件我始终应该有所防备的事情：有个人来了……我过去一直在考虑的、这个人身边一切微小的危险是什么呢？我能指望我的洞主身份给我以抵抗这次入侵的能力吗？唉！恰恰因为我是这个如此脆弱的大工程的占有者，我才感到对任何稍为认真的攻击都无法抵抗。占有的幸福毁了我；地洞的脆弱性使我变得敏感和脆弱，它的创伤使我疼痛，好像是我的创伤似的……我不应该只想到保卫自己……而是要想到保卫地洞。"③

仅仅用观念和体系的力量怎么能对抗生活？合乎人情的鼹鼠躲

---

① 《内心日记》，格拉塞出版社，第297页。
② 《地洞》，见《教养院》，伽利玛出版社，第137页。
③ 同上书，第156页。

在它可笑地安排好的琐碎生活里,用唯一的敌人的形象来表现它的全部焦虑:"我只能假定有个唯一的大动物的存在,尤其与这种设想似乎相反的看法并不能证明大动物存在的不可能性,而只是证明它大概比人们所能想象的一切更加危险。"①

这篇小说描绘了封闭的、合乎逻辑而又被限制的世界。它最初的灵感来自一封致密伦娜的信所阐明的这个比喻:"总之人在不断地重挖新的地道,人,这只老鼹鼠。"

由于过分地安排自己的住宅,人便与他所建造的体系,与他为堵塞生活在自己思想上造成的缺口而建立的思辨混淆在一起了。异化是全面的。

人于是觉悟到"他的"世界不是封闭的。

世界不是"封闭"的,正是这一点使巴别塔②的事业与中国长城的事业有所区别。巴别塔的建造是人类富于反抗精神的雄心的表现:以自身的力量上天,与上帝匹敌。"这一事业的本质是建造一座通天塔的思想,其余的一切都并不重要。这种思想一旦被人充分掌握,便不可能再消失了;只要有人就会有愿望,把塔建成的强烈愿望。"③

中国的长城正好相反,是一条始终存在缺口的围墙,因为它是分段建造的,"这是中心的问题。"④长城不是人类向天上发起的攻击,而是"作为一种对北方游牧者的防御手段来设计的",为了"保护皇帝",对付向他放"冷箭"的信异教的民族。"但是围墙如果不是连续不断的,又有什么用呢?"⑤

这些未完工的墙面,是否定和怀疑在生活里打开的黑色缺口的形象。建造围墙将使人的生活自我包围和封闭,他在参与这个传奇般的、永无休止的任务的同时,探索着自身存在的意义。而在围墙内部,

---

① 《地洞》,见《教养院》,第 154 页。
② 《圣经》故事里挪亚的子孙未建成的通天塔。——译注
③ 《城徽》,见《中国的长城》,第 128 页。
④ 同上书,第 102 页。
⑤ 同上书,第 95 页和第 99 页。

他将要在共同事业的完整性里去抓住赋予每个人的行为以存在的意义和理由的东西。"目的虽有,但无路可循。"①卡夫卡在一个片段里重复了这个主题:"先生到哪里去?"

"我什么也不知道,只要远离这儿!远离这儿和永远远离这儿,是达到我目的的唯一方法。"

"那么你了解你的目的了?"这人问道。

"是的,"我反驳说,"因为我对你说过了。远离这儿,这就是我的目的。"②

没有路的目的,没有目的的路。人在跟超验性搏斗。

"从前我不理解人们竟能对我的问题置之不理,今天我不明白我过去会相信提问题是可能的。可是我绝对不相信的,只是提提问题罢了。"③

卡夫卡在这里进行了从赞成到反对的根本转变;他不再是地洞里的动物,而是它的攻击者。

他不再是闭关自守的动物,也不是建造围墙的民族,而是向皇帝放冷箭的异教徒,进攻边界的游牧者。是接受他时代的否定性的人。

作为这样的人,他感到自己的孤立是有罪的:"为什么不转向能使我们团结的一切,并且绝不转向使我们不可抗拒地脱离人民的社团的一切?……近来我一再反复地思考我的生活。我探索它的主要错误——我大概犯过的、却又情未能发现的万恶之源。"④

通过人类中不可摧毁的东西来团结人类的真正的一致,经历着孤独和无依无靠的时刻:"不可摧毁性是统一的。每个个人不可摧毁,同时它又是所有的人共有的,由此产生人类之间这种绝无仅有的、牢不可破的联系。"⑤但是在一种不可名状的空虚和焦虑之中,达到这种联

---

① 《八开本笔记》,1917 年 11 月 18 日,见《乡村婚事》,第 77 页。
② 《出发》,见《中国的长城》,第 172 页。
③ 《关于罪恶、痛苦、希望的思索》,见《乡村婚事》,第 40 页。
④ 《一只狗的探索》,见《中国的长城》,第 234 页和第 249 页。
⑤ 《关于罪恶、痛苦、希望的思索》,见《乡村婚事》,第 44—45 页。

系的道路漫无尽头,而且在长时间里是孤零零的。

这种孤独似乎时时刻刻在使我们脱离寻求的一致:"生活永远改变着方向,这种改变甚至不允许了解它使生活离开了什么。"①

这样,在卡夫卡身上,一切都以鲜明的对比发展着:一致和孤独、信仰和他的否定。

*　　*　　*

卡夫卡内心生活辩证法的深刻意义,使许多评论家对他的思想和从克尔凯郭尔开始直到卡尔·巴尔特的"危机神学"的关系进行思索。

危机神学关于人与上帝关系的观念的主要论点,是认为上帝的正义与人类的道德没有共同标准的思想。人不能自己得救:同绝对相比,伦理的或文化的价值一钱不值。知识、行动,甚至爱情都不是通向上帝的道路。

为了试图把卡夫卡的观念看成类似于这种新加尔文教义,有人从以下事实中找到了论据:卡尔·巴尔特的《致罗马人书信的评释》和《审判》完全是同时代的,而且在《审判》里,当突然进行逮捕、约瑟夫·K变成被告、上诉无望的时候,他迄今为止的日常生活——他的职业、事务、感情生活都被一扫而空了。除了上帝的审判之外,一切都无所谓了。

小说就这样在寓意的形式下表达了危机神学的基本原则:人类的任何努力都不会导向上帝。

第二个论证来自对《审判》中大教堂里的比喻的注释。"把次要的东西放下",教士吩咐。在以比喻的形式讲解本质的时候,教士对他讲了不让外人走进法的大门的守门人的故事。不是所有的人都能进这个大门的。人们以为由此看到了上帝的永恒挑选,以及人不能以自身的主动性和努力为自己提供这种挑选的形象化的比喻。

---

① 《内心日记》,第290页。

最后，人们把索尔蒂尼粗暴地要求阿玛利亚向他献身,以及年轻姑娘的拒绝引起普遍诅咒的情节,解释为《圣经》里亚伯拉罕祭献故事的移植:上帝要求亚伯拉罕犯一桩真正的罪行,杀害自己的儿子,以此判断他是否顺从,显示上帝的戒律与人类的一切演变相比的根本超验性。

这种比较似乎只着眼于外部的表象,而没有看到卡夫卡世界观的深刻影响。

卡夫卡至少读过克尔凯郭尔的两部著作:《或者……或者》和《恐惧与战栗》,人们可以首先参考卡夫卡对他的评论。

克尔凯郭尔的名字第一次出现在卡夫卡的笔下是在一九一三年八月二十一日的《日记》里,它在两人境遇类似的情况下,强调指出了方向的不同。"我今天收到了克尔凯郭尔的名为《法官手册》(法文译本的标题是《或者……或者》——罗杰·加洛蒂)的作品。不出我之所料,尽管有深刻的差异,他的境况却和我类似……他像一个朋友一样给我勇气。"他们类似的境况是:与父亲的关系(虽然克尔凯郭尔是分担他父亲的精神折磨,而卡夫卡的痛苦恰恰是由于他的父亲不知焦虑为何物);与未婚妻决裂(虽然克尔凯郭尔与雷吉娜的决裂是一种模仿亚伯拉罕的牺牲,而卡夫卡放弃费丽丝是因为他把她看成一个对自己志向的障碍,又不愿意把这种志向的重负强加于她);最后是永远在信仰和他的否定之间摇摆的人的焦虑。但是确切地说,正是在这最重要的最后一点上有着最深刻的分歧。

卡夫卡根本不接受《或者……或者》基本的二难推理:"克尔凯郭尔面临下面的难题:或者从美学观点来看享有存在,或者把自己变成一种精神体验。我认为这样提出问题是错误的,是为了分割已连接成一体的东西。二难推理只存在于索伦·克尔凯郭尔的头脑里。实际上,人们只有通过一种不傲慢的精神体验,才能达到对存在的美的享受。"[①]

这里受到指责的是克尔凯郭尔的基本观点,它挖出了一条不可逾越的鸿沟。卡夫卡在一封致马克斯·勃罗德的信里,强调的不是人的

[①] 雅努赫:《卡夫卡谈话录》,第59页。

无力,而是人的精神力量和积极行动的可能性。他写道:"一个带有某些原始的东西的人刚刚来到,他绝不会说:'在世界上必须入乡随俗……'而一定会说:'世界是什么样随它的便,我要保持我的独特性,不想为迎合人意而放弃它。'——从世界听到这些话的时候起,存在就起了变化。正如故事里魔语一念,中了一百年魔法的城堡的大门便打开了,一切都活跃起来——生活就是这样在注意听着。天使们开始有活儿干了,他们好奇地注视着,看看会发生什么事,因而全神贯注。在另一边,长期以来无所事事、只好啃指甲的阴险的魔鬼们,也跳起来伸展四肢,因为它们从中看到了一个良机……"①

所以人们是不会把《审判》,解释为一种人的根本无力的寓意的,解释为否定人的主动性及其努力的成效的。

人们更不会把大教堂里的比喻解释成新加尔文派神学的一种表现。这样解释就是忘了教士在谈到守门人时的话:"不必相信他讲的每句话都是真的"②,以及结束这一章的一个在很大程度上属于人的主动性的公式:"上帝的法庭,"他说,"你来,它就接待你;你去,它就让你走。"③

最后,关于亚伯拉罕的祭献及其意义,卡夫卡的态度与克尔凯郭尔的态度即使不算对立,也有着深刻的分歧。认为《城堡》里索尔蒂尼和阿玛利亚的情节类似于克尔凯郭尔的《恐惧与战栗》里亚伯拉罕的祭献,这种看法是武断的。首先是因为实际上小说移植的是一个"不同的事实",即叙述一个当代的将军在奥匈帝国的一块防地里对一位年轻姑娘的行为;其次是因为《城堡》作品里没有一行字可以使我们得出结论,认为卡夫卡采取了无条件地为既定权力要求服从的意图辩护的保守态度,也不可以使我们在卡夫卡的反应和约瑟夫·德·迈斯特④在他的《刽子手的辩护书》里的反应之间建立任何联系。最后,在

---

① 马克斯·勃罗德:《弗朗兹·卡夫卡》,第270页。
② 《审判》,第356页。
③ 同上书,第358页。
④ 约瑟夫·德·迈斯特(1753—1821),法国哲学家、作家,他反对法国大革命,支持国王和教皇。——译注

他关于亚伯拉罕的评释里,卡夫卡做出了一种与克尔凯郭尔完全不同的评价。在他看来,反论的不相关联性不仅是针对特殊的(如克尔凯郭尔认为的那样),而且也是针对一般的。"甚至一般也并非没有暧昧之处。这一点在伊菲革涅亚①的处境里,是以神谕始终不清楚这一事实来表现的。"②卡夫卡的全部评释都是对亚伯拉罕及其"精神贫乏"的一种批判。

卡夫卡和克尔凯郭尔的论战针对一个明确的问题:人类的主动性。在上帝和人类的正义之间,无疑有一条突如其来的鸿沟。在我们异化的社会和上帝的王国之间毫无共同之处。但是,比克尔凯郭尔更接近历史的卡夫卡,并未把目前实现的历史社会秩序与一种永恒的秩序等同起来。另一种人类秩序是不可能的:"要时时刻刻认识到这种真正的秩序,我们是太无能为力了。然而它是存在的。真理处处都可以看到,它穿透了所谓现实的网眼。"

卡夫卡用一个唯一的公式概括了这一点:"'接近上帝的存在'和'过一种合理的生活'只是相同的一件事。"

值得注意的是,当卡夫卡谈到普罗米修斯时,他列举了神话里惩罚方式的变化,却从来不对普罗米修斯本身的行为作任何评论③。

当卡夫卡在《教养院》里以最可怕的方式提到上帝审判的超验性时,在这篇作品中很难不看出一种愤怒的喊声:人们只惩罚对法律的违犯,却从不考虑可减轻罪行的情节,也就是人、个人。盲目的机器在执行,它用血淋淋的字母在罪犯的肉体上刻了它抽象的判决:"服从你的长官!""遵守法规!"

在《乡村医生》里,我们大概会发现与引起幻觉的寓言相反的意见。屈服于唯一的个人的诱惑,哪怕是为了完成爱情的使命,也是放

---

① 荷马史诗中希腊军队的统帅阿伽门农的女儿,阿伽门农出兵特洛伊时曾将她杀死祭神。——译注
② 《八开本笔记》,见《乡村婚事》,第109页。
③ 《普罗米修斯》,见《中国的长城》,第135页。

纵一种更坏的恶事。当医生被一部神奇的套车带到一位病人的床头，最后甚至同意"吻麻风病人"时，马夫却在他家里为所欲为，强奸洛莎："上当了！上当了！一次就够了：我错误地听从了夜里的铃声……这是永远无法弥补的。"①

一般和特殊的这种双重的不相关联性，以及由此引起的致命后果，都绝不把卡夫卡导向绝望。当然，他感到孤立无援。"在世界的茫茫空虚之中向谁呼吁？"②但是他立即补充说唯一的力量存在于社团里，它是"全部学问，一切问题和答案的总和……不要只提问题，也要回答！如果你说话，谁会反对你？"那时社会"将把它的声音和你的声音合在一起，似乎它只等着这样做！于是你将有大量的真理、光明，将充分地吐露爱情！你无数次诅咒的卑贱生活的屋顶将会打开，而所有的人……我们将达到崇高的自由"。③

卡夫卡在他的《笔记》里又说，在每个人的谎言和面具之外，"只有在一群人中才可能存在着某种真理"。④

对卡夫卡来说，信仰就是希望，就是人应该和能够超越他生活的异化的确信，即使他没有清晰地看到这种超越通向何方。在卡夫卡用全部作品抨击的这种异化的范围之外，可能有一种人类特有的存在。"信仰意味着，解放自身的不可摧毁性；或者确切一点说，解放自己；或者更确切一点，成为不可摧毁的；或者再确切一点，存在。"

人们会说，这种解放，这种存在，对处于死亡之外的卡夫卡来说，不就是这个世界和另一个世界的边界吗？揭示这种希望的不是死亡，而是对死的**愿望**。这个愿望本身不是解放的痛苦意愿的实现，而只是这种意愿的**第一个迹象**；"认识开始的第一个迹象是死的愿望。这种生活看来难以忍受，另一种又无法达到。人们不再为想死而感到羞耻……"⑤

---

① 《乡村医生》，见《变形记》，伽利玛出版社，第119页。
②③ 《一只狗的探索》，见《中国的长城》，第246—247页。
④ 《八开本笔记》，见《乡村婚事》，第301页。
⑤ 《关于罪行、痛苦、希望的思索》，见《乡村婚事》，第38页。参《内心日记》（第36页）："我就像对第二次生命有绝对把握似的生活在这个世界上。"

末世学①的解释是站不住脚的:在卡夫卡身上,重心始终是人、人的生活,即使在他越过生活边界的愿望里也是如此。几乎从来不出现在他作品里的上帝,本身与人们对它的冲动没有什么区别。

最神圣的永远是人的努力、斗争。"我的本质无论多么可怜……甚至假定它是世界上最可怜的,我也必须要……用它向我提供的手段力求达到最好的现实。认为用这些手段只能达到一种现实……而这种最好的现实会是绝望,这种说法纯属诡辩。"②

对战斗的必要性的肯定在卡夫卡身上往往有一种歌德式的反响,这证明他对歌德是无比钦佩的。"即使解救不会到来,我仍然愿意时刻无愧于它。"③

对他视为导师的歌德的话,他非常有意识地进行重复:"一切都是战斗、斗争;唯一配得上爱情和生活的人,是每天都应该获得它们的人……歌德说过……歌德几乎说出了与我们、与我们这些人有关的一切。"④由衷的钦佩夹杂着对生活感到失望和屈从的观念。

在他对本质和不可摧毁性的"寻求"中,卡夫卡对在自己身上进行的摧毁作了总结,并考虑这种做法是否是个错误:"我没有学到一点有用的东西,以及——与此密切相关的——我听任自己的身体日益衰弱,这个事实也许掩盖着一种意图。我不愿意由别人、由一个健康有用的人的生之欢乐来改变我的方向。似乎疾病和绝望不是同样在改变着我的方向!"⑤

临近死亡时卡夫卡愈来愈有力地强调这一点:"它不是这代人的一种普遍判决在我身上的痕迹。"⑥

---

① 一种以末日审判、灵魂不灭、世界终极等为内容的神学。——译注
② 《内心日记》,1921年10月16日,第187页。
③ 同上书,1912年2月25日,第166页。
④ 雅努赫:《卡夫卡谈话录》,第166页。
⑤ 《内心日记》,1921年10月17日,第187页。
⑥ 同上书,1922年1月19日,第202页。

他确定自己作为作家的作用是"一个寻求幸福的人"。[1] 这就是用新的眼光去发现和揭示生活的神奇:"永恒的童年时代。生活的又一次召唤!完全可以设想,壮丽的生活就在每个人的周围,它永远那么丰富,但是被掩盖着,深得无法看见,极其遥远。它在那儿,毫无敌意,既不抗拒也不充耳不闻。用正确的话、用它真正的名字祈求它,它就会来。正是在这方面有巫术的特点,巫术并不创造,但是它祈求。"[2]

这就是卡夫卡的内心世界及其暧昧性。他绝不是乐观主义的,因为他在消除异化的根源时,看不到也拿不出改变世界的手段。他也绝不是悲观主义的,因为他任何时候都不甘心忍受世界的荒谬和厄运。他绝不是一个屈从者。他在《日记》中写道:"我斗争,谁也不知道这一点……军事史点出了像我这样本性好斗的人的名字。"《审判》的主人公在找到他的法官之前绝不罢休,只是在筋疲力尽支持不住时才被杀害。《城堡》的主人公为了在村庄里立足和取得别人的承认而顽强地斗争。

"斗争,"卡夫卡在生命的最后几页上写道,"使我充满了超出我享受能力或天赋能力的欢乐,也许不是在斗争中,而是在欢乐中我将支持不住而死去。"[3]

卡夫卡不是一个革命者。如果说他唤醒人们对他们的异化的意识,如果说他的作品旨在用对压迫的意识使压迫变得更加难忍,他却并未发出任何战斗号召,指出任何远景。在他揭示的悲剧里,他自己都看不出任何一种、哪怕是乌托邦的解决办法。他在一九一七年十月革命爆发时宣称:"人类试图在俄罗斯建立一个完全合理的世界。"但是他立即补充说,"这是一件宗教事务。"[4]当布拉格的工人走上街头

---

[1] 雅努赫:《卡夫卡谈话录》,第42页。
[2] 《内心日记》,1921年10月18日,第189页。
[3] 同上书,第220页。
[4] 雅努赫:《卡夫卡谈话录》,第107页。

时,他对示威者抱有一种本能的同情:"这些人对自己多有信心,情绪多好!他们是街道的主人,还相信自己是世界的主人。"①然而这里他又作了补充,"他们在欺骗自己。"他不相信群众的力量,在他们斗争的未来中,他看出有一种无法抗拒的命运般的波拿巴专政和不可避免的官僚压迫的轮廓。卡夫卡也不是一个反革命:他对压迫人的当局和他们掌握近乎上帝的权力的奢望感到狂怒。他认清了资本家们在虚伪的箴言或机构的掩盖下的利益:"我相信国际联盟只是一块新战场的面具。战争在继续,不过是用别的手段。商人们的银行代替了战斗师,工业战争的潜力加上了金融集团的战斗力。国际联盟不是各民族的联盟,而只是利益不同的集团搞阴谋活动或进行调整的地方。"②在像《新灯》这样的故事里,他要使**上界**和**下界**的彻底分离形象化,值得注意的是他的比喻的题材是一种阶级对立:资方代理人和矿工代表的对立。当由于使用坏灯而失明的矿工们为本阶级的命运大声抗议的时候,以无形的负责人的名义说话的人,让那么多中间人来分担责任,以至于在压迫人的无名机构里,再也弄不清谁是摧毁生活的罪人了。这种阶级对抗是超验性的具体证明,并赋予它最富于启发性和最生动的形象。卡夫卡通过一个神话的创作对杀人的制度做出了反抗,揭露了它的不人道。与他同时代的同胞哈谢克,在《好兵帅克》里用作弊和诡计表现了机构和人类在绚丽外表下的怪诞和残酷。查理·卓别林在《摩登时代》里,以一种无法摆脱和揭露性的形象勾画了人类的反抗。这是人对异化世界的反抗的不同的艺术反应。

卡夫卡不是一个无神论者,因为他的敏感性和他的思想、他的整个内心世界,是由犹太人的宗教感情,和对帕斯卡尔、陀思妥耶夫斯基、列昂·布卢瓦③、克尔凯郭尔的著作,特别是《圣经》的经常阅读而

---

① 雅努赫:《卡夫卡谈话录》,第108页。
② 同上书,第117页。
③ 列昂·布卢瓦(1846—1917),法国作家,作品有《贫妇》和《忘恩负义的乞丐》等。——译注

形成的。他对希伯来语和犹太教法典的研究,以及他对犹太人的宗教剧的热情,证明了信仰世界——超越的需要所经历的最悲剧性的和最个人的形式——对他产生的吸引力。然而卡夫卡也不是一个神秘主义者;人的彼世永远不露真相。上帝只是在缺席时使人的生活变得痛苦;对卡夫卡来说,它从来只是人所没有的东西,是对世界缺陷的意识,是对世界的否定,是世界的反对者,是人类一切梦想的反面。涉及《城堡》的"先生们"或《审判》的"法官们"时,人的巨大疑问总是碰上两种令人失望的答复:或者主人不存在,装成他仆人的人通过冒充而成了主人;或者主人存在,但是他只通过他的仆人们为了迫使我们永不停留而强加于我们的折磨才显露。信仰是一条无目的的路还是一个无路的目的?

"目的虽有,却无路可循,我们称作路的东西,不过是彷徨而已。"①

只有在艺术创作里,在创作神话的时候,卡夫卡才试图摆脱他内心世界的暧昧性。

文学创作是使卡夫卡得以克服存在的冲突而摆脱异化的方法。它将是来自人类的道路吗?艺术会接替信仰吗?它会实现生活的预言吗?卡夫卡与死亡进行打赌。"我要不顾一切,不惜任何代价来写作。这是我为生存而进行的战斗。"②

三、创造的世界及其矛盾

卡夫卡所说的"文学"是一种贬义,一种逃避的艺术,他认为文学是"在现实面前的逃避"。

"那么虚构等于谎言吗?"雅努赫问他。

"不。虚构是凝结,转变为本质。文学则相反地是分解,是使无意识的、毫无价值的生活变得轻松的享乐手段。"

---

① 《关于罪恶、痛苦、希望的思索》,见《乡村婚事》,第39页。
② 《内心日记》,1914年7月31日,第60页。

"那么诗歌呢?"

"诗歌恰恰相反,诗歌是启示。"

"于是诗歌便倾向于宗教了?"

"我不会这样说。但在祈祷里肯定如此。"①

这是一个深深地扎根在卡夫卡身上的主题。"写作,好比是祈祷的形式。"②而祈祷的真正语言"同时是崇拜和强烈的相通"。③

艺术对于他并非像对于福楼拜那样是一种自我完成,而是属于一种更高的现实和真实的。它只有在分享真正的存在和真实、作为寓于人类社团里的沟通手段才有意义。

它负有打破生活里习惯的框框,使人通过裂痕瞥见一种更高的现实的存在、召唤、希望的使命。"我们的艺术,"他在《格言》里写道,"被真实弄瞎了眼睛,除了照在它退缩的、奇形怪状的脸上的光线是真实的之外,没有别的了……艺术在真实周围飞翔,却绝不肯引火烧身。它的才能在于,在黑暗的空虚里找到一块从前人们无法知道的、能有效地遮住亮光的地方。"

这样的艺术要求最严酷的苦行,"开始仅仅被想取得进展的抱负、以后被一种摆脱不了的习惯所驱使的"④、空中杂技演员的苦行;绝食者的苦行——"我被迫绝食,不得不这样做……因为我无法得到中意的食物。"⑤女歌唱家约瑟菲娜的苦行——"她身上一切不为歌唱服务的东西全消失了,全部活力、生活的全部可能性……她只待在歌唱之中。"⑥

这种创作不是一种自我反省。它与永无休止地、徒劳地挖掘地道相反,是内心世界的客观化,也是与其他人的会合。

---

① 雅努赫:《卡夫卡谈话录》,第40页。
② 《杂记》,见《乡村婚事》,第305页。
③ 同上书,第106页。
④ 《第一次悲伤》,见《教养院》,第53页。
⑤ 《绝食艺人》,同上书,第83页。
⑥ 《女歌唱家约瑟菲娜》,同上书,第90页。

"我头脑里有广大的世界。但是如何解放自己,并且解放这个世界而又不使它爆炸?与其让它在我身上受压抑或者被埋葬,宁可让它爆炸千次。因为我正是为此而生的,我毫不怀疑这一点。"①

艺术不能明确地赋予一项使命,但是能启发人们,迫使他们在开始前进的同时变成可见的真实形象。这就是神话的威力。神话叙述的不仅是现存的东西,而且还有它们的运动、它们还没有的和渴望变成的一切。

作为人,卡夫卡由于他的出身注定要被流放。他真正的存在是和他作品的创作,和使他保持趋向绝对的紧张状态,并因而遭到一连串失败和排斥的顽强活动同时开始的。这个从现实世界到内心世界、从内心世界到神话世界的过程,类似于一种灵魂转世说的变化:"在诞生面前的犹疑。如果有灵魂转世,那么我还不是处于最底层,我的生活是在诞生面前的犹疑。"②

作品不仅是他本身的客观化,即一个作为异化世界的对立物和解毒药的创作世界的表露,而且是一种只有在他对之讲话的,并对之负有启发任务的公众里才获得全部意义的沟通手段。"我还能像'乡村医生'那样从工作中得到一种暂时的满足……但是要获得幸福,只有在我能成功地把世界托起来放进真实、纯洁和永恒之中时才有可能。"③

只有艺术家和人民的这种密切关系才赋予作品的使命以全部的意义:"人民的力量和个人的力量有着天壤之别,人民只需把要保护的人放进它热情的气氛里,便足以使他完全得到庇护了。"④

《城堡》的土地丈量员被一种"气氛"所包围,就像使女歌唱家约瑟菲娜发出光辉的气氛一样。他提出的问题在每个人的心头回响,因为它是每个人身上潜在的问题:"也许他们真的想从中得到某种他们

---

① ② 《笔记》,1912 年 6 月 21 日。
③ 《格言》,1917 年。
④ 《女歌唱家约瑟菲娜》,见《教养院》,第 93 页。

只是不会表达的东西。"①

* * *

对卡夫卡来说，艺术表现是他内心世界的投影和客观化，使这个看不见的世界变得可以看见。每一篇作品、经历的回忆、梦想或虚构，都是作者——他正在以此摆脱纠缠着他思想的幽灵——的真实生活的一种相反的反应。在《致父亲的信》里，卡夫卡只把他的作品说成是一种被压抑的易感性的客观化："我的书涉及你，我只是以此申诉我无法在你怀里申诉的东西。"②这种向外部发展的内心活动具有一种远为广泛的意义："能把内心活动推向外部是一种巨大的幸福……人们所写的只是以往事情的残渣……还不是出自艺术。印象和感情的这种表露实际上只是胆怯地摸索世界的方式。梦想使眼睛模糊了……艺术永远是一件关系到完整个性的事情，所以它是极富于悲剧性的。"③

因而每部作品都是一份资料、一个见证。不是对一种心境或事态的模仿或书面抄写，而是对生活提出问题的一种回答，对世界——用异化世界的材料，但是按其他法则创造的世界——的异化的一种反抗。

人的这种全面反应大大超出了写作计划："今天在写作时，我很想把我的焦虑状态全都从我身上写出来，并像它来自深处那样把它引入、把它写进纸的深处，或者这样来写：把所写的东西全都引入我的内心……这不是一种艺术上的要求……"④

卡夫卡的第一批作品是一些简单的内心独白，作者只是表达他的

---

① 《城堡》，第 34 页。
② 《致父亲的信》，见《乡村婚事》，第 191 页。
③ 雅努赫：《卡夫卡谈话录》，第 35—37 页。
④ 《内心日记》，1911 年 12 月 8 日。

印象和感觉,赋予他的愿望一种语言。从一九一二年的《判决》开始,他不再简单地描绘他身上发生的事情,而是创作真正的作品即神话了。卡夫卡在神话里表现了他发现自身的真实、矛盾和活动、他没有的和需要他超越的东西的时刻。

生活提出的问题和作品的创作之间的关系是如此密切,以至于人们在卡夫卡的《内心日记》《笔记》或谈话里,常常发现他的杰作的线索。

《审判》回答了他自身生活的问题,这已由卡夫卡发表的一点虽然是附带的感想所证明。当雅努赫就他诗歌的价值询问他时,他说:

"我不是一个批评家。我只是一个人。一个由人们判断和注视的人。"

"那么是法官?"

"我确实也是法庭的仆人,然而我不认识法官们。大概我只是一个代理推事的地位低微的仆人。我没有确定的职务。"①

关于《绝食艺人》的第一次灵感,不就在《笔记》的一个片段里吗?"最贪得无厌的人是某些苦行者:他们在生活的一切领域里都实行绝食,想以此同时获得以下的成果……"②

《中国的长城》的使者和信件都被吞没在沙漠里的巨大帝国的第一次灵感,不就在这个思考罪恶的片段里吗:"人们使他们面临这种抉择:成为国王或者成为国王的信使。他们像孩子一样都想成为信使。因而只有信使了,他们跑遍世界,因看不到国王们而互相喊叫荒谬的消息;他们很想结束自己可怜的生活,但是由于发过忠实的誓言而不敢这样做。"③

下面我们将看到,《美国》是如何从一次关于狄更斯的思索中有意识地产生出来的。

---

① 雅努赫:《卡夫卡谈话录》,第10页。
② 《杂记和活页纸》,见《乡村婚事》,第295页。
③ 《沉思》,见《乡村婚事》,第42页。

在这种神话的投影里,曾是逸事的东西变成了样品,并获得了使命的普遍价值。"遥远,在离你遥远的地方展现着世界的历史,你灵魂的世界的历史。"①

这种一个人的历史,或者不如说这种史诗,变成了历史的、我们历史的一个时刻。

*　　*　　*

卡夫卡作品的每一部只是一个独特的系列里的组成部分,正如不列颠系列里的不同的武功歌一样。

每部作品里的所有情节,不像一部长篇小说的因果连接那样承前启后。每个情节都是一个整体,它们的连接秩序在很大程度上和史诗一样是无关紧要的。

相反,透过全部作品可以看到一些重大的主题,占首要地位的至少有三个:动物的主题、"寻求"的主题和"未完成"的主题。

动物主题大概是最明显的了。《致科学院的报告》是一只变成人的猴子做的,一个人的《变形记》成了一只蟑螂,《一只狗的探索》《女歌唱家约瑟菲娜或老鼠民族》《地洞》,以及大量的片段,都通过一种动物的生活提出了人的问题。

动物主题首先是和觉醒的主题联系在一起的。人怎样从动物中出现的?在习惯、传统、只因习惯才仍然是野兽一般的生活之外如何产生觉醒?"孩子要成为大人,应该尽早地摆脱动物性",卡夫卡给他的妹妹写道。对他来说,动物性就是家庭的环境,人在这种环境里担负不了责任,不能获得人类特有的主动性,也无法对最终目的提出疑问。

在《致科学院的报告》里,变成人的猴子向一个学会阐述了"一只古代的猴子进入人类的方向和它是如何定居的"。② 卡夫卡首先辛辣

---

① 《杂记和活页纸》,见《乡村婚事》,第 248 页。
② 《致科学院的报告》,见《变形记》,第 165 页。

地嘲笑了对不起的自由、对动物毫无根据的自发性的怀念:"它使在这个世界上行走的一切都脚跟发痒,渺小的黑猩猩和伟大的希腊英雄的典范阿喀琉斯都是如此。"①

向人类的过渡是由奴役和"唯一的感觉:没有出路"②而开始的。和关在货箱里的哈根贝克的猴子们一样,每个人都被分隔在习俗的笼子里。唯一的前景:像别人那样做。匿名是自由的最佳代用品:"以前我看到这些人永远带着同样的表情、同样的姿势来来去去,我常常以为他们只是一个人。而这个人或这些人却在自由地活动着。谁也没有答应我,如果我变得跟他们一样,栅栏就会打开……可是……模仿人是多么容易啊!从头几天起我就已经会吐唾沫了。"③

从那时起便可能有两条"出路":动物园或杂耍场。杂耍场里至少没有笼子,或至少是不显眼。就这样,猴子不仅变成了一个人,而且以他的演员经理人的身份、他的演出、他的记者访问记而成了一位艺术家:"啊!多么大的进步啊!我深入地钻研学问,它的光芒从四面八方升起;照亮了苏醒的头脑!……以一种在世界上尚未更新过的努力,我获得了一个欧洲人的普通学问。这本身没有什么了不起,然而就下面这个意义上来说是一个进步:它帮助我离开了笼子,向我提供了这条出路,这条人的出路……我没有别的解决办法,因为我们已经把获得自由的办法排除了。"④

这个无情的讽刺以一句残忍的俏皮话结束:晚上,演出之后,艺术家重新见到一位黑猩猩小姐,同她沉湎于"我们种族的欢乐之中。白天我不想见她,她眼里确实显示出受训练的动物的迷茫,我独自注意到这一点,而且无法忍受"。⑤

然而,仅仅别人的存在便形成了一支类似其他歌曲的、一个民族

---

① 《致科学院的报告》,见《变形记》,第164页。
② 同上书,第177页。
③ 同上书,第177页。
④ 同上书,第176页。
⑤ 同上书,第177页。

以此互相识别的歌,建立了一种超越个人的单纯动物性的联系。当女歌唱家约瑟菲娜在她的老鼠民族里放开嗓门时,"约瑟菲娜尖细的叫声,在我们笨拙的老鼠当中,不正像处于一个敌对世界的喧哗中的、我们民族的可怜生活吗?……在一场场战斗的短暂间歇里,民族在梦想……尖叫声是我们民族的语言,只是我们当中有许多尖叫了一生却不懂得这一点,而此刻的尖叫声却好像从日常生活的锁链里解放出来了,而且也使我们得到片刻的解放"。[1] 约瑟菲娜永远不可能从团体的劳动中解放出来,这支歌只有在深入到民族的劳动和生活里去才有意义。

艺术或思想的孤独及孤独的文化,只会产生苦恼和无穷的焦虑:鼹鼠或獾在它的地洞里的焦虑。它向一种未知的危险、向它周围无穷的一切发动了一场殊死的战斗:"我离开了世界,下到我的地洞里。"[2] "如果我能平息内心的冲突,我就相信自己已经很幸福了。"[3]然而它永远在挖掘新的地道,在这个没有尽头的迷宫里,面对"一种我始终应该担心的东西,一件我始终应该有所防备的事情:有个人来了"[4],这个保护系统的虚荣心便显露出来了。精神上的巨大建筑——思想试图通过它用一个合理而封闭的体系来取代现实——仍然没有脱离动物的条件,它始终为与外界不可避免的接触点、地洞的入口而感到不安,却又狂热地相信在危险的情况下,它最后的避难处即堡垒中心的房间一定是牢不可破的。安全只有在真空中才有可能,对一种无边现实的必然估量摧毁了我们的防御,即骄傲而无聊的孤独意图。我们还没有脱离动物性。

卡夫卡在《一只狗的探索》里进入了一个动物的意识,以便试图抓住人类显露的问题:觉醒的时刻。这是对最终目的产生巨大疑问的时刻。"到什么时候你才容许狗的社会沉默并永远保持安静?到什么时

---

[1] 《女歌唱家约瑟菲娜》,见《教养院》,第96—101页。
[2] 《地洞》,第137页。
[3] 同上书,第152页。
[4] 同上书,第156页。

候你才容许？这就是除了一切细节问题之外我一生的难题。"①它的与存在的"无声的荒谬"决裂的问题，使它受到其他狗的孤立，引起了它们的不安和怀疑，然而没有一条狗让它闭嘴："它们宁肯……不让我说话而在我嘴里塞满……也不愿忍受我的问题。可是为什么不干脆把我赶走，禁止我提出问题呢？不，它们不想这样做。它们当然绝不想听到我的问题，但是这些问题本身使它们犹疑是否要把我赶走。"②正是这个"不法之徒"、"反对事物正常发展"的、"一种猛攻城墙的野蛮人"的问题，在每个人的内心激起了某种千年以来的，与人类及其第一次觉醒同时产生的波澜。

同样的感觉使人转向土地丈量员，转向他固执地向城堡提出的巨大疑问。

这个不可抗拒的、隐藏在每个人内心深处的问题，便是觉醒的问题，是"一天里最危险的时刻"。觉醒之所以是异化的封闭世界里的第一条裂痕、是**有**的世界里挖掘的裂痕，是由于这个唯一的问题：我**是**什么？我生活的最终目的是什么？是谁赋予我的生活以意义？

"一天早晨，格里高尔·萨姆莎从不安的睡梦中醒来，发现自己躺在床上变成了一只巨大的甲虫。"③变形就这样开始了。这个过去只忙于"头脑里的推销"的小伙子，这个迄今为止被紧紧捆在**有**的异化而兽性的世界上的小伙子，只有过片刻意识到他的**存在**，便感到离开了自身，他的身体本身也变得像一只昆虫。从此他和周围人的一切关系都断绝了。他的生活全是欺骗，只有人的存在的假象，他仅仅意识到了这一点，就不但被断绝了一切社会关系，而且被完全变成了一个令人讨厌的、无法忍受的生物。他已经属于另一个世界。听着客人们在饭桌上牙齿的咀嚼声，"'我饿坏了，'格里高尔忧心忡忡地想着，'可

---

① 《一只狗的探索》，见《中国的长城》，第249页。
② 同上书，第245页。
③ 《变形记》，第7页。

是我对这种东西已不再有食欲了！'"①像绝食艺人一样，他让自己饿死了。正如在绝食艺人死了之后，马戏场的人群挤到取代他位置的、生气勃勃的豹的四周一样，格里高尔死后，他的昆虫的干瘪躯壳被打扫出去，扔进了垃圾堆，他的父母在他们"刚刚获得的安宁"里欣赏他妹妹葛蕾特的"丰满的身材"，"在旅途终结时，小姑娘第一个站起来，舒展了几下她那充满青春活力的身体。他们从女儿的姿态里似乎看到他们新的梦想得到了证实，他们美好的打算受到了鼓舞"。②

疑问消失了，又回到了动物的生活：个人在**有**的世界里一旦不再有他的职务的时候，他在社会上就什么也不**是**了：害虫、死亡。

当有人带着这个疑问在人类中出现时，第二个系列即寻求的系列便开始了。

* * *

"寻求"的主题是由《审判》《美国》和《城堡》组成的伟大的三部曲的主题。

这些极其伟大的作品，卡夫卡的问题和焦虑在神话形式下的投影，同时具有奇遇和史诗的性质。"只有血淋淋的奇遇。一切奇遇都来自鲜血和恐惧的深渊。一切奇遇的相似之处正是这一点，只是它们的外表不同。北欧故事不像非洲故事有那么多形形色色的动物，但是愿望的核心和深刻性是一样的。"

在一切奇遇里，主人公追求的目的是夺走一件有魔力的东西，占有它就能改变他和他的民族的生活。这件东西被藏了起来，或者在坏家伙手里。在求得它的道路上布满了诱惑和障碍。得胜的英雄是世界上最纯洁、最不会落入圈套的人。

所有这些方面都被移植到卡夫卡的伟大作品里。真正的奇遇如

---

① 《变形记》，第71页。
② 同上书，第89页。

《审判》也好;"成长的故事"如《美国》也好,令人想起歌德的《威廉·迈斯特的学习时代》,或者狄更斯的《大卫·科波菲尔》;其至一篇武功歌如《城堡》也好,它令人想到圣杯系的传说、《堂吉诃德》或者班扬的《天路历程》。

要达到的目的不是一件有魔力的东西,而是一种能改变现实、可以在表象之外抓住现实、使人"得救"的精神幻觉。与《天路历程》不同,问题不在于登上天国和面对登天的一切考验。班扬的主人公知道他该做什么,并且自问:我能够完成要求我做的事情吗?而对卡夫卡来说,无论在《审判》还是在《城堡》里,都是另外一个问题:要求我完成的是什么?主人公在漫长的寻求之后,应该获得的是存在的许可。

卡夫卡认为,道路上的障碍是无数城市里的使人疲乏不堪的迷宫,它们的机器和官僚机构,和使一切责任减弱和消失的无名的等级。在路上行走比愁容骑士在卡斯蒂利亚的碎石堆上走起来还要累人。迷宫的主题在作品里发展得像一个噩梦的主题。在船上一连串走廊里寻找出路,或者寻找布吕奈尔达房间的钥匙以便逃跑的卡尔·罗斯曼;寻找法庭时在走廊和顶楼楼梯上迷失方向,或者找不到大教堂出口的约瑟夫·K;在积雪的道上迷路而到不了城堡,也回不了旅店的土地丈量员;都是阐明这个痛苦主题的例子。

史诗里传说的地方标出的名称都富有象征意义:"桥梁客栈""绅士客栈"。精神的旅程通过这些阶段,正如情人按照爱情国地图前进一样。

在这片人类的荒漠里,约瑟夫·K在看不见的法庭上贪婪地寻找法的原文。当他怀着焦虑和希望打开法官桌上的书时,他翻阅了其中一本,只看到一些淫秽的画,他又瞧见另一本的题目:《玛格丽特的丈夫对她的折磨》。"这些玩意儿,"K说,"便是这儿研读的法律书!审判我的就是这些人!"[1]

---

[1] 《审判》,第115页。

通过法庭的陋室和气味难闻的顶楼,他继续寻求法、寻求一种生活的准则。他在路上遇到的人当中,没有一个人的脸像自己所戴的面具,像这人自认为担负的职务;能够向他提供他的案情的不是律师,而是以想象来画看不见的法官的肖像的画家。这次非人旅行的噩梦,只能同死亡、同由剧院小丑执行的死刑判决一起结束。

《美国》的主人公卡·罗斯曼力求在"新世界"立足,与他的生活融为一体。在种种失望和挫折之后,他在旅途结束时,只是在一个流动剧团的露天舞台上——生活里穷困潦倒的人在这里至少可以模仿他们不能经历的一切——才找到了幸福的开端。像他一样,《城堡》的土地丈量员是一个也在世界上寻找他的插入点的异乡人。他对于激励浮士德或者于连·索黑尔的权力、青春和学识没有野心。他们在上世纪初具有新兴资本主义的大有希望的梦想,而他只有要存在的可怜愿望。

土地丈量员,这个新的流浪骑士,逐渐陷入了这个从村庄到城堡、从人间到天上,像一个"无名社会"一样被管理着的世界的困境。这个社会以它不可接近的、腐化和专横的职员,以它用来判决牺牲者的奴性、屈从和道德堕落,极好地象征着一个时代和一种制度。

这个世界是社会生活和精神生活都极端堕落的世界,是"西·西伯爵"的领地,是太阳消失的最西边的世界。

像在武功歌里一样,被一项唯一的任务所支配的英雄,大概不是无宗教信仰的人去追求他的上帝,而是寻求他自己和一种人类秩序的人;因为城堡的主人是永远不在的,所以绝不能在他身上去寻找崇高伟大,而是要到至死寻求最终目的的人的、除了这种绝对之外不接受其他度量标准的土地丈量员的、人类唯一的毅力中去寻找。

在一种令人想起甚至还存在着城堡领主的初夜权的、古老的德国封建领地的背景里,上演着一出规模更大的悲剧:在具有现代社会形式的资本的无名社会里,在一个可疑的上帝的虚伪使命和骗人官吏的宗教形式下,主人和庶民之间关系的悲剧。在假想的人类和上帝以及上帝的仆人的关系当中,社会关系正在变成超尘世的关系和骗人的关系。

对人间和天上的这种虚伪秩序,土地丈量员发动了一场神秘的战斗,以发现生活的真正的法、人类的法。在这场战斗中他将要被击败。

* * *

使无数的骑士们在反对它时遭到失败的神秘力量究竟是什么?这些见证人为了什么真理使自己被人杀害?

* * *

这种现实和这个真理不可能在它们存在的神话之外被人看出和分离出来。人们不能把故事和意义分开,正如作品只是抽象观念的一套浪漫的服装,正如境遇只是寓意,而人物则是带有标语或道德观念的挂广告牌的人一样。

作品采取一种象征的形式,只是因为作者只能表达他要说的东西,这种学问不能脱离他表现的形象。"所有这些象征实际上等于说抓不住的东西是不会被抓住的。"①

例如,要在《教养院》的指挥官、《中国的长城》的皇帝、《审判》的法官们或《城堡》的先生们身上,寻找对克尔凯郭尔的"父亲"、《资本》或《上帝》的简单寓意将是徒劳的。如果作品的意义仅止于此,卡夫卡倒不如当个精神分析学家、经济学家或神学家,把要说的话清楚地说出来。卡夫卡不是一个哲学家,而是一个诗人,也就是说他给自己提出的任务不是阐述或证明一个论点,而是感染我们,使我们认识到一种总的世界观,一种在这个世界上生活而又不融合于其中的方式。

---

① 《象征》,见《中国的长城》,第130页。

论无边的现实主义

像一切神话的伟大创造者一样,卡夫卡看到和创造了形象和象征的世界,觉察并暗示事物之间的联系,把经历、梦想、虚构,甚至巫术,合并成一个看不见的整体,而且在感觉的重复印象或重叠之中,使我们每个人想到日常事物的轮廓、隐蔽的梦想、哲学或宗教的观念,以及超越它们的愿望。

在《城堡》里,同样在《乡村医生》和在《中国的长城》里的雪景,不仅是以它的朴实和表现力令人想起勃鲁盖尔的《雪地里的猎人》的、激动人心的造型形象,而且也是对孤独和非存在的一种忧郁的沉思!"在北方的这些冰和雾里,人们不应该怀疑人类的存在。"这种冰凉而稀薄的空气,使我们体验到我们的肉体里没有"土壤、空气、法"。形象不是"意味"着无、空虚,它是无、是空虚,是一种不在的真实痛苦。

所以人们不会听任自己对卡夫卡比喻的细节作一种犹太教法典的注释。在象征的具体发挥和它抽象的意义之间,没有一种从字眼到字眼的对应是可以理解的。在象征的总范围里活动的是活生生的人、有个性的人,细节的现实主义并不与象征主义背道而驰,而是给了它生命力。

在写《美国》的时候,卡夫卡非常自觉地想到了狄更斯。"狄更斯的《大卫·科波菲尔》。《火夫》是真正模仿狄更斯的,可以说是他的小说的投影。手提箱的故事、给人幸福的巫师、家务劳动、农庄里被爱着的女人、肮脏的房子等等,但尤其是方法。我当时的打算是——现在我清楚了——写一部狄更斯式的小说,不过要用我借自时代的更为明确的,和我自己更为平淡的阐述来丰富它。狄更斯的作品绚丽多彩,有激流般的和盲目的力量,但随之而来的却是一种可怕的软弱,他只是用一只疲倦的手搅拌他已经得到的东西。这种荒谬的协调给人以野蛮的印象。说实话,这是一种我多亏缺乏魄力和我模仿者的角色所包含的教训才得以避免的野蛮。"[1]

---

[1] 《笔记》,引自马克斯·勃罗德:《弗朗兹·卡夫卡》,第217—218页。

卡夫卡模仿狄更斯，犹如毕加索模仿德拉克洛瓦和委拉斯开兹：怀着对创作环境和规律的尖锐意识，怀着重新创造的意愿，在一个新的历史阶段里，以搬移过去的协调来产生新的协调。

卡夫卡知道自己哪些地方多亏了狄更斯，也非常清楚地知道与他的不同之处。法律的机器、它为之服务的社会的象征，在它神秘的齿轮里无情地吞噬着它的牺牲者。但是狄更斯处于资本主义的上升时代，他是那个时代先进民族的公民。他的话在人民中有广泛的听众。卡夫卡有在这个制度没落时的实际经验，他的这种感觉在结构陈旧的奥匈君主政体下更为尖锐。他知道他作为讲德语的犹太人的声音将被压制，在他生前最多只能传到一个作家的小团体里。

实际经验在神话里的投影只能更加荒诞。

在他的巨著里，卡夫卡执拗地避免直接描写他的内心生活：他只是表现激起他想象的东西，他的愿望所碰到的障碍。他以笔录式的冷漠的细致来描写它们。对荒谬的客观描绘由于它的冷漠本身而令人不安。他钦佩高尔基的理由是富于揭示性的："看到高尔基如何再现一个人的性格特征而不加任何判断是扣人心弦的。我真想有朝一日读一读他关于列宁的笔记。"[①]

这种客观性是他借鉴的典范："埃德施密特把我说得像一个创造者，而我不过是一个相当马虎的、一般的画家。埃德施密特认为我巧妙地把神奇的东西引进了日常的事件。这是一个严重的误解。平凡本身便已经是令人惊奇的了，我只是记录下了这一点。"[②]

卡夫卡同时作为见证人、牺牲者和法官的社会现实，和原始人富于魔力的、神话般的社会同样古怪。今天异化的产生不是由于人在自然力面前的无能为力，而是由于在显得陌生而敌对的社会力量面前无能为力的感觉。随时都可能发生一场洪水，把人类和他们的创造、梦想、价值一起吞没。在异化的世界里，日常生活处于这种不安和灾难

---

① 雅努赫：《卡夫卡谈话录》，第79页。
② 同上书，第51页。

始终在逼近的气氛之中。被卡夫卡变得可以直接感觉到的、显著的东西正是这一点,而不是别的。它不需要翻译:在如实地描绘现实,不加任何无关的补充,即如实地描绘它加满油的机构,更有它时时刻刻带来的威胁、它强加于人的压迫和抑制、它在人类的头脑和心灵里点燃的恐慌、嘲弄和反抗时,卡夫卡虽然看不到从一个世界到另一个世界的发展过程的内在运动,但仅仅通过这种描绘就启发了对另一个世界的愿望和需要。

在这首异化世界、非我世界的无情诗篇里,有着这个世界的外科手术般清晰的机构,也有着它的不安全和神秘。卡夫卡在日常生活的表面布景里上演了一场本体论的悲剧。

一个不人道世界的无动于衷的客观化,不会也不打算为我们的问题带来一种答案,但是它迫使我们提出这些问题。在世界表面的使人放心的虚伪秩序里,它画出了世界做着鬼脸的、奇形怪状的真面目,它拆毁和破坏了自以为庄严和永恒的、被虫蛀蚀的大厦。它迫使我们感到这个世界不是自我封闭的。它使我们意识到我们的异化。

在卡夫卡的故事里完整地存在着习惯的世界,然而一种异乎寻常的事实从一开始便改变了对一切的看法。这个打击唤醒了我们:在这个安宁的小资产者的家庭里,家里的儿子、温和的推销员,突然变成了甲虫,而这就是《变形记》,是一切事物之间和人类之间关系的变形。在法律如同在舆论面前一样无可指责的代理人约瑟夫·K,在起床时被捕了,并没有明显的理由,再说立刻就恢复了自由。但他毕竟成了被告,他生活里整个习惯的过程、他的无论是与机构还是与人类的一切关系都被搅乱了。他的生活与习惯的逻辑彻底决裂,以后按照另外一种逻辑来进行了。这种卡夫卡式的变化绝非随心所欲,所以我们在感到不自在的同时却又觉得与我们有关。于是我们从习惯、义务和俗套的昏沉中被唤醒,被要求弄清是怎么回事了。我们感到自己不再被社会和习惯带着走,而是必须在我们的行动里找到一种并非习惯的惰性的辩护理由了。

这就是卡夫卡怀着一种对人类的信心给自己指定的启发者的使命,这种信心使他认为人类之中最坏的"是一些梦游者而不是恶棍"。①

在第一个问题、第一次觉醒的"裂痕"之后,卡夫卡不让我们倒退。他斩草除根的力量表现为一种与常规的连续性决裂的持久的毅力,无论这种常规的连续性是属于回忆还是野心:"束缚我们的是我们的过去和我们的未来。"②卡夫卡极力拉断这张网,把我们重新放进一种既无意图又无痕迹的现实里。这种现实不是一个轨道上的转换点,而是在我们自己身上恢复一种永久的权利。我们从生活的习惯中被拉了出来。事件不再像在日常被动的现实里那样连贯了:它们被剥去了因为符合传统而被称之为逻辑的破衣,它们的前面不再有它们的理由,后面也没有它们的解释。像《拉摩的侄儿》③的辩证讽刺一样,常规的三段论被摧毁了。

在这个毕竟是用和我们生活所用的同一块布料剪裁出来的梦想或噩梦里,任性和异常使我们陷于混乱,不能再参考一个"先例"了。过分合理的支离破碎迫使我们全神贯注。这是责任的一种觉醒。

卡夫卡用一个永远结束不了的世界、永远使我们处于悬念中的事件的不可克服的间断性,来对抗一种机械生活的异化。他既不想模仿世界,也不想解释世界,而是力求以足够的丰富性来重新创造它,以摧毁它的缺陷、激起我们为寻找一个失去的故乡而走出这个世界的、难以抑制的要求。

卡夫卡在这里抛弃了我们。他引导我们穿过了地狱,使我们像在一条无穷的隧道尽头一样瞥见了光明,然后向导就把我们抛弃了。他的王国是异化和异化意识的王国。

他的王国是语言的王国。但是语言是在"有"的世界上形成的,它

---

① 雅努赫:《卡夫卡谈话录》,第82页。
② 《虚构》,见《乡村的诱惑》,第49页。
③ 法国启蒙思想家狄德罗(1713—1784)的小说。——译注

只能指出或影射,而不能证明或说明存在的世界。

卡夫卡没有脱离异化,他认为感性的世界和异化的世界是统一的。语言仍然是它的俘虏:"要表现感性世界之外的东西,语言永远只能运用影射的,而绝不能用类比的方式,因为它与感性世界相一致,只涉及所有制及其关系。"①

它至多能暗示一种缺乏、一种丧失和卡夫卡的比喻,正如马拉美或勒韦迪的某些诗篇是丧失的比喻一样。"没有'有',只有一种存在,一种需要最后一口气、需要窒息的存在……它的答案,当人们肯定它可能**拥有**但没有的时候,只是心的战栗和跳动。"②

卡夫卡把我们一直领到异化的边界。

他不疲倦地向边界冲击,却从来都越不过去。他的大部分作品,首先是三部杰作都未能写完绝不是偶然的:卡夫卡在异化的范围里跑遍之后,来到了希望之乡,存在的边上,却无法进去。他的姿态至多只能表明他对自己存在的确信。"从亚历山大时代以来,印度的大门就是无法达到的,不过国王的利剑至少指出了它的方向。今天,著名的大门被搬得远多、也高得多了,谁都指不出它的方向。许多人握着利剑,但只是为了挥舞,想注视利剑的目光都迷茫了。"③这种艺术想以它的否定本身来暗示无限的实际感受,结束不了是它的规律。

正如今天的学者们为了说明一些现象而制作模型一样,卡夫卡在每一部作品里都创造了一种"模型"。所以几种意义可以重叠:例如《审判》里司法的寓意,可以转换成医学或精神病学的用语,转换成宗教的或神秘主义的用语,然而这类辨读的任何一种甚至它们的总和都不能表现作品的意义:首先是因为在一种艺术作品里,无论是文学、绘画还是诗歌,都不能把象征和它所象征的东西割裂开来。揭示性的神话的特征,就是不从属于注释,而是从属于幻觉和实际的经验;其次是

---

① 《关于罪恶、痛苦、希望的思索》,见《乡村婚事》,第43页。
② 《八开本笔记》,见《乡村婚事》,第80页。
③ 《新律师》,见《变形记》,第109页。

因为从描绘人类关系总和着手的"模型"的创造,是无法进行任何解释的、现实的符号或"密码",因为未来是在神话的缩影里被反映出来的。

诗歌正是把目前的现实变成神话,变成尚未存在的东西的"密码"的艺术,我们将乐于说它是超验性——如果这个词不是被神学如此深刻地浸透的话——的实际感受。这里不涉及对另一个世界的宗教式的怀念,而是要赋予我们一种对它的无限性的尖锐意识。和一切真正的艺术家一样,卡夫卡是这种无限性的见证人。

人类全部可能的无限性就在这里,它犹如一种摧毁所有封闭的大门和百叶窗的存在,真正的艺术就是使人想起它的一种方式。揭示这种存在并启发对它的愿望,是伟大的神话固有的任务。在这种与现存世界封闭的圈子不断决裂、不放弃对现在进行合理的明确分析的意愿里,是毫无神学的成分的。

在对生活意义的探索中,在按着一种愈来愈崇高的法则创造生活的意愿中,这种对完整性的要求使我们与我们将成为的即我们还没有的、我们自己必然还不知道的东西进行搏斗,与我们既不能想又不能说的然而又不放弃想它和说它的东西进行搏斗。

这种纯属人类的超验性的语言将被迫转移,被迫在一种面向未来的、伟大的人道主义的词语里表现否定神学的骗人方法。因为没有一种语言能够确切地表现它的绝对,所以否定神学已降低到不是绝对的东西。

卡夫卡避免提到上帝。他几乎从来不用这个名字来应付人类特有的愿望:即通过对一种更美的生活法则的探索、获得和制定来超越现存秩序。为了说真正的超验性的语言,他在人类的地平线上画出了雅斯贝尔斯[①]所称的"失败的密码"。他似乎是练习"在失败中体验存在"[②]在全部可能汇聚而成的十字路口,荒谬和不幸在它们本身之外指出了另一种法则,并使我们产生赋予它生命力的、难以抑制的要求。

---

① 卡尔·雅斯贝尔斯(1883—1969),德国哲学家。——译注
② 卡尔·雅斯贝尔斯:《哲学》,第 3 卷,第 237 页。

卡夫卡的伟大在于已经懂得创造一个与现实世界统一的神话世界。艺术里的真实是一种创造，即通过人的存在来改变日常现实的面貌。和同时代的立体派画家们——他们通过一种自觉的次序颠倒来揭示最日常的事物的内在诗意——完全一样，卡夫卡按照其他法则对这个世界的材料进行重新组合，创造了一个幻想体裁的世界。对卡夫卡及其作品的评价，没有比他对毕加索绘画的评价更恰当的了。在布拉格第一届立体派画展期间，雅努赫说毕加索"是一个故意的歪曲者"。

　　"我不这样认为，"卡夫卡说，"他只是记下了尚未进入我们意识范畴的变形。艺术是一面像表一样'快走'的镜子。"

代后记

一切真正的艺术品都表现人在世界上存在的一种形式。

由此得出两个结论：没有非现实主义的即不参照在它之外并独立于它的现实的艺术；这种现实主义的定义不能不考虑作为它的起因的人在现实中心的存在，因而是极为复杂的。

波德莱尔说："诗歌是最现实不过的了，只有在另一个世界里才有完全真实的东西。"

现实主义的定义是从作品出发，而不是在作品产生之前确定的。

正如不能从辩证法已知的几条规律出发来判断科学研究的价值一样，也不能从由以往的作品得出的标准出发来判断艺术作品的价值。

从司汤达和巴尔扎克、库尔贝和列宾、托尔斯泰和马丁·杜加尔、高尔基和马雅可夫斯基的作品里，可以得出一种伟大的现实主义的标准。但是如果卡夫卡、圣琼·佩斯或者毕加索的作品不符合这些标准，我们怎么办呢？应该把他们排斥于现实主义亦即艺术之外吗？还是相反，应该开放和扩大现实主义的定义，根据这些当代特有的作品，赋予现实主义以新的尺度，从而使我们能够把这一切新的贡献同过去的遗产融为一体？

我们毫不犹疑地走了第二条路。

因此我们选择了一些长期以来我们因顾及过分狭隘的现实主义

标准而禁止自己热爱的作品。

自由从来都不是抽象的。它不会从"虚无"中产生。真正的自由只能是扎根于过去的文化、当前的斗争、未来建设者们的共同的努力之中。

艺术家和作家逃脱不了这个规律。艺术中的现实主义,是人参与人的持续创造的意识即自由的最高形式。

作为现实主义者,不是模仿现实的形象,而是模仿它的能动性;不是提供事物、事件、人物的仿制品或复制品,而是参加一个正在形成的世界的行动,发现它的内在节奏。

由此可以确定艺术家的真正的自由:他不应该消极地反映或图解一种在他之外、没有他也已经完全确定的现实。他不仅担负着报道战斗的任务,而且也是一个战士,有他的历史主动性和责任。对他和对所有人一样,问题不在于说明世界,而在于参加对世界的改造。

艺术家的作用与哲学家和历史学家的作用不同:例如,他并不一定要反映全部现实。

以现实主义的名义要求一部作品反映全部现实、描绘一个时代或一个民族的历史进程、表现其基本的运动和未来的前景,这是一种哲学的而不是美学的要求。

对于一个既定时代里的人和世界的关系,一部作品也许是很不完整甚至是极为主观的见证,而这个见证却可能是真实而伟大的。

例如,一位作家能够感受到并且极其强烈地表现出异化的这个或那个方面,而不能洞察它的原因及超越它的前景,依然受着它的束缚,却仍不失为一个很伟大的作家。

在波德莱尔和兰波的作品中,我不可能看到他们时代的全部规律;他们不仍然是未知世界的发现者中最伟大的人物吗?

一位作家或艺术家的哲学和政治意识最好与他的才华相称。但是如果我们仅仅限于这一个标准,我们便不是就一位诗人来论他的诗歌,而是在判断他身上的历史学家、政治家和哲学家的素质了。

作家或艺术家最好对未来的远景有明确的意识,从而赋予其作品以战斗的意义。但是如果我们仅仅限于这一个标准,我们就往往会面临波德莱尔所提出的这个问题:"有德行的作家难道就一定擅长于教人热爱美德吗?"艺术特有的道德不在于训诫人,而在于提醒人。

　　马克思主义并不否认艺术创作的特性。

　　唯物主义,即艺术中的现实主义的主要论点——不是意识决定生活,而是生活决定意识……意识从来不可能是别的,只是自觉的存在——绝不意味着一种意识和生活关系的机械决定论。

　　从一个人的阶级地位推断他的世界观是荒谬的。以阶级出身而论,马克思是小资产者,恩格斯则是大资产者。然而他们的世界观却不是本阶级的世界观。这并不是说,无论何时何地都可以产生任何世界观。不存在革命的现实,就不可能产生革命的理论。只有当工人阶级确实成为自主的历史力量时,马克思主义才得以产生并摆脱以往的空想。只有那时"对历史运动的理解"才能站在正在产生和发展的现实的立场上,进而成为一种革命的世界观。

　　这是否是说,例如了解卡夫卡的作品是资本主义没落时代奥匈帝国统治下的布拉格一个犹太商人的儿子的作品,是无关紧要的呢？完全不是。对卡夫卡的意识产生的历史条件的研究非常重要,因为他艺术创作的一切素材都是从这种生活经历中吸取来的。但是这种初步的研究的性质是一种探询而不是一种答案。作品不是凑合的结果。它是艺术家的时代、家庭、社会、宗教、文化的环境、个人的地位、职务、爱情和全部生活向他提出的一切问题的总答案。这个答案同产生答案的条件的总和不是一回事,并且更多了一些东西。了解卡夫卡,首先就要从各种影响的累计中得出这种特有的、唯一的主动性,这个独特的答案。不过这仍然是一种不完全的答案,还没有达到全面把握时代及其发展规律的程度。如果说,卡夫卡的社会出身和马克思一样是小资产者,他却和马克思不同,没有超越本阶级的历史前途(或者不如说没有历史前途)。这位十月革命和战后大规模工人运动的同代人,仍然受着他所揭露的异化的束缚。他意识到这种异化,尽管对它作了动人的艺术表现,却未能由此得出革命的结论。因而指出卡夫卡是个小资产者以及他在这种地位生活的具体环境——布拉格,犹太人团体,他的家庭……是十分重要的;但是不能忘记,对影响的必要研究既不是解释,也不是对价值的判断。

我们也曾试图对圣琼·佩斯作类似的论证。越是荒谬地认为他的诗歌表现了身任凯道赛高级官员的大资产者的 Weltanschauang[①],那么在不了解哺育了他的人生经历和诗人对这一经历的高傲的否定反应的情况下,想充分理解这种诗歌便越是困难。

用无政府主义、西班牙神秘主义、帝国主义时代固有的精神腐败、资本主义的绘画市场环境……对毕加索进行所谓社会学的"解释",以便得出他的揭露了颓废的资产阶级面目的艺术是一种颓废艺术的结论,也是同样错误的。

现在我们确信,它相反地是绘画的一次真正的"文艺复兴"的新起点。为什么?因为在对四个世纪以来已经成为传统的空间观念和透视观念提出异议的同时,毕加索为绘画开辟了一些新的道路,把传统的现实主义从过分狭隘的定义中解放出来了。自意大利文艺复兴以来,人们所设想的透视法,是建立在另一种惯例之上的,那就是:世界是我们仅用一只眼睛注视的静止的景象。所谓"立体派"的绘画能使我们意识到物体景象的更合乎人情的、更为现实的状态。在例如把我们围绕着转动的一个物体所呈现的连续外貌展现在一块画布上的时候,或者把像我们在回忆或睡梦里所想起的一个人物或者一幅场景的特有的组成部分综合在一幅画面里的时候,再例如在像我们的欲望或焦虑确实歪曲或放大物体一样,改变物体的比例和形状的时候就是如此。这难道就是与现实主义决裂吗?不。因为一个在运动、回忆、梦想、希望或恐惧中的人所看到的世界,要比一个无动于衷地透过"阿尔

---

① 德文:世界观。

146

贝蒂之窗"凝视的、世界的古典主义抽象更为"现实"。传统的透视法，以及过去建立在这种透视法上的一切杰作，只是现实主义的一种特殊情况，而毕加索则是对这种情况的辩证的超越。

这样一种作品同颓废是截然相反的。

它包含着我们时代的活力。早在他获得对当代基本运动的政治觉悟以前，毕加索就发现了表现这些力量的造型形式。

这对我们是一个很大的教训：每一件伟大的艺术品都有助于我们觉察到现实的一些新尺度。

在要我们提防对基础与上层建筑关系的一切机械的、非辩证的观点的同时，马克思使我们懂得：在一个阶级的历史衰落阶段产生的一件作品，并非必然是一件颓废的作品。

作品和现实生活的关系的这种复杂的辩证法，是马克思主义美学的基本对象。

在每个时代，艺术品都和劳动及神话有关。劳动，也就是一种现实的力量，一种技能、一种学问、一种训练、一种社会结构，所有已经形成或正在形成的一切。神话，也就是具体而拟人化地表现这种意识，即对自然界和社会中人类尚未主宰的领域里所缺乏的和有待于创造的事物的意识。

在提到作为基础和上层建筑之间的"媒介"的神话时，马克思着重指出了作为艺术真实定义的首要因素的人的作用。这样他就排斥了一种封闭的现实主义的一切观念。因为当现实包括人在内的时候，就不再仅仅是它存在的样子，而且也是它缺少的一切、它有待于变成的一切，而人类的梦想和民族的神话则是它的酵素。

当代的现实主义是神话的创造者，是史诗般的现实主义，是普罗米修斯式的现实主义。

附　录

时代的见证

我们这一代人是在总动员的气氛中诞生的。

这是就"总动员"一词的确切意义而言。

一九一四年八月二日拂晓,我们的父辈在"出征"之前来到摇篮旁边亲吻我们。

二十五年之后我们做着同样的动作。

作为在暴风雨中成长起来的青年一代,我们经历了一切,除了和平。

我记得的最遥远的事情是在五岁的时候,我的父亲从前线归来,因为骨头被打断而拄着拐杖,因为受了欺骗而满腔愤怒,后来当我熟读巴比塞的《火线》时,我懂得了这种愤怒不仅仅是怒火,而且也是希望,总而言之绝不是逃避。

父亲的归来甚至并不叫人高兴,因为他在不明不白地吃了太多的苦头之后变得烦躁而粗暴,也因为我的母亲为了不让我们挨饿天天跟人激烈地争吵。这种使我们、使无数工人家庭揭不开锅的贫困,报刊称之为通货膨胀,这是一个我们当时不理解并且使我们恐惧的、病态的或噩梦般的名称。

隔着屋墙我们听着关于其他战斗的传闻:一边是抗议和忧伤,另一边是军服和枪声。这在历史书里叫作一九二〇年的罢工和欧洲的、特别是在德国和匈牙利流产的革命。

在我们十岁时开始了"大战"之后的小战,即摩洛哥战争。

在我们十五岁时危机一个接一个:当世界上两千万失业者的孩子们没有牛奶的时候,有人在荷兰屠杀了二十万头奶牛。当英国码头工人在伦敦码头上为一块面包而殴斗的时候,匈牙利人正在对他们成堆的麦子发愁。

在这种光怪陆离的和平中出现了奇特的救世主:一个让他的狗像乌鸦一样穿着黑衬衫,另一个让他的狗像秃鹫一样穿着褐衬衫。他们让自己的猎犬群扑向最弱小的猎物,进行了长达十年的争夺:埃塞俄比亚、奥地利、捷克斯洛伐克、西班牙,使一切民族蒙受苦难。

其余的一切我们的下一代人都能回想起来。

不过,对许多和我同龄的人来说,正是在一九三八年的"奇怪的战争"和"冷战"之前的奇怪的和平之间出现了光明。这个简单的真理一旦被人们瞥见便改变了生活:只要战斗,人们便能战胜一切危机、奴役甚至战争。抵抗运动在这方面带来的即使不是证据,至少也是希望。

然而这不是一个秘密:多年来有人已用他们的热血写下了这一切。被郎之万、阿纳托尔·法朗士、罗曼·罗兰当作"希望的开始"来欢呼的十月革命,在这方面做出了令人信服的典范。

但是混乱状态的主宰者们使绝大多数法国人听不到或者不听那些被认为可能建立一种人道秩序的人的呼吁:人们在慕尼黑时期向他们喝倒彩,在西班牙和国际纵队时期诅咒他们,在一九三九年成百地逮捕,在后来的年代里成千地枪毙他们。每次清洗之后,他们又成千上万地产生出来。很难让他们沉默,很难摧毁这个在千百万男女的头脑和心灵里出现的真理:存在着混乱,但是也存在着足以克服混乱的力量。

我不知道是哪个知识分子写过:出身贫穷就是赢得了三十年时间。根据我个人的经验,出生于一个工人家庭并过着工人阶级的生活,在使我有幸接触到文化遗产的同时,确实使我提前十来年意识到了一种基本矛盾,从而使我在一九三三年,即我二十岁时加入了共产党。

黑格尔在他的《美学》的开头写道:存在着两个矛盾的世界,即日常生活的世界和文化的世界,从而产生了对哲学的需要。对这样一种具有普遍意义的矛盾的实际体验,通过对赋予我的生活以意义的需要本身把我引向了马克思主义,否则我的生活将无可救药地变成双重和分裂的,本身就会支离破碎。

当时我感到自己是两个王国里的公民,它们具有严格而对立的法律。

在我诞生的但尚未了解其战斗生活的阶级的日常现实里,我看到成千上万人被折磨、毁灭被劳动和需要所压垮的生活。生活的意义在这里是从外部强加的,具有马克思在《资本论》中所描绘的这种命定性:失去自己和孩子们的面包的恐惧"把工人钉在资本上,比赫斐斯塔司的楔子把普罗米修斯钉在岩石上钉得还要牢"。① 这个王国在我看来是必然的王国。这种必然是如此不可改变,连我的父母也不想在反抗中寻找出路。他们不在自己身上发现生活的意义,而是怀着他们这类人的日常而固执的英雄主义在他们的儿子即我身上发现了。他们贡献了二十五个年头,他们的整个青春和壮年,节衣缩食、辛勤劳动,只为了完成唯一的任务:培养他们的儿子,使他不再过他们这样的生活。他们生活的全部意义就在于这种否定和这种热爱之中。

过了许多年,当我担任国民教育委员会主席时,有一次在众议院的讲坛上进行关于教育民主化的辩论,一位同事——我想起来就感到愤怒——打断我的话说:您自己就是证据,说明在您反对的制度下,一个工人的儿子可以获得文化!我想起为了使我能继续读书,我祖母因整天做家务、洗衣服而扭曲的双手,我母亲因挨家挨户兜售咖啡而发

---

① 见《资本论》第1卷,第708页,人民出版社,1975年。

青的双腿。在一个工人家庭里,为了让唯一的孩子有这种特权,必须糟蹋几个人的一生,这不是相反地证明了这种制度的残酷吗?

这就是我的经历建立在这些牺牲和残废之上的另一个极端,是的,确实是我享受的一种特权:出现在另一个有着一切自由表象的世界里。在这里人们自己随意赋予他的生活以一种意义。这意义不是从外部赋予他的:它似乎是从我们的选择中产生的。这种过于迷人的光辉,在离开一个它极少渗透出来的世界时,很早就给了我一种令人眩晕的任性、一种毫无内容的自由的印象。

这两个世界、我们日常生活的世界和文化的世界的矛盾给我以非现实和荒诞之感,而关于物质和精神、必然和自由的陈旧的反命题和老观念,要想表明我的焦虑和眩晕都显得太沮丧、太抽象和太灰色了。

要从这种现实的困境中摆脱出来,我需要一种更充满活力的答案。

我寻求一种生活的诺言,它能同时说明我的两个世界,也就是说,它用我二十岁时的语言证明,生活的意义是如何既作为一种强制的必然来经受,又由一种自由而孤独的选择的责任来承担的。

我在卡尔·巴尔特的神学和克尔凯郭尔的学说里找到了这种诺言。一种对超验性如此苛求的观念似乎把我从内心矛盾中完全解救出来了。

它的功绩在于不以某种抽象的综合来停止探索,并且保持着一切内在的紧张状态。它禁止自满和自负。卡尔·巴尔特的《致罗马人书简评注》《关于圣经》《人的诺言》,使我第一次懂得了一种本身包含着自我超越的思索。

这种矛盾被超验性的术语转换了。它并没有被克服。相反:当我试图在我的家庭里证明我刚刚感到的一切时,它对我变得更加无法忍受了。我不得不屈服于这个粗暴而明显的事实:基督教的世界观对于我是排斥我的自己人、排斥工人阶级的。在三十多年之前我就意识到了这一点。从那时以来其他许多人都有过同样的感受。我尤其想到所有的工人教士。我的错误曾是他们的错误：如果工人阶级确实只是一个受苦的阶级，基督教也许比其他一切世界观都更符合它的期望，因为基督教善于以最深刻和最动人的方式来表现痛苦，同时在以"超自然的"——就这个词的全部意义而言——方式赋予痛苦以一种超出一切情理的颂扬意义时使之变美了。

然而工人阶级并非如此。它不仅仅是受苦的阶级。它不仅仅是由资本的铁的规律轧制出来的：它本身通过它的斗争包含着充满活力的否定。它创造它自身的思想和行动的价值，而最重要的价值就从它的斗争本身中产生。如果说我在儿童时代只了解工人阶级的贫困，如果说贫困只是向我提出了一些问题，那么我后来就有了工人斗争的经验，正是这些斗争引导我获得答案和解决办法。

这就是导致我在一九三三年加入共产党的原因。这次加入具有我一生的全部分量和意义。我当时在马赛，还是一个基督教的战士，我来到共产党所在地时还打算保持原状。接待我的是共产主义青年团的一个领导者吉迪塞利（一九四五年他在里昂死于保安队员的枪弹），他让我第一次看到列宁的著作，说只要老老实实地完成自己作为战士的任务，就是一个东正教神父也可以加入布尔什维克党。

并非所有的人都像这样"开放"，当我被指派到圣巴尔纳贝的一个支部时，一个叫塔尔纳特的老共产党员详细地向我说明，我和一切知识分子一样是大学生，尤其是个基督徒，因此必然是一个叛徒，而且他很快地对我在党内进行的"投机"表示厌恶。所以他分配我去干最令人丧气的任务：夜里去贴布告（不是说疯话！早晨两点钟在马赛城当中贴完时，一定要乱跑一气才能躲过警察），然后当纠察（当时主要是和德·拉罗克上校的"火十字会"的成员打架）。六个月之后，塔尔纳特老头想检查一下这种做法的结果，便挖苦地问我："你还留在这儿吗？""我留在这儿，并且很高兴留下。"老塔尔纳特，这个模范的战士，从那时起就亲热地把我置于他的保护之下。当我从集中营回来之后，我听说他在临终时曾要求把我的最后一封信放在他的棺材里。我在这封信里却是以一种浪漫的方式——这不符合他的性格——向他说明我失去了基督教的信仰的,不过我并未放弃认为共产主义包含、也应该包含基督教价值中的精华的想法。

这种想"抓住环节两端"的忧虑①——它从三分之一世纪以来都没有离开过我——使我在一九三七年写出了一部小说的初稿:《我一生的第一天》,我把手稿寄给了罗曼·罗兰。他用纤细有力的字体所写的长达七页的回信,在我的一生中始终是永不失去其热量的"火种"之一;我告诉罗曼·罗兰,他的作品对我来说远远不止是文学,而是一种神谕,特别是他的《约翰·克利斯朵夫》,我愿意用主人公的志向作为我终生的座右铭:"约翰·克利斯朵夫意识到了他的使命,即像一条动脉那样,在敌对的民族之间把全部生命力从一边输送到另一边。"

罗曼·罗兰回答我说:"我激动地、友爱地读了您的信。我感谢您这么多年来对我的关注以及直至今日才向我表明的信任。正是由于这类默默无言的心灵上的赞同,我在生活中最孤独的时刻才感到能支持下去。

"我很高兴您重新担负起约翰·克利斯朵夫的、把各民族之间最强大的生命力沟通起来的使命。没有什么地方比在信仰和挚爱的宗教力量与信仰和社会行动的力量之间更适于完成这种使命了。从现在发生的事情来看,一种有条件的联盟是很容易实现的。不过您想做更多的事情,我也同样如此。我们要通过内心的一致来实现人的完整性。

"这是最崇高的精神理想。如果说它对绝大多数人来说都难以实现的话,我们也不应该失望。他们对此抱有幻想和希望就已经很不容易了。生活是为了永远憧憬更多的空间、更多的永恒。永恒从来都不是固定的,是永远达不到的。它在前进。它就是为了达到永恒的活动本身。

---

① 即既信仰共产主义又不完全排斥基督教。

"此外,您也许低估了使'自由思想家'和基督徒分离的障碍。您抱怨您的共产主义的弟兄们,说他们骄傲的灵魂里有这种'对圣宠的裂痕',然而使他们抵御圣宠的并非都是骄傲,有时是谦卑。就在几天之前,我对一个来拜访的青年教士谈到了这一点。他把谦卑说成是一种主要的精神道德。我对他说:'正是谦卑制止了我的信仰。'他却说:'正是谦卑导致了我的信仰!'这是可悲的误会,这也是他的伟大之处。对于最优秀的不信教的人来说,生活的热情、冲动、行动,对任务、事业或众人的献身精神,都抛掉了对绝对的确信,抛掉了一切绝对。他们不否认这一点,但是他们不认为有权利肯定这一点,因为没有任何可靠的理由。他们明知理性的相对性,却满足于按照他们天赋的理性来思考!一个上帝能责备他们什么呢?他们难道不是光明正大的、忠诚的、干着委托给他们的工作的善良的仆人吗?如果他们是残废,一个父亲会怨恨他瞎眼的儿子吗?父亲的判断不是由其他看得见的或以为看得见的儿子来代替的。每个人无论信仰与否,只要把他的事情干好了……人的完整性将在人类积极的、富有成果的全部能力中得到实现。优秀的人可以自由地在他们身上加工这种完整性的图样。"

在声明了这种歌德式的信仰之后,他认真地评论了我的手稿,指出了我的主要问题:"人在二十五岁时梦想的生活,往往与他的实际生活很不一致",他在谈到我的书时写道:"它的优点和缺陷在于它是一种忏悔,这种忏悔不可能全面,也达不到客观化……只有在不和谐之间才能产生的最动人的和谐(您知道我喜欢引用的赫拉克利特的话),只是一系列由一种忠诚的爱而神圣化的、长期的考验和努力的结果。"

当时我刚被任命为阿尔比①的哲学教授,渴望收集关于饶勒斯②的资料,那些认识他的并和他一起战斗过的老社会党人,对他仍保持着动人的记忆。我愉快地定居在塔尔纳,这是我被锻炼成共产主义战

---

① 法国城市名。
② 让·饶勒斯(1859—1914),法国社会党领袖、历史学家、哲学教授,由于反对第一次世界大战而于1914年7月31日被暴徒暗杀。

士的地方。我骑着自行车跑遍了这个地区的城市和乡村,特别爱去卡尔莫,那里的矿工们总是那样亲热地欢迎我。

在塔尔纳我也是第一次遇见莫里斯·多列士。那是在诺阿叶的杜邦老爹家里,他是法国社会主义的一个元老,巴黎公社时他十六岁。莫里斯·多列士像爱父亲一样爱他,当"杜邦爸爸"对他说起我这个信仰过基督教的古怪的知识分子在塔尔纳联合会里积极活动时,莫里斯就在诺阿叶接见了我,对我表现出一种至死不渝的谅解。那天晚上,他久久地向我谈着宗教改革时代的"农民战争"和托马斯·闵采尔①的预言。当时他在国际共产主义运动中第一个主动向天主教徒们"伸手"之后,又在互助会的一次演说中提到了基督教对我们文化的贡献。在近三十年中我们常常谈起这些问题——我想起一九四九年的一天,他把我叫到他的办公室"四十四号"去,带着宽容的微笑让我看一叠信件:"你的文章要让我通多少信!你写过'如果圣·奥古斯丁②、阿维拉的圣·泰雷丝③或帕斯卡尔变得与马克思主义无关,马克思主义就会变得贫乏',现在一些优秀的同志写来了三十七封抗议信。我认为从本质上来说你是有理的。既然确实如此,就应该这么说。但是也应该重视我们的战士们反对教会政策、反对教会干预政治的传统经验,这种传统确实有点宗派主义,但却是教会的态度造成的,而且往往被教会的态度证明是正确的。你想让对手们理解我们的思想观点,这种想法是对的。但是为了让我们的同志理解,也是为了理解他们,务必要有同样的耐心,做出同样的努力。"他常常这样友好地责备我:"我认为在本质上你是有道理的,从理论观点来看这种开放的努力是正确的,对党也有利,不过要注意你的提法:有时候你夸大了。你是个马赛人不是没有道理的!"他总是笑着补充说。

---

① 托马斯·闵采尔(约1490—1525),德国农民战争领袖,德意志宗教改革运动中最激进的思想家和改革家。
② 圣·奥古斯丁(354—430),罗马帝国基督教思想家。
③ 圣·泰雷丝(1515—1582),西班牙修女。

过了几年,在比奥特的娜迪亚·莱热——在费尔南·莱热美术馆旁边——家里,我为了听取他的意见而坐往返火车去看他:伊利切夫刚刚在莫斯科发表了一次演说,中心论点是不消灭宗教信仰就不能建设共产主义,摆脱基督教的办法是进行有效的科学宣传,而不应该走镇压的道路。面对这些与马克思主义基本原理截然相反、从历史观点来看也同样谬误的论点,我感到十分震惊。还有这种用祖父的科学来驳斥祖母的宗教的方式……第二天我在里昂要和一个多米尼加人进行公开辩论,我决心不把马克思主义和这些论点混为一谈。莫里斯对我说:"确实应该回答,不过要心平气和。要使人想到我们的原则,但是要非常注意表达的方式。你知道有多少人躲在后面窥伺我们!"我们最后一次谈起这些问题,是在莫里斯逝世之前不久。我向他谈起在千百万基督徒的意识中重新出现的东西,为了给他一个表现这种转变过程的极端的例子,我建议他读英国国教的罗宾逊主教的书,它刚刚被一些完整主义者用挑战性的标题译成法文:《没有上帝的上帝》。莫里斯读了这本书,他问几个同志:"你读过这本书吗?应该读一读,看看正在发生什么事情!当然,这是一种极端的情况,不过我们并不总是估计到变化的重要性的。"这使我极为兴奋地证实了他的热情。

对我来说,莫里斯·多列士从来都是一个名副其实的共产主义战士。他的历史主动性给运动留下了深刻的烙印,并且始终具有开放的和人道的意识:他提出了人民阵线、向基督徒"伸手"、法国阵线、法国复兴、法国向社会主义过渡的特殊形式的思想。他非常注意理论问题,关心它的严密性,使马克思主义既不被折中主义所削弱,又不被教条主义所封闭,因而从不放过任何关于这些问题的出版物。他在给我的信件中所做的简洁的笔记,现在对我仍然是宝贵的帮助。我翻阅了这一札信,最使我感动的是在一九五五年以后的最后一个时期里,他由于瘫痪而用左手写的信。一封是关于福楼拜的,他指出了《情感教育》中现实主义的局限性,还对我在一期《共产主义手册》上发表的关于《异化和贫困化》的研究表示欢迎。另一封写于一九五八年一月的信,是谈我的《马克思主义的人道主义》的,他写道:"我只是感到欣喜若狂",还有一段关于存在主义的笔记。在另一封信中,他指出我把"原罪"这个神学概念形成的年代搞错了,同时他还回忆起他在一九四五年对我的一次责备,我当时过分片面地把社会主义强调成"精神需要",而没有充分地着重指出出现这种需要的客观条件。有一张便条,是他在一次中央委员会会议上递给我的,因为他对我关于"世界和平"的演说没有立刻在《新法兰西》或《共产主义手册》上哪怕摘要发表而感到惊讶。还有一张类似的便条:"我想反驳与辩证法相反的'笛卡尔主义的需要'。你有什么想法?告诉我要是你该怎样表达?"一封写于一九六二年一月的长信是关于我的《黑格尔》的,我在书出版之前让他看了手稿,他在信中告诉我他很高兴,黑格尔对于那些"想完全掌握马克思主义的人"来说是必不可少的。几个月之后,在一九六二年六月,他坚持要亲自主持我为开始批判斯大林的哲学错误而举行的报告会。他强调指出,为了重新发现马克思主义的基本来源而研究黑格尔的重要意义。还有一封关于我的《卡尔·马克思》的信,他同意着重指出马克思主义不是教条而是行动的指南。莫里斯还用这些没有署明日期,但极有特色的话进行指导,反对一个宗派分子对中央委员会的干涉:"你看到左倾的危险在一个特定的时刻可以变成最主要的危险,这一点已得到了证实,因为长期以来我们对这种危险没有进行足够的斗争。"或者是提醒我不要夸大:"要谨慎,一般来说要稳重,不要在一切问题上得罪所有的人。"

这些信使我想起四分之一世纪以来他对我的严肃、直率,但始终充满信任和友爱的友谊;在重读它们的时候,我衡量着我和他一九三七年在诺阿叶的相会给我的一生所带来的幸运。

此外,在以后的年代里,从来没有这么多历史证据表明法国大资产阶级的全面衰落,和它必然会由工人阶级来历史性地接替。国家经受的每一次考验,都更使我为自己的党感到骄傲。

一九三八年九月,英法政府出于反苏主义,把"马其诺防线"的全部机密,连同捷克斯洛伐克的一个重要部分一起出卖给希特勒,落在希特勒手里的捷克防御体系是副本。一九三八年十月四日,为了反对这种给希特勒以新的备战王牌的叛卖行为而在众议院提出信任问题时,只有七十三名共产党议员和两名无党派议员投**反对票**。当时共产党中央委员会发表了一个声明:"法国人民懂得,有人在使我国孤立,使它受到外国蔑视和仇恨的时候,就是同时损害了它的自由与和平。"我在一九四八年第一次到布拉格时,一个朋友指着法国大使馆的角落,让我看一大堆由数千捷克人扔在那里的、他们在一九一四年至一九一八年间获得的法国勋章。法国武官是一位将军,他在慕尼黑背叛的第二天,为了挽救法国的荣誉而做出了一个象征性的行动,以普通一兵的身份加入了捷克军队。

在捷克斯洛伐克之后轮到了西班牙,当希特勒和墨索里尼站在佛朗哥一边进行明目张胆的干涉、当格尔尼卡的巴斯克圣殿被纳粹的炸弹摧毁时,法国政府以虚伪的"不干涉"政策背叛了西班牙共和国。"勃鲁姆①公墓",西班牙的战士们在他们死去的弟兄们的尸体堆上这样写着。这时又是法国共产党派遣它的几千名战士到马德里的"国际纵队"里去战斗,做出了唯一符合我们国家、自由与和平利益的政策的榜样。

这种政治状况在法国破坏了人民阵线,在欧洲则给了希特勒以包围和摧毁我们的可能。一九三九年九月,希特勒进攻法国。

我服完兵役时战争爆发了,所以我仍然穿着军服。我记得有一天,在图卢兹杜朗蒂街的军分区里,我被人吐满唾沫、饱尝拳头,因为我拒绝反对德苏条约,而当时的报刊正就这个条约掀起一阵震耳欲聋的喧哗,把它作为大资产阶级背叛的借口。进行这场运动的人就是那些曾始终支持希特勒攫取捷克斯洛伐克和西班牙,把他作为一场反苏十字军东征的矛头来利用的人,就是那些后来在一九四○年三月,正

---

① 莱昂·勃鲁姆(1872—1950),法国总理(1936—1937;1938;1946—1947)。

是和希特勒大战的时候和他在芬兰合作反对苏联的人；当墨索里尼在负责让他过境的纳粹分子支持下派兵到芬兰去反对苏联时，英国和法国也派去了反苏用的飞机和大炮。

这种勾结在慕尼黑之后变得明显了。看到这种勾结的苏联，当假装同它谈判的英法政府在一九三九年八月，即与希特勒开战的情况下还禁止它穿越波兰领土时，苏联怎么可能让自己落入这个圈套呢？

所以苏联除了招架反对它的行动之外没有别的选择：它首先试图通过和希特勒签订互不侵犯条约来赢得时间。在第二阶段，当希特勒入侵波兰、波兰政府已经逃亡时，苏联军队在一九三九年九月一直挺进到"寇松线"，即英国谈判代表寇松勋爵在一九二〇年确定的、俄国可以合法地要求收回曾被波兰兼并的领土的边界。一九四〇年十月一日，温斯顿·丘吉尔本人指出了苏联反击纳粹扩张的真正意义，他说："俄国军队不得不占领这条线，这对于面临纳粹威胁的俄国的安全显然是必要的；一条东方战线已经建立起来了。"一九四二年我在集中营里被一个维希政府的视察员讯问时，还不知道丘吉尔的这一分析。他要求我——这在当时不无黑色幽默之感——否认德苏条约。我回答说："苏联在这一天创造了对希特勒进行军事抵抗的首要条件，未来将会证明，苏联在拯救它自己的同时也拯救了我们。"我承认在三年前，即一九三九年九月，我对这一切的认识还是不太清楚的，但是我毕竟和我的党一起顶住了这股潮流，我对此感到无比的自豪。

我们在一九三九年九月还有其他机会来体验这种反对我们共产党人的血腥气氛。九月二十六日，政府颁布了禁止共产党的法令。因此莫里斯·多列士于十月四日离开军队转入地下，以组织党对叛卖政策、然后是对纳粹占领的抵抗。一家在一年后和希特勒"合作"的报纸这时掀起了一个新的运动，叫嚷莫里斯·多列士是"逃兵"，而在九月二十六日的法令使党成为非法之后，他要逃避的却不是军队而是监狱了。如果他不转入地下，他后来就会像加布里埃尔·佩里一样，被那些当时称为——这个词用反了——"国民"的人交给纳粹分子了。

法兰西国家的解体和叛卖行为变得日益明显了：我想起一九四〇年五月在索姆前线的埃莱尔树林里，我所在的装甲兵团的司令在他的炮塔里因耻辱和狂怒而痛哭，因为两公里之外有几辆自动装甲车使人感到恐慌，而参谋部的命令却明确地禁止这位爱国的军官率部进行清除德国装甲车的行动。几天之后，通向巴黎的公路向纳粹军队开放了。法国共产党虽然处于地下状态，还是通过乔治·波利泽①向保尔·雷诺②建议武装巴黎人民。但是当权者们出于阶级本性，畏惧巴黎人民远甚于畏惧希特勒分子，他们宣布巴黎为开放城市，大元帅魏刚则于六月十二日在康热以新的"巴黎公社"来吓人，以促使政府尽早投降。

　　和希特勒的公开合作可以开始了。

　　这些"合作分子"于是宣布戴高乐是"逃兵"，因为他拒绝从伦敦回来参加他们的奴役活动。然而对他们的背叛和合作的反抗，却是从这两个"逃兵"的历史主动性开始的：一九四〇年六月十八日，戴高乐号召在国外的法国人站在盟军一边继续进行反对希特勒的战争；一九四〇年七月十日，莫里斯·多列士和雅克·杜克洛③号召在国土上组织第一次反对维希政府的背叛的武装起义。

　　我复员后刚与地下党恢复联系就知道了这个号召。我在八月底获得十字军功章。一九四〇年九月十四日，我就因为组织散发七月十日的爱国的号召书而被"作为有害于国防和公共安全的分子"逮捕了。数百名准备在国内进行抵抗的共产党人都像我一样在一九四〇年底被捕，这却并不妨碍奇怪的"历史学家们"企图传播这种无稽之谈：共产党人只是在一九四一年六月，即苏联参战之后才和抵抗运动"会合"在一起的！

　　监狱、集中营、阿尔及利亚，解放时我在一部名为《安泰》的小说里

---

① 乔治·波利泽，法国哲学家，马克思主义者，生于1903年，1942年被德寇枪杀。
② 保尔·雷诺(1878—1966)，法国政治家，1940年任内阁总理，6月16日辞职。
③ 雅克·杜克洛(1896—1975)，法共领导人之一。

叙述了这些事情。在监狱和集中营度过的三十三个月,我从中看到的并不是出狱时我这个身高一米八一的人体重只有五十一公斤,而首先是把这些地方变成了"我的第二大学"。它使我懂得,一种思想若不与实践结合、如果不是一种生命力,就不成其为思想。我重读了一九四五年我在这本书里用我的语言所做的结论:"我理解了基督教关于降生的全部神秘。这是精神生活和全部生活的秘密,是我从我的工人同志们——对于他们来说每天作为共产主义者生活二十四个小时不是什么新鲜事——那里学来的。存在着一些提供生活的人和提供生活的现实:不能再使一棵树脱离它的根和土壤了。"

当时有一些给我们的信寄到了集中营。在我能够保存并带回来的信中,有几封是雷蒙·布吕克贝瑞神父写的,他是圣马克西曼的多米尼加人修道院里《托马斯主义杂志》的发起人之一。我是一九三七年在马赛的一次哲学会议上认识他的。他是保皇主义者,贝尔纳诺斯[①]的朋友。我们只见过几次,但是我一直像一个兄弟一样爱他。战争期间,他在他的朋友达尔南一边的独立部队里打过仗。他受伤、被俘、逃亡,绝不屈服。我从一封封信中热情地注视着他的行程。一九四一年五月,他只是怀着兄弟般的感情写了第一封信。第二封信标志着他进了一步:苏联的反德战争刚刚开始。他写道:"对于我们来说,明亮的阳光已经照耀着欧洲的东方。"他不顾私交,与达尔南的政策断绝了关系。我在寝室里大声念他的信,结尾是这样的:我为您和您的朋友们祈祷。我们作为无神论者,都把这些祈祷当成人类的兄弟情谊来欢迎。解放时我听说他是法国内地军的随军神父,他还拍过一部动人的影片:《罪恶天使》。后来我们再也没有见过面。

在集中营里,也有一些词对于我有了具体的意义,即促使一个人投入生死搏斗的那一类意义。"殖民主义"对我来说是一个概念,它在阿尔及利亚变成了一种现实、质问、警告:我见过那个二十五岁的阿拉

---

① 乔治·贝尔纳诺斯(1888—1948),法国小说家。

伯青年,那么漂亮,被双臂交叉地绑在一架梯子上,嘴里像另一个受刑者一样有一根管子,肚子因被人灌水而膨胀起来,接着有一些军官——可惜从军服来看是法国的——用靴子踢他的肚子,用牛筋鞭子抽他的脸,直到他一声不吭,眼皮也不动弹,他死了。他偷了部队的一床被子,他的妻子正在阿特拉斯山脉纷飞的大雪中分娩。

二十年后,当我重新来到独立的阿尔及利亚时,我想参观一下位于奥兰的博叙埃集中营。陪同我的新省长迪·特拉赫是伊斯兰教徒。我认不出那些山脉了:"法国"军队为了使游击队得不到掩护而烧掉了树林,我们的四间木板屋也因为要关阿尔及利亚爱国者而扩大到二十二间。我在阿尔及尔就"阿拉伯文明的历史贡献"为题进行了一系列的讲演,这个题材曾使我在一九四四年因"反法宣传"而被驱逐出突尼斯,因为向一个沦为殖民地的民族提醒它的文化和伟大,是一桩反对占领的殖民者的罪行。在独立的阿尔及利亚,我愉快地受到不仅是穆斯林大学生,而且还有本·贝拉总统及阿尔及尔大主教、红衣主教杜瓦尔的欢迎,他们都对我表示了阿尔及利亚和法国之间的新关系所可能产生的感情。

本·贝拉总统对于我协助他研究适合于阿尔及利亚的、通向社会主义的道路表示感谢,同时祝贺我证明了在通向马克思的科学社会主义的道路上,卡尔马特①的乌托邦社会主义、阿威罗伊②的理性主义、历史唯物主义的先驱伊本·赫勒德③的社会学所能起的作用,正如欧洲的李加图、黑格尔或圣西门所起过的作用一样。他告诉我,国家出版社将把我的一系列讲演合成一卷出版,它会有助于阿尔及利亚的社会主义建设。他同样对我说明了他的担忧,即要使社会主义在一种深厚的民间传统中扎根,因为这个国家百分之九十的人口都信奉伊斯兰

---

① 本名哈姆丹(？—906),十世纪阿拉伯半岛的卡尔马特运动的首领。该运动宗旨是对社会进行全面改良,主张人人平等。由于十字军东征,这一运动才告平息。
② 阿威罗伊,即阿拉伯哲学家伊本·路西德(1126—1198),中世纪西欧人将他的名字拉丁化,称为阿威罗伊。
③ 伊本·赫勒德(1332—1406),阿拉伯哲学家、历史学家。

教。我在这里提及的对本·贝拉的回忆,不仅是尊重他的不幸,而且是尊重他的伟大。他的国家刚刚因法国的殖民战争而死了许许多多的人,他本人在被绑架时也成了最卑鄙的背叛的牺牲品,所以听到他如此安详而深情地谈论法国的人民和文化,的确令人感动。在我的朋友罗贝尔·梅尔兰所写的关于本·贝拉的动人的书里,我也发现了类似的印象。本·贝拉曾向我们描绘了新阿尔及利亚的美好形象,愿他在狱中能接受忠实于这种形象的敬意。

在我和本·贝拉谈话的第二天,多亏一个曾是我的学生并且始终是我朋友的多米尼加人,我在阿尔及尔的总主教府会见了红衣主教杜瓦尔。当时法国殖民主义者都辱骂他,因为他曾要求并获得了阿尔及利亚国籍。一些阿尔及利亚共产党人对我说起过他在战争期间的崇高立场和他们对他的敬意。红衣主教向我解释说,由于许多欧洲人的离开,他的神职人员是多么"得不到充分使用"。他向我叙述了一个典型的老教士的故事。这个教士在阿尔及利亚生活已有三十五年了,仍然是一个偏僻小村里的唯一的基督徒,他自愿帮助乡村进行本·贝拉政府当时号召的扫盲运动。有人问他:"您传教的目的是什么?"他回答说:"或许我会有助于使这些穆斯林中的一部分变成更好的穆斯林。"红衣主教杜瓦尔对我说:"一个有这种想法的教士,可能是我最优秀的教士之一。"那一天红衣主教杜瓦尔给我上了一堂令人赞赏的对话课。

阿尔及利亚留给我的记忆不是一块流亡地,而是一个友好的民族,他们在集中营里都经常设法使我们少受饥饿之苦。我的同伴们和我也永远不会忘记是他们救了我们的命:有一天在"沙漠之门"杰勒法,一个法国军官命令他们向我们开枪,而南方部落的人却拒绝服从。

我们在美军登陆后六个月才被释放,我们曾在原地奋斗:我自豪地保存着我曾参加了一年的阿尔及利亚共产党的党证。我对阿拉伯的人民和文化的好感,足以使我受到怀疑而领不到可以返回法国的身份证件。多亏了一个飞行中队的指挥官,他同意用他的一架轰炸机把我带到伊斯特勒,我就这样非法地回到了法国。

我又回到了阿尔比,却没有和我亲爱的同伴埃利·奥古斯丁一起回来,他以前是党的联合会的书记,一九四〇年九月和我一起被捕,在博叙埃集中营里精疲力竭地死去了,我给他合上了眼睛。

从解放以来我一直当选为塔尔纳地区的议员,直到"联合竞选"法颁布为止,这是计算选票的杰作,它可以使选票最多的候选人落选!

我又在一种新的形势下开始了战斗生涯和脑力劳动的双重经历。

当莫里斯·多列士在瓦齐埃向在战争中缺吃少穿而筋疲力尽的矿工们号召发展法国的生产时,他是作为蔑视任何蛊惑宣传的政治家来行动的。作为塔尔纳的议员,我想到卡尔莫矿工们已经做出的牺牲,想到那些我们还要求他们做出牺牲的人,我自豪但是也满怀焦虑、热泪盈眶地读着莫里斯的号召书:"劳动吧,矿井的学徒们和研究者们,热爱你们艰苦而美好的职业!懒汉们永远不会成为优秀的共和主义者、真正的革命者。要生产、永远更多地生产。让你们每个人的目光都盯着煤炭产量上升的曲线!要感到挖煤的战斗就是自己的战斗,这场战斗的胜利就是自己的胜利!每个人都要把他的劳动变成一个荣誉问题,理所当然地为自己是法国的复兴、解放和独立的创造者而骄傲!"今天我又怀着因号召书的崇高风格而激起的感情,重读了这篇演说的全文。

靠着法国矿工们的努力,煤的开采量在两年之内增加了三倍,不仅使国家恢复了正常的生活,而且发扬了一种真正爱国主义的劳动者的英雄气概。在阿尔比,我们决定恢复陈旧的、由饶勒斯创办的"工人玻璃厂",他曾在一八九五年点燃了该厂的第一个炉子。和玻璃厂的老工人一起,我们在破败不堪的厂棚里制订了恢复的计划。

我们没有必需的资本。我们要求志愿者在星期天进行义务劳动。几百名男女和我们一起清理打扫,使工厂恢复原状。等到一切就绪时,却没有生炉子的煤。作为议员,我到卡尔莫的每个矿井去,要求矿工们干八个星期天的义务劳动。老玻璃工波纳代尔曾和饶勒斯一起点燃过炉子,在莫里斯·多列士来和他一起点燃炉子的那一天,他们站在煤车上,周围是特龙基埃、圣玛丽、格里亚蒂埃矿井的工人,和他们像输血一样送来的煤。当炉子里喷出的火焰映红了波纳代尔的白发,照亮了站在第一排的人的面孔时,人们从通红的没有睫毛的眼皮、因白内障而失去光泽的眼珠、由于吹风而下垂的面颊,而尤其是他们的自豪和兴奋的泪水上,认出了那些老玻璃工人。这次火焰的重新升起,是一个民族的复兴和希望的象征。

我们当时坚信随着解放已接近于社会主义;我们的一切事业都带有这种热情的烙印。我感到一个人的生活里容纳不下这么多的希望和计划:在塔尔纳有矿井和玻璃厂,在法国则是经济和人道的复兴。我在巴黎向党建议着手编写一部法国复兴的《百科全书》。由保尔·郎之万任主席。在我撰写的《宣言》里,我冒失地把我们以一种信仰的现实为根据的事业放进了我们民族的未来:"法国还要向世界提供它所能提供的东西。它从前是基督教徒的地方,圣徒托马斯·阿奎那①得以在这里写出了包括人的目光所能看到的一切的《神学大全》,它本身孕育了公诸于世的、欧洲迄今为止都经历的十八世纪的百科全书运动。它是进行伟大综合的坩埚、锤炼用于建设的思想的车间……要让法国继续下去,不要剥夺它精神的任何方面……在所有的领域,我们都要准备法国精神的新繁荣……"我们还提到了用工人阶级取代资产阶级、用唯物辩证法取代古典理性主义的伟大的历史性交替。

这是巨大的然而是为时过早的雄心:几年之后,在和吕西安·费弗尔②一起被邀请参加一次在电台进行的关于法国百科全书的传统的辩论时,我们不无悲哀地得出了这个结论:要想搞一套百科全书,吕西安·费弗尔生得太迟了,资产阶级已处于没落状态;而我们则生得太早了,工人阶级尚未成为国家的领导。

幻想、谬误、失败,也许是这样。但却是富有成果的失败。我们已

---

① 托马斯·阿奎那(1225—1274),意大利神学家。
② 吕西安·费弗尔(1878—1956),法国历史学家。

勾勒出指引未来的努力方向的远景。

对我来说，在鼓励我们民族的头脑最高尚的人参加编写这套百科全书时，我已经有机会看到在这些我对之呼吁的人的思想里显露出未来的萌芽。

百科全书的雄心在保尔·郎之万身上表现得非常强烈，在他身边工作就已经是一种幸运。他作为学者和哲学家、教育家、和平战士、战斗的活动家，把科学和艺术置于人类及其历史的最广阔的远景之中。我和勒内·莫勃朗一起到"化学学院"去向他汇报已完成的工作并征求他的意见，当他向我们提出他关于科学分类的指导思想时，我们总是被他的概括能力所打动。有一天他对我们说，他梦想编一本儿童用的数学课本，它同时也是一本有独特风格的数学史，以便孩子们在按世世代代以来数学形成的各个重要的**实验**阶段进行温习时，不会对一门科学产生神秘的概念，这种概念在它发展的每个重要阶段上都不是实践和劳动造成的。他开玩笑地对我们说："这样一来，人们就能更理解在数学里，甚至在它最抽象的思辨里，为什么一切都是有趣的，就像在猪身上一样！一切都可以还原成一种实践，因为一切都是从这种实践中产生的。"

一九四五年六月十日，他在夏乐宫介绍我们的法国复兴百科全书的计划时，着重指出了它与狄德罗的百科全书——当时人们正在纪念这套书出版二百周年——应有的不同之处："我们的理性和它创立的愈来愈适应现实的科学，像一切生物和宇宙本身一样，都服从于变化的规律，而变化是通过一系列危机来进行的，这时被克服的每个矛盾都以一种新的充实表现出来。"他在阐明这一点时说明了新的、辩证的形式，这些形式在量子物理学和相对论之后必然会成为目前的唯物主义的形式。他得出结论："在我们的国家经历了一场史无前例的危机之后而到了应该复兴的时候，时机对清点财产特别有利，在相隔二百年之后，这次清点可以与狄德罗领导的清点相比……为了在这个任务中使我们与人类进步的、重要的哲学路线联系起来，能够指引我们的办法看来只能是辩证唯物主义……"所以问题不在于一次单纯的纪念,而是"大革命前夜的运动在相隔两个世纪之后重新产生的起点"。

一年前他刚刚以垂暮之年加入了法国共产党,然而这个人是多么乐观,多么充满了青春的活力。

当我到雅典娜剧院去请路易·儒韦①支持我们的事业时,我却相反地感到无比失望:他很乐意帮助我们写戏剧史。他的目光和他在舞台或银幕上的目光一样迟钝和呆滞,用同样像是九泉之下的声音对我说:"因为人们只能把戏剧变成历史了,就像利用正在消失的东西一样。戏剧需要一个'贵族阶级的社会'。在电影和戏剧之间,与在顾客自助餐厅里的一顿饭和穿上燕尾服吃的晚饭之间有着同样的差距。我曾有幸利用过季洛杜②先生的才华,但是现在就像为死者写一篇悼词一样,是把戏剧变成千种历史的时候了。"我像看完阿努伊③的《安提戈涅》一样,驼着背走出了这位我钦佩的、再说也极为热情地接待了我的艺术家的屋子。我头脑里嗡嗡作响的话语全是儒韦在他阴暗的办公室里忏悔的主题:"什么也不能干了……再也干不了什么了。"

"我们面临的发现,对于改变人的生活来说和原子能同样重要。想象一下叶绿素的综合,这是为了消灭饥饿而截取太阳的全部活力。你知道共产主义必须以大量的物质财富为前提,它不再是一个梦想,那么科学也就不会用在不正当的地方了。"向我展示这种前景的是约里奥·居里,他是天生的实验家和现实主义者,同时是未来的探索者,他有着清醒的幻想,我甚至要说他有着实用的幻想。重新思考一下著名的儒韦所说的不抱幻想的话,我深深感到共产主义远景使最动人的幻想有了新的生命力,使最崇高的人获得了新的青春。

我在毕加索身上也发现了这种生命力。我很少见到他,但每次和他接触都感受到生活的轻松或充实。例如在一九四五年,在大奥古斯

---

① 路易·儒韦(1887—1951),法国戏剧演员和导演。
② 让·季洛杜(1882—1944),法国小说家、剧作家。
③ 让·阿努伊(1910—1987),法国剧作家。

丁街他的画室里,他用一句俏皮话说出了他成长的辩证规律:"**反对先于赞成**。你要明白我做的事情和我为什么改变,只要想想我绘画是反对什么就行了。再说反对的往往是我过去的绘画。"这难道不是他一生不断变化的规律吗?他在加入我们党时就是这样写的:"我达到共产主义就和人们到泉边去一样。"

在解放之初进行的百科全书这个最早的精神事业是如此令人激动,所以我在每个星期五的晚上都"到泉边去",也就是到塔尔纳去。我感到只有在那里我才有一个身体,才有充满活力的根。

我不喜欢议会生活。一旦有可能进入高等教育界,我就离开了它。我在一九六〇年辞去了参议院的职务(我当选了九年,如果不是党最终批准我辞职的话,我会继续当选)。

相反,在阿尔比、马托梅、卡尔莫,我感到生活更加朝气蓬勃。

工人的斗争在这里变得更加激烈。美国商业部长克莱顿(也是"安德森·克莱顿公司"这个托拉斯的棉花大王)刚刚宣布:"我们只向那些不向左转的政府贷款。"五月四日,法国政府首脑驱逐了担任部长的共产党人。五月七日,他收到了第一笔小费:一笔两亿五千万美元的贷款。隔了几天,在罗马和布鲁塞尔也发生了同样的事情。

马歇尔计划开始实行了。工人们受到了严重损害。法国矿工们早在一九四〇年和一九四一年就举行过第一批反对纳粹占领者的罢工,解放后为了建设法国独立的经济基地,又以艰巨的劳动做出了牺牲,他们不止一次地被新的"合作者"当成敌人来对待。不但雇佣劳动者不再能养活家里的人,而且劳动条件也日益恶化:从一九四八年一月到八月,在卡尔莫和阿尔比—卡涅克矿井的三千工人中,有二千二百二十四人因连续劳动几天而受重伤,十九次事故造成一人终身残疾和四人死亡。矽肺继续折磨着几十名老矿工的肺部。

一九四八年十月,在所有的矿区都爆发了罢工,持续了六十天。作为塔尔纳的议员,我每天都参加卡尔莫矿工们的斗争。当共和国治安部队想占领煤矿,我们向他们猛攻,付出了许多人受伤的代价重新夺回了卡尔莫发电站,并解除了治安部队整整一个连的武装时,《费加罗报》狂怒地用了这个标题:《指挥塔尔纳共产党突击队的是一个哲学教授!》。十月二十四日拂晓,为了占领有三千矿工的三个矿井,为了"夺回"发电站,政府投入了四千名武装人员:治安部队、机动保安队、地方部队、伞兵,还不算宪兵、便衣警察、两卡车暗探和破坏分子。他们要进行围攻。由于我们不顾不准开任何会议的禁令,在矿工工会里召集了大批罢工者,会场就被治安部队的卡车包围起来,内政部长用电话命令我停止"现行犯罪"。矿工们是如此可敬地团结和机敏,等我演说一完就让我从一扇窗户跑出去,翻过矿工们(甚至有几个是"黄色工会会员")园子的矮墙,使我得以穿过铁丝网,夜里躲在农民家里,第二天回到了卡尔莫。

八个星期的罢工在关于人、人的尊严和伟大方面的教育,要胜过几年的内心思索。

这里有各种对整个生活的态度,有每种思想和语言爆发出来的行动。保卫生活和人的尊严有了一种真正的和具体的意义;对于下定决心并坚持了六十天的工人来说,这是用他的整个一生在打赌;这是他的摆脱了常规的、具有英勇特色——一种痛苦的特色——的生活的全部日常课程。这是他不大在乎、但是折磨着他全家的饥饿。罢工,在家里就是一种要克服的而且每天晚上都要耐心和深情地克服妻子的怨恨。这是为了继续斗争而必须离开的孩子们。必须接受这一切,或者说必须摆脱自我以完成这件简单的事情:通过个人的努力,使自己劳动和斗争的角落适应正在产生的世界的节奏。

但是在这个战斗的工人身上,人的尊严并不仅仅表现在他为这种态度而做出的牺牲上,而更是表现在这场战斗的强烈的友爱上。当这个矿工简单地向我们说出他力量的奥秘"我们并不孤独"时,他所想到的不是来自其他行会的外来的和远方的援助,而是像他一样"坚持"的邻人。这种爱不是感情流露的爱:对他们来说,相爱不是互相注视,而是所有的人都注视同一件事情,而且每个人都为之贡献出全部力量。

我不知道研究人的理论家们将如何命名这种冲动,我不知道他们是否会说它是"形而上学的倾向",然而我知道,我可以作证的是,生活在这里不再是一个由贫困通向堕落的斜坡。这些人决心不再沿着斜坡滑下去,而是要通过每次战斗一步步地重新向上攀登。这对他们不是一个比喻,而是一个活生生的真理。当这个真理遭到一个或十万个机动保安队员的反对时,获胜的绝不会是机动保安队员。

因为这不是可以痛打的动物的反抗。他们也不是为了复仇和破坏而斗争,而是由于战斗使他们有了过人的生活的唯一机会。别人给他们创造了道德、一种家畜的道德。这种道德里的善就是尊重现制度的规则、游戏的规则,尊重它的锁链、牲畜棚、要拉的大车,而对于工人来说则是尊重挨饿的工资和老板的专横。罢工则对这种道德提出了怀疑。

开始产生了一些别的东西:在英雄主义气氛中的另一种道德和另一种生活。这些人甘愿丧失他们几个星期的面包、自由,有时是他们的生命。在这场要求每个人努力成其为人的战斗中,他们肯定了人的尊严,这些在牺牲、友爱和战斗的自豪中变得崇高的人的尊严。

指引他们的战斗的是一种清醒的态度:他们要和这种经济制度决裂,瓦扬·古久里①把它称之为"一些盲目的昆虫绝望而不停地为建设一个对它们毫无用处并杀害它们的世界而劳动"。他们确实知道可能建立另一种制度,使资本主义的弱肉强食只成为可诅咒的记忆。正是这个英雄主义的伟大理想,这个将成为明天的现实的理想,融合在他们的每一种思想和行动之中。

用机枪扫射他们的人所进行的诬蔑无济于事:这些工人不是出于怨恨,而是因为需要实现人的完整性才战斗的。这些人的冲动不是一种"纯经济的"冲动,而是人的冲动。

人类的胜利只有通过他们的胜利来获得。

---

① 保尔·瓦扬·古久里(1892—1937),法共领导人之一,《人道报》主编。

看看那些反对他们的人,听听这些人说些什么:"他们罢工,让他们去罢好了!等过一两个月他们饿得要死的时候,他们就会受不了了,我们也就安宁了!"

不,实际上占有者和劳动者之间的斗争并不只是在这两方面的人之间进行。做人的选择,首先就是选择他在这场斗争中的位置和阵营。

在我成长时期的岁月里,特有的节奏就是脑力劳动和战斗生涯的交替,它使我在罢工刚结束就开始写《教会、共产主义和基督徒》这本书,我在书中就卡尔莫矿工们给我以极大教益的做人的问题同自己进行讨论。我到罗马去实地寻求我写书的素材;多亏了十分谅解地接待我的雅克·马利坦(当时法国驻梵蒂冈的大使)和他的顾问德洛斯神父,我被介绍给圣皮埃尔的首席议事司铎和教皇的史官封德奈尔阁下,得以为我的书搜集了重要的资料。每天早晨,我都带着一张使俄国卫兵垂下长矛的"通行证",去向封德奈尔阁下(百科全书派一个成员的后裔)要新的研究资料,他把忠实地、同样尽可能客观地提供我要的材料当作一项义务,即使在完整主义者们为此指责他时也不改变态度。很久以后我收到他一封长信,其中说到他读了我的著作,即使不赞同我的阐述,至少也认为我没有歪曲任何事实。又过了一些时候,我更为高兴地从来自罗马的皮埃尔神父那里得到了他的消息:"封德奈尔阁下对你的逗留保持着愉快的回忆,他为你祈祷,我亲爱的不信教的人!"

我的另一部分,特别是关于梵蒂冈的经济和政治活动方面的资料,是由意大利共产党的经济学家和陶里亚蒂提供的。在多次的长谈中,帕尔米罗·陶里亚蒂对处于资本主义社会、特别是处于意大利国家的结构和体系之中的梵蒂冈,从货币的流失到选举的压力都向我作了深入的分析。陶里亚蒂十分清醒地看到了教会的政治作用,同时也看到了广大基督教徒中发生的巨大变化。十七年之后,在他逝世前几个星期,就在罗马这同一间办公室里,我们讨论了同样的问题并衡量了走过的道路。他思想的开放给我以极为深刻的印象。在提到马克思主义辩证法与一切机械的观念是多么不同的时候,他对我说:"法国往往残留着十八世纪唯物主义的痕迹,这种唯物主义导致认为只要改变社会结构和进行有效的科学宣传就能使宗教消失的思想。你不认为历史证明了宗教有着更为深刻的根源吗?"他由此得出了这个符合实际的结论:只要不把宗教信仰和在历史进程中一切具有总是寄生的宗教信仰的意识形态混为一谈,那么在新的条件下,难道不可以设想这种宗教信仰并非必然是一种鸦片,而往往可能是一种抗议和斗争的因素?

在意大利,我有机会以对一个法国人来说难以理解的观点对教会和政治的关系作一次有趣的体验。我一踏上罗马的街道,就惊奇地在意大利一家大银行的招牌面前停了下来:"圣灵银行"!但是更使我惊讶的是复活节:那是在意大利选举的前几天,在俯瞰圣皮埃尔广场的阳台上,教皇庇护十二世面对一直拥挤到孔西里阿齐奥纳街尽头的无数群众,在"对罗马并对全世界"降福之前,对共产主义进行了猛烈的抨击。我身边的一个老农佩戴着意大利人民阵线的证章。他听着对左派的抨击,并不表示反对,在降福时俯伏在地上,用额头碰着地面。我指着他的证章谨慎地问他是否对教皇的话感到不快。他耸了耸肩膀,非常平静地回答我说:"有什么关系?他给我天堂,而陶里亚蒂会给我土地!"

从一九四九年九月到十一月,我在拉丁美洲旅行,看到社会主义问题在这里以一种新的,但是尖锐得多的形式提了出来。这是我一生中的又一次幸运:我和保尔·艾吕雅一起出发,第一站是墨西哥,那里要召开一次泛美和平大会。

旅途中的一些事故已经使我进入了美洲的环境。加勒比海的一次台风迫使飞机改变了航向,我就在库拉索岛待了三天:第一天受到了威廉城荷兰俱乐部的热情欢迎,但是在第二天和一些黑人一起洗了个海水浴之后,第三天白人就不接待我了。

在墨西哥这种对比变得明显起来:《罗斯·奥尔维达多斯》的拍摄者、令人钦佩的费格罗亚,让我参观城市周围的、他未来的影片里的天然布景,什么都没有恢复:贫困的现实在这里比任何想象都更为残酷。有一次消遣:我和保尔·艾吕雅参观了特奥蒂乌阿冈的金字塔。但是保尔和我一样,始终因墨西哥村镇的令人窒息的穷困而不得安宁。一天夜里,他写了一首取名为《当代人类的要求》的诗歌。清晨两点钟,他来让我看他涂改后的手稿,和为未完成的诗作所写的题词。有几句诗我认为是这次拉美之行的主题:

我对你们说一个时代,它没有欢乐没有光彩,
它是一段并不神圣的往事,却是我的时代。
……
未来的人们,想象一下这个黑暗的时代,
要在明天理解我,你们应该看看昨天。

这次和平大会使我对一些人产生了印象,他们为数还很少,但已经在这块只有一个主子的鞭子在回响的大陆上站起来了。西班牙共和国前总统、有着瘦削而忧郁的动人面容的约瑟·吉拉尔,在谈到人类的一切敌人的武器即反共产主义时对我说:"为什么说东方、西方?为什么让希望分裂?"画家迪埃戈·里维埃拉让我参观阿兹特克①风格的博物馆,那是他在一股熔岩流上建造起来的,他把它堆成一个奇特的、哥伦布发现新大陆以前的艺术馆,以这种最遥远的古代文化来对美国佬没有文化的傲慢表示抗议。卓越的巨匠西克罗斯②,由于曾在西班牙指挥过一支装甲部队而被人称为"伟大的上校",当时在比罗克西利纳进行绘画创作,每一幅作品都是愤怒、反抗,但也是希望的呼声。他笑我称他为"巴里古丁同志",那是一座刚刚在墨西哥这块动荡

---

① 墨西哥的印第安人。
② 达维德·阿尔法罗·西克罗斯(1896—1974),墨西哥画家。

的土地上形成的火山的名称。

大会使我有机会见到了流亡中的智利诗人巴勃罗·聂鲁达,他是作为智利的共产党参议员而被控背叛独裁者冈萨雷斯·维德拉的。他告诉我在审理他的案件时,他的律师,一个老自由主义者竟敢这样说:"先生们,我们坦率地说,这里会有一个人不把维德拉看成一个叛徒吗?"法庭上笼罩着令人窒息的沉默。

再说这也是美国的半殖民地,有"合作分子"当独裁者的拉丁美洲的特色。我想起在巴拿马离境时,一个美国警察站在两个巴拿马职员之间的一个站台上。人们把护照递给第一个职员,他看也不看就传给了美国佬。后者翻一翻之后便晃晃脑袋,第二个职员的眼睛一直盯着他,根据他是点头还是摇头而决定盖不盖章。

这种情况到处都是大同小异。当我到达里约热内卢时,巴西总统杜德拉也像法国、意大利、比利时一样刚刚服从了美国的命令。他很大方:在八月份驱逐了议会里的共产党人。急于掠夺巴西石油的"壳牌石油公司"可以自由行动了。我们见过的法国在纳粹占领时期的制度,即"混合社会"的制度正在普及,美国资本控制着当地的企业。在(邀请我去的)全国大学生联合会和工人阶级之间,在一种真正的"抵抗"中实现的谅解,给我留下了深刻的印象。在里约州的桑孔萨罗,我为纺织和冶金工人举行了一次报告会,当我提到贝努瓦·弗拉松[1]的名字时,人们就发出欢呼,正如在里约热内卢,大学生们为当时刚被剥夺法国国籍的阿拉贡的名字发出欢呼一样。我为这里的人们所热爱的法国的一切感到自豪:这一切是既没有和纳粹分子也没有和美国佬"合作"过的。

我在里约热内卢住在画家康迪多·帕尔蒂纳里的家里,他在获得"卡内基[2]奖"时曾装饰过华盛顿的国会图书馆。他比其他任何人都

---

[1] 贝努瓦·弗拉松(1893—1975),法国工会干部,曾任法国总工会秘书长、主席(1944—1975)。
[2] 安德莱·卡内基(1835—1919),美国工业家、慈善家,钢铁托拉斯的创始人。

更使我理解了拉丁美洲。他是一个贫困的意大利移民家庭里的长子，当他突然变得出名和富裕之后，他想向他年迈的、为养育十一个孩子而辛勤操劳的母亲送一件她所能梦想得到的最美的礼物。她想要一座小教堂。他让尼埃梅耶①建造并亲自装饰。他邀我去参观的时候，我被教堂深处的一幅巨大的圣母像深深地打动了。"您献给您母亲的是一幅拉斐尔的画吗？"他笑着回答说："不，是一幅帕尔蒂纳里的画！"因为这位由巴黎画派培养起来，并且在当时很接近毕加索的画家对我说过，他愿意画一幅他母亲所想象的和乐于对之祈祷的圣母像。

一九四六年，当他在巴黎的"木工画廊"举行盛大的画展时，温德索尔公爵问他是否有一幅表现鲜花的绘画，帕尔蒂纳里答道："我只有贫困。"这是他国家的最令人痛心的现实。

根据他的建议，我参观了米纳斯吉拉斯州（这里有全部煤矿）的贝洛奥里藏特②附近的金矿；我参观了萨巴拉，这座幻想的黄金之城，在十六世纪，冒险家们就是从这里向太平洋出发——为了通过而焚烧了原始森林——去寻找"绿宝石山脉"的。我参观了这个黄金的王国，参观了爱尔多拉多和它地狱般的入口：在山谷右边的红铁矿土地上，有两幢白色的房子，是巴西八十万结核病患者中一部分人的避难所；左边是有着无数十字架的看不见尽头的公墓，两个世纪来因采掘黄金而累死的人就在这里腐烂。这里有深达地下两千七百米的世界上最深的金矿。公司把它的黑色、混血或白色的奴隶们派进去，让他们每天挖出十六公斤的纯金。每个月都有五六个矿工死于粉尘或爆炸。

宗教使资本的枷锁更加牢固地套在他们的颈项上。从前黑奴们在圣水缸里抖落他们藏在鬓发里的金子的粉末，作为给圣母的祭品。今天在玻利维亚，在的的喀喀湖畔有一个"髑髅地③银行"，来这里开户头的人是为了确保自己在天堂里的未来：一些虔诚的人把孩子们的

---

① 奥斯卡·尼埃梅耶（1907—2012），巴西建筑师。
② 该州首府。
③ 《圣经》中耶稣受难的地方，是各各他的意译。

面包钱扣下一些存在这里,以便保证他们的父亲死后在天上能舒适一点。

将近二十年之后,巴西奥林达和累西腓这两个城市的大主教埃尔德·卡马拉阁下在日内瓦对我说,教会下一步应该做的事情,是承认资本主义的关系就其本质来说也对人极其有害,而社会主义的关系则能起一种解放的作用,这时我又重新思考了这一切。

反抗美国的野蛮殖民主义的先驱者们被追捕、孤立。在飞越里约热内卢的神奇锚地着陆时,我看到水中岩石上有几米长的字母,这是向"希望骑士"、向他传说般的骑马巡视曾给农民以土地的路易斯·卡洛斯·普雷斯特表示的一种敬意。但是由于宣布戒严,使我无法去赴和他确定的秘密约会:他应该重新进入森林,而我则要回到海岸上去。

相反,我们在墨西哥却能见到前共和国总统拉扎罗·卡德纳斯将军。我和巴勃罗·聂鲁达、诗人库班·胡安·马里内罗一起,在接近他之前,先碰到了关于他的传说。凌晨一点钟,我们的汽车被风暴堵在马德雷山脉的一个山口里,我们不得不要求在一个"农场"里避一避。印第安人对我们颇为怀疑。"我们是到米却肯的乌拉潘去见卡德纳斯将军的。"印第安人举起灯照着一帧镶着镜框的照片:正在签署一九三八年消灭封建制度的农业改革法令的"拉扎罗爸爸"。于是我们成了他的客人,怎么招待我们他都不感到过分。第二天,我们见到了与传说相同的卡德纳斯:他不仅废除了土地的封建制度,而且把石油收归国有,使它不受美国佬的影响。这就足以使他从今以后成为一个被追捕的人了。

在归途中,我最后一个中途着陆站是哈瓦那,那里在光天化日之下不仅有美国的殖民剥削,而且还有堕落。在街道上兜了几天圈子之后,我可以说相信过去获得的数字:在这个一百万人口的城市里有十万妓女。

当十三年后我回到成为美洲第一块自由土地的古巴时,我常常回想起这个噩梦。一九六二年二月四日,我在费德尔·卡斯特罗身边参

论无边的现实主义

加了一百多万古巴人在革命广场上举行的、向美洲人民发出第二个哈瓦那宣言的集会。我听着宣言,像听一首悲哀而又在愤怒地进行揭露的歌,它使我想起十三年前我从危地马拉到秘鲁、从巴西到加勒比海所经历的一切。当我在钦博拉索①的八千米上空越过安第斯山脉的科迪耶拉时,我在巨型飞机里都像感到了宣言引起的强烈震动。

宣言激动着这百万被解放的人:"在安第斯山脉上、在它的山坡上,在大河两岸、在密林深处,伸展着——几个世纪来几乎永远徒然地、永远徒然地举着的——一连串举着的手臂,他们想把自己的贫困和逐渐死去的人们的贫困、巴西部落的贫困结合起来……在十五年内死去的人比一九一四年战争中死去的人还多,这是一种用人的生命做成的真正的祭品……从拉丁美洲涌出一股连续不断的银流:大约每分钟四千美元、每天六百万美元、每年二十亿美元……每夺去我们一千美元,便给我们留下一具尸体……每个奴隶一千美元和每分钟四个奴隶……现在……人们将要重视决心开始永远为他们自己写他们自身历史的拉丁美洲的被剥削者和被侮辱的人了。"

同年八月,我回到这里协助古巴的哈瓦那、圣克拉拉和圣地亚哥这三所大学进行马克思主义的教育。这个月的最后一天,在我同费德尔·卡斯特罗进行两个多小时的交谈时,一些来自迈阿密的引水船刚越过佛罗里达海峡来扫射过哈瓦那。费德尔有着大力士般的身材和惊人的工作能力,因而古巴人在街道上和他打招呼时都乐于称他为"卡巴洛"(意为:马),这时他穿着橄榄绿的战地服,戴着浅黄色的贝雷帽,看起来疲乏不堪。我当时最深刻的印象是,他不喜欢停留在已经取得的成就上。他相反地要我注意尚未解决的困难和问题。六十年来对美国的依赖所造成的畸形的经济,在一个不仅不发达,而且被美国主子强加的堕落所腐蚀的国家里建设社会主义……当我赞赏"艺术教师学院"和"东方的哈瓦那"中某些住宅的原型时,他大笑着打断

---

① 厄瓜多尔地名。

178

了我的话:"这是刚开始搞计划化时的错误,我们不能使每个人都有这种住宅,而且已经耗费太多了!"他被匈牙利的经验所困扰,因此尤其不愿意搞超出一个小民族范围的巨型工业。这种重新出现的、无法摆脱的见解,向我证明在我们的时代,共产主义是如何从一切现有的问题出发,作为对文化和贫困、和平与独立的问题的答案而在人道的沃土上产生出来的:"社会主义对我来说从来都不是一种选择,而是一种强制的必然性。我起初是一个资产阶级的自由主义者,一个教徒,但首先是一个爱国者,我朝着独立方向所走的每一步,都是走向社会主义的一步。没有别的道路:走向社会主义或者重新陷于奴役。"

这三个月来我在拉丁美洲首次旅行的直接体验,使我更看清了自由的圈套。今后我最坚定的确信之一是:每一种强制的奴役,资本主义都称之为一种"自由"。在卡尔莫要尊重劳动的"自由",意思就是说:为了使一些"罢工破坏者"破坏最有觉悟的人的罢工而出动共和国治安部队和军队的卡车。在拉丁美洲我看清了"自由世界"的面目:每一个"援助"的美元……(又是一句主子的话。例如:美国为拯救"自由"……而"援助"西贡!)每一个"援助"的美元,在使三千五百万印第安人、黑人和白人慢性死亡,使整个像天堂一样美丽富饶的拉丁美洲变成一块饥饿的大陆的同时,可以使美国收回三美元。自由!永远是自由:在这里是侵犯的自由。

我当时写了一本小书《自由的基本原理》,写的是当代弥天大谎的演变。

我感到有必要体验一下另一个即社会主义的世界。从一九五三年十月到一九五四年八月,我在苏联生活。不是作为旅行者:不,我在科学院的哲学所工作,离开之前曾进行了一次博士论文答辩;我的妻子在干她的事情;我的孩子们在苏联的学校里上学。我可以从内部来体验这种不同的生活。我走遍了这个巨大国家的四面八方,渴望看到这里正在产生什么样的人。

莫斯科,我从世界的另一个时代来到你这里……

首先是进行十月革命的朝圣活动:在列宁格勒,我不但参观了在一九一七年以炮声宣告了新世界早晨的"阿芙乐尔号"巡洋舰,而且和雅希纳老爹谈了话,他是从前沙皇时代布迪罗夫工厂里的老工人,一个铸工,退休之后还每天都到他劳动过的地方去。劳动的意义变了:它不再是面包的代价,而是参加创造一种未来。我见到了喀琅施塔得的海员之一,曾在十九岁时作为水兵攻打过冬宫的库普里埃维奇,他对我讲了他如何在船上的吊床上学会了看书。他现在五十五岁了,换了职业,当时刚被选为白俄罗斯的科学院院长。

在敖德萨,我不倦地在"战舰波将金号"的枪决水手们的著名梯子上爬来爬去,在这之前我只是从爱森斯坦①的电影史诗中才了解这架梯子。

这种重新体验历史的渴望真是奇怪!我首先想探索过去。我受到了优待:在莫斯科见到了老公爵伊涅梯也夫,我感到像是在演出《欧那尼》②中关于祖先画廊的那一幕。"我的祖先、最早的米埃恰尔斯基,在十二世纪曾在德米特里·顿斯科伊③身边战斗过。我的曾祖父是米埃恰尔斯基亲王,我以后给您看阿尔弗雷·德·维尼④写给他的信件。这是我的叔叔,他签署过桑斯特法诺⑤条约。在这张照片上我才二十岁:戴着饰有金鹰的头盔,当时是皇后的警卫骑兵。这是我在法国前线当沙皇的武官时,霞飞⑥元帅写给我的一张便条。"他坐在一张由伊涅梯也夫伯爵家族的农奴们雕刻的扶手椅里。"尼古拉二世在我父亲去世后的第二天对我说:'伊涅梯也夫,我知道我可以信任您。'我回答他说:'陛下,伊涅梯也夫家族曾永远为**俄罗斯**效忠。'"他当时

---

① 谢尔盖·米哈依洛维奇·爱森斯坦(1898—1948),苏联电影艺术家,在 1925 年拍摄了影片《战舰波将金号》。
② 法国作家雨果的剧本。
③ 德米特里·顿斯科伊(1350—1389),莫斯科大公。此处十二世纪疑为笔误。
④ 阿尔弗雷·德·维尼(1797—1863),法国作家。
⑤ 土耳其城镇,现名耶希尔柯伊。该条约是 1878 年俄国迫使土耳其签订的。
⑥ 约瑟夫·霞飞(1852—1931),法国元帅。

有签过字的关于解冻俄国借款资金的文件,但他拒绝交给曾在一九二〇年依靠外国来武装镇压人民的弗兰格尔①及其一伙。当赫里欧②承认苏维埃时,他把这份签过字的文件交给了俄国人的国家。伊涅梯也夫曾永远为俄罗斯效忠。"我在一九三五年回到了我的故乡,看了我过去在特维尔附近的土地。布尔什维克实现了我祖父的两个梦想:让铁路穿过这块土地和改良我们的奶牛品种。集体农庄的新主人让我参观了我度过童年的别墅:原来的餐厅已变成了共青团员们的会议室。我用手指抚摸着完好无损的家具上的雕刻,这时一个老人向我跑过来——他是我从前的马夫,人家告诉他我在这儿。他对我说:'我就知道你鞋里还留着俄罗斯的泥土,你会回来,你不能作为流亡者死去。'我又重新服了役,现在我有苏军将军的退休金。我绝不会成为一个共产主义者,不过我记得我国的过去,也看到了它的强大。我是俄罗斯人,并且为此而自豪。"

我用一个月的时间接触了现实,然后开始旅行,从黑海到波罗的海,从帕米尔到喀尔巴阡山脉,从乌拉尔到高加索。在乌拉尔河出口处的斯维尔德洛夫斯克(从前的叶卡捷琳娜镇),在这座从前给到西伯利亚做苦工的流放者们作为中途站、并处决过最后一批罗马诺夫③的城市里,我参观了名为"乌拉尔机械厂"的冶金联合企业。给我印象最深的不是巨大的挖掘机,而是制造它们的人,和在这个通向"西端"即苏联西伯利亚的地方人们对文化的渴望。还有向他们提供的获得文化的手段:一个有一万五千个工人(相当于雷诺汽车公司的一半)的工厂有九所中学,平均每个学校有一千个孩子上学。我想起一九四六年的一天,基督教徒,老民主党人马尔克·桑尼埃在国民教育委员会里对我们讲的定义:"民主,是一种使每个孩子都能充分发挥他自身具有的一切人的才能的制度。"在我们具有文化传统的、美丽的法兰西土地

---

① 弗兰格尔(1878—1928),苏联国内战争时期的白卫军总司令。
② 爱德华·赫里欧(1872—1957),法国总理。
③ 立陶宛家族,从1613至1917年统治俄国。

上,只有不到百分之五的工人的孩子能读完中学……

"乌拉尔机械厂"的一个在四十岁才学会念书的老铁匠,抚摸着"他的"挖掘机的钢对我说:"它要到额尔齐斯河去了,去造一道水坝、一个电站,它会把电送进村镇,一直送到泰加森林,小学生们就可以在电灯下读普希金和马雅可夫斯基的作品了。"

劳动能够改变意义,不再(像词源学所说的那样)是折磨,而是变成人类特有的欢乐,并且已经是艺术创造,现在我对此确信无疑了。我看到这个真理即使在荒唐事、然而是动人的荒唐事中也在显露出来:在西伯利亚的一个银狐饲养中心附近,在这个每年有七个月积雪的地区,一些集体农庄庄员热衷于栽种柠檬树。他们成功了,可是付出了多少代价!他们挖了一些壕沟,把树栽在沟底里,用干草和土盖起来使它们过冬。四分之三的树还是死了,这样生长出来的柠檬就值钱了。一个固执的园丁对我说:"我们会在北极圈里让西红柿长出来!"荒唐、疯子!我很想成为这样的疯子。不过我既非园丁,也不是经济学家,我只是傻乎乎地认为,这种对战胜大自然——即使得不偿失——的自豪感,最终应该载入或许与众不同的大账簿的功劳栏里:这就是人类历史的大账簿。在离开集体农庄的时候,不知为什么我想起了一九一四年戴着羽饰和白手套发起冲锋的、法国圣西尔军校的学生们。

我的行程像我的经历一样,可以归结为一些由各种成分组成的,像电影一样有叠印效果的画面。我在二月里乘卡科伏卡水坝工地工程师的小飞机——和一架天虱式飞机[1]差不多——飞越冰冷的德尼埃普尔。夜幕降临,我们的上面和下面都闪烁着星光:上面是天空的星星,下面是金属构架上电焊的闪光。飞机不是用轮子,而是用滑雪板停在冰面上。我们在工地上来往:零下二十八度,劳动在探照灯光下继续进行着。到处都响着喷焊的声音和歌声。在贝加尔湖北岸,我又

---

[1] 第二次世界大战前流行的一种航空爱好者驾驶的小型飞机。

看到了更吓人——或者更动人,随你们怎么说——的劳动情景。我们沿安加拉河到达布拉茨克,那里的水坝上有一万二千名共产主义青年在劳动,当劳动成为攻打另一个冬宫的另一次突击时,你们看到一场还在进行中的革命可以取得什么样的成就。在二月里,这里的温度下降到零下五十度,劳动并未停止。在开辟这个工地的时候,塔伊加的熊在第一批木棚周围游荡:它们吞食了一名工程师和三个工人。

飞机飞过乌克兰,我们就要在罗斯托夫降落。一排排大树在田野四周形成了防风的屏幕,风是又一个需要战胜的敌人,因为在苏联,大自然干脆就是反革命。乌拉尔山那边的温差是如此之大,道路每隔三或四年就几乎必须全部重修,严寒是一个比白军更可恶的敌人!

在南方则是另一番景象:我记得在西伯利亚出口处的阿克纠宾斯克乘过一架飞机,当时是零下三十八度,空气像一块钢似的压在额头的皮肤上,双脚在里外全是毛的狗皮靴子里也冻得完全麻木了。几小时之后我们在塔什干下飞机时,机场上的人都穿着衬衣在漫步。这里的人在一九二七年之前为反对乌兹别克的王公们,反对"巴斯马赤"①武装匪帮。一九二七年以后又为对付旱灾而斗争。我们参观了从前的"饥饿草原",它改了名称,现在叫"玫瑰谷"。从前的名称像沙皇的一切殖民地一样是俄语,新名称是乌兹别克语。事物也像词语一样改变了。这是刻在一块发黑的石板上的从前的告白:"旅行者,非万不得已不要到这片沙漠里去冒险!"现在我们的汽车在仙境般的棉田中行驶,这里有亿万朵雪白的棉花!首先当然要有沟渠。不过道路不好,我们陷进了流沙。为了使我们摆脱困境,最近的集体农庄给我们派来了一台拖拉机和一只骆驼!同时存在着两个时代!

这只骆驼把我带向过去的历史:在离曾是世界上最大的比比卡努恩清真寺的废墟不远的撒马尔罕,我参观了帖木儿②的墓和乌鲁恩贝

---

① 1918 至 1924 年中亚细亚的反革命匪徒。
② 帖木儿(1336—1405),帖木儿帝国的创立者,兴起于撒马尔罕,曾征服波斯,入侵俄罗斯、印度,1405 年在入侵中国途中病死。

天文台，它在十五世纪就能以七秒的误差测定太阳年。这一切都已修复了。当殖民主义不再盗用各民族自己的历史时，这些民族就能为它们的过去重新感到骄傲。在塔什干和撒马尔罕的大学里，人们像用俄语一样用乌兹别克语进行教育。有半数教授是本地人。我记得在阿尔及尔大学里，连阿拉伯文学都是由一个法国人来教的！

在布卡拉，我见到了像从前王公宫殿里那样饲养的孔雀。我和一位妇女交谈过，当她是个年轻姑娘的时候，曾被专门为王公的后宫提供女子的打手们抢去。她从主子那里逃到阿富汗，现在是布卡拉苏维埃的代表。还有一些代表是信奉伊斯兰教的妇女，她们在一九二七年之前，从来都只能透过她们所戴的"帕朗加"上的白色面纱，和她们应该终身戴在眼前的"查尚"，即用驼毛做成的可怕的网来看世界。在塔什干大学里，百分之五十七的大学生是年轻的姑娘。其中有个学物理的姑娘告诉我，她的祖母只见过煤油灯，她的父亲到三十五岁才第一次穿上鞋。这里的人们在二十五年内就从查理大帝的文明转入了社会主义的文明。

当千百万数世纪来被当作牛马的人在四分之一个世纪里变成真正的人时，道学家们竟认为这样一种分娩本来可以毫无痛苦地进行，而且还以人的名义来表示抗议，我真是佩服他们。

在红场上拜谒列宁和斯大林的陵墓时，我又回想起这一切。我在作为苏联共产党第十九次代表大会的代表时见过斯大林，他曾来到我们桌上和法国代表们碰杯，现在再见到他的用防腐香料保存的蜡黄色的容貌，使我产生了一种奇特的印象。

某家报纸定期地指责我所写的关于与斯大林会见情况的汇报，我曾提到我三岁的小儿子在我办公室里看到他的肖像时总要说："这是斯大林爷爷。"人们往往用这个"斯大林爷爷"来给我以迎头痛击，特别是在我们开始批判斯大林的作为的时候。哈，变得多么快啊！有趣的是像我们的对手所说的那样，我们徒然地绕"弯子"，却始终面对着同样的人！我不知道这是否是广义相对论的一种特殊情况，或者不如说是一种极大的稳定性的标志：不管我们是不是斯大林主义者，那些以各种形式反对社会主义的人总是同样起劲地仇恨我们。实际上，他们仇恨斯大林并不是因为他有缺点，而只是因为他代表着社会主义。正是由于同样的原因，我和千百万人才那样热爱过他：他把过去一切最可恶的势力的全部仇恨都吸引到自己身上，他怎么会不把他的形象赋予使我们的斗争具有意义的一切？

我们过去从斯大林身上只了解他所体现的社会主义的成就。在暴风雨中，我们一直坚持这种确信，以致到了荒谬的教条主义的程度。出于这种崇拜，我们说了和干了一些蠢事！我到今天还在自问：如果我当时就认识到了斯大林的错误和罪行，我会干些什么呢？如果谁对这个问题有一个简单的答案，就请他告诉我。我是不知道这个答案的。因为我们过去无法选择：现在装成好心肠的人，声称自己清白无辜、受了侮辱，都只是有利于一切不是为摧毁对斯大林的过分信赖，而是为摧毁社会主义本身而勾结起来的势力。用先将来时来解决问题总是容易的。但是在激烈的斗争中就不那么简单了，除非是那种幻想家，贝玑①说他们会有一双干净的手……如果他们有手的话。

我在《二十世纪的马克思主义》里已经讲过，苏联共产党在一九五六年二月召开的第二十次代表大会所表现出来的悲剧性的、然而是给人以活力的初步觉醒，对于我们来说意味着什么。我重读了描绘这种焦虑的一页："面对这些揭露而时刻不忘记未来的前景——它们都是公开的——是我们把黑格尔的《精神现象学》中这忧郁的一页当作他亲自给我们的一种启示来重温的时候了：'这种意识正是感到了不是对于这种或那种事物，也不是对于这种或那种时刻的焦虑，而是感到了对于它的全部本质的焦虑，因为它感觉到了对死亡——绝对的主宰——的恐惧。'在这种焦虑中它被从内部解体了，它在自身的深渊里战栗，固定不变的一切都在它内部动摇了。"对真正的死亡的恐惧，就

---

① 夏尔·贝玑(1873—1914)，法国作家。

是对丧失我们生存的理由的恐惧。为什么不承认在第二十次代表大会刚结束的时候,我们懂得了这种生死攸关的晕头转向意味着什么?这种晕头转向是我们从未在监狱或集中营里体验过的。

我们正是超出了这个"梦一般的转折"去重新获得我们的确信。不是作为怀疑主义者和看破一切的人。不是决心不再相信一切,而是决心只相信睁开的眼睛。普希金写过:"铁锤砸碎玻璃却能锻铁。"

我们曾自豪地把自己关闭在里面的水晶球被砸碎了。神奇的戒指断裂了。世界的大动荡像海上的风一样向我们袭来,使我们极为振奋。我们知道从今以后,马克思主义的优越性不能再靠宣布,而是要在每日的斗争中、在和其他人——我们承认有些东西要向他们学习——的接触中去赢得了。困难的学徒时期:当专制的、拥有神权的君主们不得不变成被迫和他们的议会、他们的臣民平等讨论的立宪的国王,他们的转变一定是困难的。我们的转变也并不容易一些。我们不再相信一切占有绝对真理的人。我们对其他人不能再抱着一种教育的态度。应该进行对话。逐渐重新发现马克思、列宁著作中的基本的东西。对于非马克思主义者们为人类共同的建筑所做的贡献,我们要学会批判地吸收的规律。

这种光线的急剧变化使我们眼花,我们是在摸索着前进。应该做些什么?

首先是主观性的阶段。在我看来,萨特是不恰当地——以一种对主观性的主观主义概念——提出了问题,而他的功绩则在于他提出了这个问题。我曾写信给他,建议进行共同的研究。一九五六年初,他的态度是很积极的,他回答我说:"我将极为荣幸地和您一起讨论关于理解我所称的完整的人——即同时从他的社会调节和他在自己的行为里并通过他的行为恢复这种调节来考察的人——的方法……如果我们共同进行尝试,并且在阐明一切有助于理解这个或那个历史人物的调节和意义,我们将会更快地取得进展。"我们同意选择福楼拜作为研究对象,并交换了两份手稿,它们本来也许可以更有利于暴露分歧和相互补充,更好地确定对于马克思主义来说,存在主义在何种程度上是一个必然的阶段或者是一个无关的实体。一九五六年秋天的政治对抗中断了这次对照研究。

一九五六年十月,匈牙利悲剧为创造反对法国共产党人的镇压气氛提供了一个机会。匈牙利不顾本国的条件,对苏联的榜样进行机械的和教条主义的模仿,造成了致命的错误:重工业的发展和消费资料的生产之间的不平衡影响了生活水平的提高;建立农村合作社时不重视农民的经验,不征得他们的同意;官僚主义的和专横的领导方法;安全机关进行的盲目镇压;这一切使党脱离了群众,使战士们迷失了方向,有利于反苏主义。

第二十次代表大会所做的揭露在外国也人所共知,这种情况不是使共产党人可以进行严肃的分析,而是使事实被最可恶的反共分子所利用。

匈牙利的悲剧是分三步发展起来的:十月二十三日,布达佩斯街头开始了游行示威,数千名勇敢的参加者并非怀疑社会主义的原则,而是渴望制度的民主化。

这种健康的反应立即被从一九四五年以来就等待为法西斯主义复仇的分子所利用;希特勒最忠实的盟友、前独裁者霍尔蒂的支持者们,挤满了来自葡萄牙、西班牙、德意志联邦共和国和美国的飞机。"凯斯泰恩法"为在欧洲东部进行反革命活动而准备的千百万美元也源源而来。

前"元首"霍尔蒂兴高采烈地从里斯本向运动致敬,并向"联合国"发出呼吁。佛朗哥要求西方"捍卫自由"。

从十月二十六日起,《世界报》的一个记者便指出了排犹主义的复活:匈牙利犹太人社团鉴于匈牙利的二十五万犹太人所冒的危险,要求以色列加速让他们入境移居。

十月三十日,霍尔蒂和希特勒时代的前全国农民党首领费伦克·埃尔戴依进入政府。

十月三十一日，法新社的海底电报说与法西斯的"箭十字团"有联系的、流亡在奥地利的极右组织，在国内东部有强大的武装支队。

同一天，封建的高级教士、红衣主教明德桑蒂在电台宣布，目标是"清除在一九四五年强加的制度"，这就是说对消灭了封建制度的农业改革也提出了起诉。这些暴露行动目标的表态，使匈牙利避免了一场"朱安党叛乱"，因为由此看到地主就要回来的农民们大批地脱离了反革命行动：在两千八百个合作社中，只有四百个决定解散，大部分都处于武装集团的威胁之下。

在布达佩斯，不到一个星期，人们就从"热月政变"转入了白色恐怖。数千名共产主义战士被野蛮地屠杀了。

十月四日①，在这份有人在某家报纸上称之为"自由匈牙利和最后的发射台的最后的呼吁"里，流亡者的首领们在提到他们曾在一九四五年保卫过受到"亚洲的野蛮攻击"的欧洲时，暴露了他们的真正身份：他们实际上是希特勒最后的同盟者，曾站在纳粹一边进行过反对苏军的战斗。

雅诺斯·卡达尔当时虽然是伊姆雷·纳吉的暴动政府的成员，但是他在电台揭露了危险："我们过去的斗争不是为了使人从工人阶级手里夺去矿山和工厂，收回农民的土地。我们不想再受从前封建领主制度的奴役。"

有重受过去的奴役的危险的不仅仅是匈牙利人民，如果希特勒的法西斯主义在欧洲的中央重新找到一个堡垒，世界的和平就会受到威胁。

在布达佩斯发生人民的游行示威，甚至在白色恐怖时都未曾行动的苏联军队进行干预，从而使世界避免了希特勒法西斯主义在匈牙利的复活。

在法国出现了一些奇怪的自由捍卫者。《费加罗报》——人们本

---

① 此处疑为 11 月 4 日之误。

来不会怀疑它对"巴黎公社社员有如此深情的热爱"——发表了一些哀悼的文章,为"布达佩斯公社"的覆灭而悲伤。十一月七日,应对阿尔及利亚战争和苏伊士运河的作战负责的部长蒂齐埃-维涅古、皮杜尔、保尔·雷诺,臂挽臂地踏上爱丽舍田园大街,并且激起了为"联合水果公司"的利益、为压垮危地马拉而来的美国领导人的热情!在我们的时代,由于"事实"就是路透社或美联社的一则新闻电讯,千百万善良的人就可能受到愚弄。

萨特有一段时间同共产党、特别是和我断绝了一切关系。为反对阿尔及利亚战争而进行共同斗争的需要又使我们重新接近了。从一九五九年起,萨特参加了我的尝试:我当时在写一本名为《人的远景》的书,我们就在书里进行了对话。我把法国哲学分成三种主要思潮:存在主义、天主教思想和马克思主义。要求各种思潮的代表们在我的书里就我对他们思想的阐述进行讨论。萨特、让·沃尔、加布里埃尔·马塞尔、亨利·瓦隆响应了这个要求,同样还有主张人格主义的让·拉克鲁瓦和一些泰拉尔①主义者。

公众对这种尝试是如此欢迎,所以在法国共产党决定成立"马克思主义学习研究中心"并委托我担任领导的时候,这种方法已经普及了;非共产主义者们也参加我们的研究,因为马克思主义的发展并非只是马克思主义者,而是一切科学研究者的事情。从那以后,每年都要在一些"马克思主义思想周"内举行大型的公开辩论会,参加的有来自四面八方的人,从萨特到弗朗索瓦·佩鲁,从富拉斯蒂埃到杜巴尔勒神父,从索维到弗朗索瓦·密特朗,从像卡斯特莱教授或肖伦·芒代尔布洛特这样的学者到作家、艺术家或神学家们。

"天主教知识分子周"开始和我们竞赛,也邀请马克思主义者参加。方法得到了推广,"马克思主义学习研究中心"恢复了从阿贝拉尔②到饶勒斯的、拉丁区古老的辩论传统,为使对话愈来愈成为法国精

---

① 泰拉尔·德·夏尔丹(1881—1955),法国耶稣教徒、古生物学者和哲学家。
② 皮埃尔·阿贝拉尔(1079—1142),法国神学家和经院哲学家。

神和政治生活的特色做出了贡献。

这涉及的不仅是一种方法,而是一个原则问题,即必须通过批判性的吸收和补充别人所掌握的真理才能进步。

从这种观点来看,如果说和存在主义的辩论迫使我们更充分地发展马克思主义不仅在历史和社会方面,而且在人的主观性方面所包含的丰富内容,那么和基督教徒的对话则迫使我们进一步探索另一个方面:即基督教徒们所称的超验性,我们可以称之为辩证的超越。马克思主义认为,人不同于并且高于他的过去、他的腺体、他的阶级或民族的综合或结果。马克思关于人的劳动——它事先意识到劳动的目的——的特殊性的观念,和上层建筑相对独立的观念,为我们提供了插入点,以形成一种未曾异化的超验性的理论,或者说——为了避免这个过分引起非理性的或"超自然的"陈腐共鸣的词——形成一种辩证超越的理论。

对话发展到了我们的国境之外,我被邀请在雅典举办了第一个"马克思主义思想周",然后在萨尔茨堡①、巴伐利亚州②、马里安温泉③参加了"鲍吕斯④协会"举办的国际性的辩论。在日内瓦、美国都进行了对话。

对话的原则本身触犯了以往的一切坚持使绝对的"善"和"恶"对立,奉行善恶二元论的势力。当我在一九六六年重返雅典开始举办第二个"马克思主义思想周"时,大厅四周停着二十辆恫吓听众的警车。

在美国的圣路易斯和密苏里,这方面的反应就更能说明问题:《美国军团报》组织了一次宣传运动来制止我在大学进行讲演。他们认为我的到来"是对上帝、对国旗和对我们在越南的战士的一种侮辱"。大学生和他们的教授采取了相当有力的行动,重新对讲演作了安排。这

---

① 奥地利地名。
② 德意志联邦共和国地名。
③ 捷克地名。
④ 弗里德利希·鲍吕斯(1890—1957),德军元帅,1943 年在斯大林格勒投降,1944 年在苏联呼吁德国人反对希特勒,1953 年获释。

次喧闹的结果是那天晚上有两千五百人参加,有点拥挤,也有一些传单、叫喊声,但却是一次极为成功的集会。耀武扬威的警察竟使集会有一些西部片的气派!

我们还会有一些后卫战,但是这些斗争会愈来愈带有一种趣闻的特色,因为这种活动从此以后是不可逆转的了。

归根结底,我们赢得的是正在形成的人,即正在千百万男女的头脑和心灵中升起的、要求愈来愈高的人的形象。

我不认为我个人的体验是孤立的:与一种非常不同的思想进行较量,不仅可以使我们得出,而且可以丰富我们本身的真理。苏格拉底的伟大发现变成了一种群众性的现象。

对我来说,我得益于在萨尔茨堡、后来在海伦希埃姆斯碰到的拉内尔神父,他在说明他的生活始终可能由于基督教——关于绝对未来的宗教——的要求而开始或重新开始这一主题时,使我理解了基督教与希腊人道主义决裂的意义;我得益于在日内瓦亲密地相会的、奥林达和累西腓的大主教埃尔德·卡马拉阁下,他使我更清楚地懂得了对话以这种奇特的对称提出的具体问题:教会能够以它的根本使命来区分一切寄生于它的意识形态,直至承认社会主义的生产关系比资本主义的生产关系更能保证人的发展。反之亦然:在社会主义生产关系的构成——共产主义者的基本目标——和无神论之间,是否有一种有机的和必然的联系?我承认对这些问题还没有一种明确的答案。但是我完全相信,这样一些问题和历史将会给予它们的解决办法,在很大程度上决定着我们共同的未来。一九六七年我在日内瓦和教会的公会议、在维也纳和梵蒂冈第二次公会议指定的非信徒委员会主席科尼格红衣主教的讨论,使我更坚信我们触及的是一个关键性的问题,这也是本书的目标之一:即使不是有助于解决,至少也是有助于更好地提出这个问题。

这个关于人的问题,即唯一能通过劳动来自己创造他自身历史的动物的问题,在美学上、在对文学创作的研究中极为尖锐地提出来了。

这种劳动的特殊形式显然表明,人不仅仅是他的过去的延续。

因此可以毫不含糊地说,从诗歌创作的行为来看,阿拉贡也许是共产党的、对马克思主义的发展贡献最大的"理论家"。因此我在美学方面的思索,是以对他的作品和他从超现实主义到现实世界的历程的研究开始的,超现实主义曾是对文学创作的辩证法进行系统探索的第一次尝试。

何况这种创作不只是文学的,它是创作,仅此而已,也就是说是人的创作。阿拉贡最新的小说,特别是《白朗茹或遗忘》,使我们成了正在产生的人的同代人,他们总是出乎意料地和自由地,也始终是必然地突然涌现的。阿拉贡在教我们和我们自身的根源一致起来。

这种根源不在个人身上,而是在他和另一个人并通过另一个人和一切他人的关系之中。爱情占有中心的位置,作为他人存在和现实世界存在的证据的爱情。他在《处死》中写道:"我从富热尔身上才把握了其他人的存在……在这以前我只是从和我的关系来判断一切……我失去了对在此之前总是由和我的关系来安排的事物的主观感觉……现在我开始客观地看世界了。我想象着当画家们第一次接受透视法规则时产生的这一类的某种事物。"

在我写完《阿拉贡的历程》,我让他看手稿时,他只向我提了一条主要的意见:关于艾尔莎在他的进程中的作用。在他的"磨坊"里,从下午两点到晚上九点,他向我谈着他的生平,也就是艾尔莎的生平,并且作了结论:"我对你讲了这一切,因为我知道你不会借题发挥,而只是为了使你明确我的全部情况。"当他边说话边在房间里习惯地踱步时,我奋笔疾书,以记下这次奇特的忏悔:我从未听过一个男人像这样在一天之内以无穷的青春活力来谈论一个女人。

在不假思索地记下这一切的时候,我感到我是像超现实主义者们一样在自动写作,像他们一样在记录另一个以爱情为规律的世界。

几年之后,我告诉他我在准备写一部论著,证明他在最近一批小说中,是在为小说的时间做塞尚为绘画的空间所做过的事情。他回答我说："我请你注意，《处死》中对时间的描绘实际上只是一种发挥，它的来源是艾尔莎的《万分遗憾》中对同一主题的描绘。我对你说这些是为了使你了解两者的连续性，但同时也是为了了解它们的从属性。这就是说：从历史和等级的角度来看这个问题。"人们很少听到一个男人以如此自豪的谦卑来谈论一个女人、他的妻子。正是如此深沉的爱使阿拉贡不可分割地同时成为作家和战士。

阿拉贡常常以法国诗歌传统的"艳情"形式或阿拉伯的神秘形式，或者甚至像在《为艾尔莎疯狂》中所表现的圣·让·德拉克鲁瓦的形式来表现这种爱，不过这只是近似于本来的现实：他的爱情的意义不是一种会成为自我陶醉或孤独冒险的超越。爱情的会合是另一回事：它创造一种新的源泉，或者一种新的激情，而人的世界则由此而变得崇高。

说阿拉贡是共产主义者，这是赶时髦或是只看到他作品中的自相矛盾，实际上根本不理解这些作品。我认为正好相反，他是帮助我们在共产主义之中、在日常斗争之外去重新发现根本的东西：使人的世界变得崇高。

我的书出版之后，在使我高兴而又惊讶的事情中，有一件是我的老导师巴什拉尔的反应，他是我在巴黎大学时的论文指导教师，是当代对认识和创造的辩证法问题贡献最大的人。我感到他始终在他对科学创造行为的分析和对艺术创作的深思之间、在他的认识论和美学——很难发现两者的联系——之间左右为难，但是他借此机会写给我的信和我们后来进行的讨论却使我更为激动。

我越来越深信，正因为美学提出了艺术创造这个中心问题，即通过人不断创造人的问题，它才是一种哲学的试金石。甚至可能是一种政治的试金石，因为它涉及的不仅是人们对艺术和艺术家、文学和作家的看法，而且涉及人的概念。

所以并不奇怪，我的一本除了阿拉贡的序言之外只包括关于毕加索、圣琼·佩斯和卡夫卡的三篇随笔的小书《论无边的现实主义》，发表后激起了一场根本性的争论：它被译成十四种语言，引起了十四次论战！在社会主义国家和资本主义国家里都是如此。实际上，问题不只是在于知道现实主义，而是在于知道现实本身——人的现实——是否应该有边的问题。即使在几个国家里，人们可能把"无边"误译成"无原则"，主要的还是这个问题：从艺术作品来看，要注意人并不局限于他的过去、他的类、他的机制，而是按照这个奇特而至高无上的——既是无法预料的自由又是严格的必然——名为辩证法的规律不断超越自己和创造自己的，这是抛弃原则还是相反，是对人的原则本身即创造的最高度的肯定？其余的一切只是儿戏和无谓的争吵，我承认对此兴趣甚微。

克洛德·鲁瓦①写过，"艺术是一个人通向另一个人的最短的路"。绘画可以作为对人的各个方面，从他的一切踪迹到一切混乱的探索。我想起我的朋友让·吕尔萨②，从圣洛朗的塔到索拉别墅，我常常去看他工作。"你看，我在织东西呢！"这就是他的招呼。他确实在用像人的欢乐一样动人的叶子编织树一般的人。他用编织的人物、植物和行星创造着一个世界，里面有着呼之欲出的士兵、公鸡或太阳。看到他那个高兴劲儿，会使人感到他是他的挂毯的组成部分，或者说他也是用同样的羊毛织成的。

有一天他从中东回来，在提到我们去年一起到希腊去的旅行时，以他惯有的激动和热情向我谈起埃及的三王谷，接着又谈到巴勒斯坦和死海。他认为神圣表现在寂静、色彩、形状和崇高之中。他想让我看他刚完成的、还在为之着迷的画。

他要我坐下，在我四周放上八张素描：纪念阿提拉③的石碑、陵墓，等等。他像用一只织布梭子那样，用铅笔画出了一个令人不安而又充满活力的神话：一些藤侵入并最终爬上了废墟，犹如一面红旗在胜利

---

① 克洛德·鲁瓦(1915—1997)，法国诗人、批评家和小说家。
② 让·吕尔萨(1892—1966)，法国画家，他革新了挂毯的艺术。——译注
③ 阿提拉(约406—453)，匈奴帝国国王。

之后插上了堡垒。这是生对死的胜利："你看着，即使所有的挂毯都烧了，我仍然是画过这幅画的人。你看我的画怎么样？""它们使我想起了圣琼·佩斯的诗篇。""没有什么能使我更高兴的了。你来看，"他让我看他桌上的两卷由伽利玛出版社出版的佩斯的诗集，"每天早晨我工作之前都要读几页。"

他向我叙述了他最近在电视台的答记者问。"您为什么绘画？""为了试图成为一个人，"他补充说，"你知道，绘画不止是绘画。它和生活的根源有着如此密切的关系，以至于一个信徒最终可以在一个无神论者的绘画里得到好处。"每当别人求他为教堂的祭台织一幅挂毯，他这个异教徒总是很高兴。他像在他所有的作品里一样，在挂毯上画我所称的"一个分裂之前的世界"；同样的活力隆起了树上的嫩芽和女人的乳房，同样的生命力弯曲了树枝和臂膀。这是人类最古老的神话里"分享"的世界。这种对万物的统一性的感受是如此深刻，完全可以领会，以至于一个信徒都或许可能从中发现符合他信仰的答案，正如一个神秘主义者会感到上帝向他扑来一样。

吕尔萨用单调的色彩在一条挂毯上扎着他的花束，挂毯上面的太阳有枝条，树木有光线，人在大自然里就像在子宫里。这既不是对太阳，也不是对任何上帝的崇拜，而是一首人的颂歌。他绘画，犹如他过去参加游击队；他编织，犹如他从前加入共产党。他唯一的信念是这种深刻的统一性，他对人的创造的信心。羊毛就是他的语言，是他联结一切生活之线的方式。

由于同样的无神论的信仰，我们确实感到像兄弟一样。他还孜孜不倦地教我用同样的体验去编织所有的线，因为用书好比用羊毛；当人们写一本书的时候，最不可思议的事情是人们根据别人给予自己的东西去写书，通过写书又使自己更了解别人。

我的《论无边的现实主义》中关于圣琼·佩斯的篇章，使我有了了解他的机会。有一天他曾向马克斯-保尔·富歇表示，任何把他的生平和作品进行比较的企图都不能理解他的诗歌。我的研究是以这种比较为基础的，所以我把它寄给了圣琼·佩斯，因为如果它根本违反他的意愿的话，我是不会发表它的。佩斯的回答使我完全放心了。过了几个月，他邀我到他家里去吃午饭，他的住宅在吉昂半岛边缘的岬角上，周围是岩石、阳光、大海和风。

我忐忑不安地去了。圣琼·佩斯的诗歌对我来说只是诗歌本身，所以我对与诗人的会见感到担心，因为如果我发觉他不如他的诗，我就会失望地离开。可是我发现他比他的作品更伟大。

看起来一切都在把我和这位王子分开。他在那么多年里曾是凯道赛法国外交部的执政者，在这个法国执行赖伐尔的、然后是慕尼黑的对外政策的时代里，他的真面目是什么样子？在他和写出《国王们的荣誉》《疾病进展期》《流放》和《风》的高傲的诗人之间，有着什么样的关系？

我在见他之前已经遭受过一次失败。有两年时间，在他一无所知的情况下，我试图重新找到他失落的那部分作品，但未能如愿。圣琼·佩斯形成了一条戒律，只要他是凯道赛里的亚历克西·莱热，即外交部的领导者，就不发表他的诗歌。像阿拉贡的格雷桑达或盖斯内尔一样，他注定要成为一个"双重的人"：白天是塔列兰①，夜晚是兰波。当希特勒分子在一九四〇年进入巴黎时，他们洗劫了卡莫恩斯大街上亚历克西·莱热的住宅，把他的纸张全部抢走，指望从中发现一些外交机密，圣琼·佩斯的几卷诗就这样和其他纸捆一起，被送到了柏林的德国国会大厦。被纳粹分子疯狂追捕的诗人在美国避难。当苏军进入柏林、把代表我们的希望的红旗插上国会大厦时，柏林的档案资料被全部运到了苏联。我在莫斯科旅行时要求他们进行寻找。苏联当局对重新找到这部分如此珍贵的法国文学遗产的企图极为谅解。在对好几吨远未分类的文件进行了几个月的检查和挑选之后，人们把我召到外交部，领我到一间放着几个大箱子的大厅里去：从柏林

---

① 查理·莫里斯·德·塔列兰(1754—1838)，法国外交家，1797至1807年间被拿破仑任命为外交部长。

缴获的档案资料里找到的诗歌一类的东西就是这些了。我激动地把这堆奇特的战利品逐页翻阅了几个小时,却没有找到任何哪怕是有点像佩斯诗歌的东西。

当我讲完这段经历之后,圣琼·佩斯对我说:"归根结底,这没什么关系,莱昂·勃鲁姆在战后也有过类似的企图,他的尝试同样受到欢迎。人们做了所能做的一切,但和您一样毫无结果。不过我再说一遍,这几乎是没什么关系了。"看到一个作家能如此轻松地坐视他的大约半数作品受到损失,使我十分震惊。我告诉他这对于我们,他的读者来说是十分严重的灾难。"对我并非如此。诗人是一个骑手,总是在途中。诗歌首先是一种生活方式。我不是说找到这些诗篇会和我毫不相干,不过它们是我一生中已经过去的一个阶段。它们曾经是我的生活,是我的生活方式。我还活着,我不再处在那个阶段,也不再是那些诗篇了。那么……"他潇洒地用手指了指大海的地平线,似乎只有地平线是真实的,而昙花一现的命运留下的痕迹则是要消失的。

他向我谈起过去,就像在谈现在或一件当场发生的事情。他在年轻时曾翻译过品达罗斯的《胜利者颂》。"品达罗斯作品的内容是没什么趣味的,是一些刻板的颂词。天才是在语言里。亚里士多德在《诗学》里已经模糊地看到了这种语言的奥妙。"佩斯回想起他在洛迪埃的大学读书时进行的哲学研究。他似乎是把希腊思想史当作他自己的呼吸来体验的。"亚里士多德的形而上学看到了特殊的存在如何脱离整体,又通过一种相反的运动回到整体之中。连赫拉克利特和恩培多克勒①也没有如此充分地看到这一点。"我在置身于佩斯诗歌之中的同时跨越了所有的时代。

我要求看一看他准备写一首诗之前的笔记,以理解他作品的创作技巧。他翻开几份卷宗。第一种情况:纸张像一棵系谱树,各个角落里有一些句子的片段,四周是一圈线条,像是用画出来的带子盖上去

---

① 恩培多克勒(前490—约前430),古希腊唯物主义哲学家。

的印子,句子之间交织着密集的花体字:"整部作品向您扑来。它像一棵树或一个蜂窝。一切都包括在里面。很难同时把一切都记下来:应该使一页纸比纸张本身多一个深度,以包括全部树丛。"

另一张纸上已经有了几行字:"现在是一个空间问题。容量问题,最初的面只是一种投影,必须转入一种线状结构。起决定作用的是格律学。"

下面一些纸张上的字远看起来像是用莫尔斯电码写的,因为三分之二的句子都被画上了黑色的粗线条。"作诗是一种摆脱。使人着迷,就是使对比变得尖锐。是比喻:尤其是简练,一首诗看起来难懂只是因为简练。"

我有幸在这位炼金术士的实验室里看了一眼。我向他暗示,如果批评家们可以使用这类资料的复制件的话,这对研究艺术创作来说将是一份珍贵的资料。

他已经在系牢文件夹的细绳了:"这也一样,是过去的东西了。是过去存在过的东西。事物产生的方式是无所谓的。重要的是产生。变化。批评对此是毫无办法的。"

他和赖伐尔一起参加过莫斯科谈判,导致了一九三五年的法苏协定。

吃饭时他对我谈得最多的是斯大林,而且怀着一种奇特的钦佩之情。

"我在职期间会见过许多政治家。一般来说,独裁者们是一些病例,一些反常的人。希特勒是一种通灵者:凝视他的面孔,我总是分辨得出他转入反常状态的时刻。墨索里尼不那么严重:是一个机器人。面对斯大林,人们相反地感到他是健康的。他像豹一样俊美、像原始人一样自信,同时是一个现实主义者。没有任何个人的虚荣心:只有国家的观念。塔列兰从未有过面对这样一个谈判者的运气。不过我们……和赖伐尔,这个茨冈人,这个流浪汉!我的职业生涯竟如此不幸:在和白里安一起经历了制订法国政策的时期之后,他使我从内部目睹了法国的瓦解。我当时是外交部最高级的官员,可是我做不了最后的决定。斯大林对希特勒的军事准备比我们要清楚得多,他向我们作了详细的分析。然后他非常确切地指责法国防御组织的不健全。赖伐尔狼狈不堪,我低声对他说:'您就回答说我们陷于瘫痪是由于法国共产党人反对一项武装政策。'赖伐尔犹疑之后,利用了这个论据,却又请求斯大林对法国共产党人进行干预。这只除了一切意识形态之外还有着国家观念的最出色的猫科动物,露出了一丝怜悯的微笑:'法国共产党人是自主的,所以这和我没有关系。不过你们有权!谁不让你们去严厉惩罚呢?'赖伐尔出来时,像一个做了一笔好生意的栗子商人那样搓着双手。他马上在他的房间里召见了法新社记者哈瓦斯,口授了一份公告,说斯大林让我们放手去干。我未能劝阻他:他不懂得向一个外国领袖去乞求统治的办法是一件耻辱的事情。

"第二天,我们又会见斯大林,他当然已经了解公告的内容了。他非常厉害,丝毫不露声色,却怀着一个官员对一个中国苦力的轻蔑神情盯着赖伐尔。"

佩斯注视着大海。一阵放松:从思想转入了梦幻。

"斯大林当场发现了我对诗歌的爱好。我和法国的谈判代表们一起去参观克里姆林宫的博物馆。我惊讶地停在一匹用稻草填塞躯体的、巨大的蒙古马面前,马蹄上面有一只精致的妇女用的手镯……时代的冲突:我想象着大草原的征服者和这个脆弱的战利品……在我担任外交官的时候,我总是严格地排除我作为诗人的一面。那是我第一次显得脆弱。我小跑着赶上了我那一组人。第二天的工作会议结束时,斯大林挽住我的胳臂:'听说您面对蒙古马幻想了很久。我也一样,它总是给我留下最深刻的印象。你注意那只手镯了吗?'"

佩斯向我谈到希腊哲学、政治、诗歌,然而当我参观他的俯瞰大海的带旗杆的瞭望室、他用一套信号旗来回答在外海经过的海员们的致意时,当他沉默不语、只听见他的披肩在迎风作响时,我感到我们只想过一件事情,这件像人的诞生一样重要而又简单、像上帝的一个手势一样平凡的事情。

一个伟人——仅仅他的存在就能帮助你们集合起来——的力量就在于意识到了这件事情。这件事情对于我们来说占有如此中心的地位,以致写上几千页都说不清楚。然而这也因为是人们在继续追求这个幻景:想表达它,写那么多书,几乎还没有一本写完,人们意识到一切都有待于说明。永远也结束不了……

站在佩斯居住的悬岩的顶端,在阳光下面对大海,我意识到了我作为共产主义者的生活及其意义的统一性。

高尔基喜欢说"美学是未来的伦理学"。是的,当道德不再是奉行戒律而是创造人类的时候。

为了创造自身,为了向这种自觉的创造前进,人类运用了各种手段;在当代,共产主义或许就是这一切手段的实施。书籍、战斗、旅行、人们——通过这一切,我看到这种遥远的探索在进行——教给我的东西,归根结底都是相同的。从卡尔·巴尔特到莫里斯·多列士,从那么多教士到阿拉贡或佩斯,对于政治、诗歌或信仰的思索都不是一种浪费,而是为寻求本质进行的自我集结。

关于在四个大陆上或在人类的战斗中被追求的当代的真理,我愿意首先作这个见证:共产主义对于我不是一种选择,而是像一种愈来愈强制的必然性一样不可缺少。我愿意像在沃尔姆斯会议上面对法官的路德那样说:我在这儿,我也不能不这样做。从西伯利亚到安第斯山脉的每一次旅行、每一本读过的书、每一个被发现的人,都在把我引向这种觉悟,它在我二十岁时就作为一种选择,即一种战斗生活的选择出现在我的面前。而我最大的快乐则是在五十五岁时仍然忠于我在二十岁时的选择。

关于现实主义的争论

Б. 苏契科夫

在世界文学中,现时不论进行什么争论——关于长篇小说,它的性质和特色,它的可能性和它同时代的联系;关于表现生活的原则,这个原则是符合它的外在形式、符合它的可见的形状,还是相反地忽视这些形式;关于传达人类天性深邃本质和性质的方式与手法——在所有这些不同性质的争论和讨论的背后,都有着一个关于艺术与现实的相互关系的最主要和根本的问题,或者,说得更确切些,都有着一个现实主义以及它的界限和它在现代艺术中的地位的问题。

这是不言而喻的,因为目前日益明显的历史进程的普遍加速促使艺术更积极地了解与思索世界上所发生的变化的内容,了解与思索这些变化对现在和未来的人类的意义,并确定自己对不可抗拒的生活需求,对在最确切而明白无误的意义上来理解的现实性这个词的态度。现今围绕现实主义而进行的争论极其鲜明地揭示出争论双方立场和审美观的分歧,揭示出在理解艺术的社会使命以及现实主义和现代主义关系方面的差异。

现代资产阶级美学、资产阶级艺术的特点在于装模作样地强调艺术家和艺术作品对充满剧烈冲突和矛盾的社会生活的虚假的独立性。使艺术脱离时代的极端重要问题,这一意向也贯穿在资产阶级作家的美学纲领和创作实践之中。

不久以前,在威廉·贝洛乌兹、特洛契、海特·范·列维等文人的垮掉派言论居领导地位的一九六二年爱丁堡作家会议上——在同怀有民主主义情绪的与会者展开争辩时,资产阶级作家们发挥了,并用各种不同的方式申述了作家既不是拯救人类的救世主,也不是修理破损管道的自来水工人的论点。如果把这个并不俏皮的譬喻翻译成容易理解的语言,那么,它表现出来的想扼杀作家对世界上正在发生的事件的责任感和借口艺术自主而拒绝研究真正实际的野心就昭然若揭了,作家被赋予了沉溺于自身感受和他的作品人物的感受的颇堪怀疑的"自由",正像目前否认现实主义是艺术方法的小说家们和鼓吹"荒诞哲学"的文人们所表现的那样。

支持这一宣言的还有英国作家斯蒂芬·斯本德[1]——过去,在遥远的三十年代,他对革命表示过同情,而现在却是现代主义最狂热的捍卫者之一。他给资产阶级文人们的千疮百孔的言论披上理论严整的外衣,他声称,对一个作家提出要他拿自己的诗歌和长篇小说来帮助拯救文明,即意味着对他施加压力和把抽象的任务强加给他。斯本德愤激地叫嚣道,如果诸如此类的压力有增无减,那就会把艺术的小天地消融于明确的社会目标和社会利益的洪流之中……

在否定艺术的社会意义方面,斯本德并非孤单无偶。这是一种极为流行的思潮,许多文学家,从"荒诞派戏剧"的主要剧作家尤涅斯库到"新小说派"的理论家和实践家们都发现了它。例如,尤涅斯库在批评他曾经轻蔑地呼作"小市民气作家"和"左派遵命文学家"[2]的萨特、奥斯本、阿瑟·米勒的现实主义戏剧时,把实际上构成作品优点的东西,即他们的作品同现代民主主义思想和政治思想的联系——看成是他们的作品的弱点。

同维护资产阶级美学的人进行争论是乏味的和无意义的——他们的论据是那么衰朽破烂,不堪一驳,他们想确定现代艺术发展道路

---

[1] 斯蒂芬·斯本德当时任《接触》杂志主编。
[2] 尤涅斯库:《札记与反札记》,巴黎,伽利玛出版社,1962年,第73页。

的努力又是那么不够和缺少创造精神。不过,资产阶级美学家和作家们强调艺术对意识形态其他领域的虚假的自主性,为的是否定艺术的社会意义,把艺术禁锢在"纯粹的""没有利害关系的"审美感受的领域中,使艺术发展的图景极度简单化,使艺术在人类生活和社会中的作用遭到削弱。

然而,艺术并不是游手好闲的思想家们消遣解闷的玩意儿或少数特选人物的精巧的作业,它在人类生活中的作用极其伟大而富有意义,因为它在满足人的审美需要时,使人有可能**认识**自己的活动,即**认识**历史和自己本身,**认识**自己的精神道德的世界,**认识**这种世界的丰富性和可能性。艺术是人生伟大的史家,人类的特殊的记录,人的思想和感情、希望和筹划的容器。

人类史是艺术永恒而伟大的主题。它通过语言、色彩、雕刻刀被表达出来,因而充满着艺术思维创造的血肉,使它在时代的递嬗中历久不衰,岩石会风化,河流会改道,各种文化和文明有兴有替,而人的幻想的荏弱的产物却继续存在,长葆其魅力和动人心魄的能力。

可是,艺术作品对时代力量的统治却是漫无止境的。白发苍苍的克朗诺斯与其说是在抚养自己的孩子,不如说他是在吞食自己的孩子,为了在各个时代站住脚跟,艺术思维的创造品必须具备强大的生命力。是什么供给它这种生命力的呢?对这个问题的答案包含在艺术性质的本身之中,因为这同时也是对艺术的使命问题的答案。

艺术是人研究现实生活某些方面的一种特殊形式,现实生活的这些方面,除了通过艺术,使用其他方法是不可能进行研究的,也就是不可能认识的。美与认识是艺术的不可分割的属性,是艺术的有机的品质,两者如果互相对立或互相排斥那就不可能不损害艺术的创作。

艺术家所发现所认识的对现实的各个方面的概括,必须内容丰富,意义重大——这就是艺术作品在时代变迁中得以永垂不朽的先决条件,它能够把往昔生活活跃的表现经历千秋万代而传达给我们,使我们重新体验到它的创造者的感情起伏和艺术思维的紧张活动。不注重内容的形式是艺术最不牢固的材料。在今天除了语文学专家之外,谁还阅读贡戈拉的作品或是知道这个人呢?可是他的同时代人用想象创造出来的愁容骑士①直到今天还以其内容的广度和深度激动着我们。

艺术从其诞生之初,向来是人生的史家,然而,能够最完整地传达最可靠的人生图画、世界的真实面貌、人的感情和关系的真相的,是现实主义艺术。根据大多数苏联学者的见解,现实主义艺术是在文艺复兴时期诞生的,它把处于同人们和社会的相互关系中的人和社会本身的生活作为自己研究和描绘的对象。它创造了永远进入人类意识的优美的、极其真实可信的形象的巨大画廊。现实主义艺术的伟大概括能力的源泉在于,在现实主义中,一般艺术所素有的认识功能最充分地显示出来。

人类的精神进步不单单在于人们对有关世界的新事实和新知识的集体记忆的积累。人类的精神进步的真正含义在于人制订出关于宇宙、社会和自身的符合真理的观念,在于人的理智创造出无论就整体和局部而言都是真正现实界的真实图景。这种深入理解现实界的客观内容的运动是人的创造活动的一切形式——研究自然现象各种规律的自然科学,依靠科学共产主义武装了人类的社会思想,历史发展规律的知识,以及在同等程度上的艺术——所特有的。

艺术思维领域内的进步自然不是直线地实现的,这种进步导致现实主义的出现。现实主义是一种拥有无比丰富的表现的可能性,像生活本身那样取之不尽的创作方法。现实主义的艺术之所以能够那么广阔而丰满地反映人类的生活流,反映伟大的历史性的战役与伴随着社会进步而来的变革,是因为它的首要特点与特色过去和现在都是社会分析,正是社会分析使得描写典型环境中的典型性格和真实地再现生活成为可能。这种分析帮助现实主义艺术理解人类行为的动机、理

---

① 指塞万提斯的堂吉诃德。

解情欲与利害关系的隐秘的原因,并通过在人类特性方面极其个性化的、独特的性格来暴露、揭示社会生活中这个或那个历史时期、历史环境的典型特色。典型化的原则对现实主义创作方法来说是关键性的,而且同它的认识作用方面是密不可分的。

然而,现在甚至从某些马克思主义理论家那里也可以听到,说遵循典型化的原则仿佛会束缚现实主义的可能性,并且导致硬给艺术提出如何刻画主人公形象的刻板要求。

不言而喻,如果类似的要求在某个场合发生了,那么它们就会招致形象在审美方面的缺陷,因为艺术典型是不可能像荷蒙古鲁士①在曲颈瓶中那样虚构和制造出来的,艺术典型必须在生活中发现、观察,为此就必须熟悉生活,必须让艺术研究社会生活和人在社会生活中的地位。

古典现实主义作品中典型特别繁多,这是同这种艺术的特殊的生命力相适应的。如果说,浪漫主义作家在创造自己主人公的性格时实际上是在把当代的**社会情绪**在这些人物身上人格化了,那么现实主义作家的主人公则是以高度的生命力为特征,因为在他们的个性化的形象上抓住、反映和概括了当代主要的关键性的**矛盾**。因此,否定典型化的原则就意味着抹杀、破坏现实主义创作方法的根基,而在现代条件下,当艺术中存在着形形色色的流派的时候,当现实主义艺术同作为资本主义世界、整个私有制文明的精神危机的反映的艺术流派进行公开斗争的时候,否定典型化原则的主张是极其不受欢迎和不能容许的。

古典现实主义是在同浪漫主义进行非常复杂的思想——美学斗争中形成的,同时开发并征服着现实生活的领域,这个领域的许多显著的矛盾是浪漫主义者所没有发现的。不过,现实主义在这场斗争中也汲取了浪漫主义——这一世界艺术思维中伟大而繁荣的流派——的思想和美学方面的高度成就,因为十九世纪艺术的这两大主要流派

---

① 歌德的《浮士德》一书中的人物。

间是没有隔阂的。这是文学史上众所周知的事实。不过不能以此为根据把过去的艺术经验搬用到现代,并按照同过去的类比法去考察现代现实主义——成分极其驳杂的现象——和充斥于二十世纪艺术中一切非现实主义流派之间的相互关系。这些流派过去和现在都是发生在另一种思想——美学基础之上,而且大部分是社会解体的一种产物——颓废的产物。

不过,有没有权利把"颓废"概念本身应用于二十世纪艺术呢?这个术语目前受到外国马克思主义文艺学围绕弗朗兹·卡夫卡的作品所做的讨论中的某些参加者的非难,而且特别是在僭望扩大和丰富现实主义概念的罗杰·加洛蒂的《论无边的现实主义》一书中。不过,为了辩护对颓废派的这种看法而提出来的论据是应该受到严肃的马克思主义的批判的。否定现代艺术中的颓废倾向,把艺术看作在其一切表现上都具有同等的思想——美学价值的现象——这种观点得到加洛蒂的支持,他认为:必须"把各个民族、各个时代……的文化创造的一切东西汇合起来加以改造"①。对今天而言,这就意味着新的社会主义文化必不可免地要接受现代艺术发展的**全部成果**。

可是,"汇合"的原则同对待遗产的列宁主义态度的实质,同关于掌握人类生产的全部**财富**的列宁主义的号召是绝不一致的。对待遗产的列宁主义的态度是有选择的,它的前提是以阶级观点来扬弃、批判这份遗产所包含的内容。因此,机械地"汇合"十九世纪艺术的全部遗产对于社会主义文化是不相宜的,因为社会主义文化不需要汇合那些贵族的、有时是好斗的、无人性的颓废派的美学珍品,这种美学珍品将同资产阶级社会一起死亡,其情形有如亚历山大帝国晚期艺术那样;它的微弱的、垂死的回光照耀着古代世界的弥留状态。颓废派的"成就"不可能"丰富"现实主义,也不可能把现实主义的边界扩大到可以囊括颓废派艺术的领域。这样做之所以不应该,还因为颓废派并

---

① 《法兰西文学报》,1963 年 4 月 6 日至 11 日。——原注

不是技术、文体、表现手法的单纯的总和,也不是对待艺术素材及其处理方式问题的纯美学的纲领。

颓废派是资产阶级思想意识发展上的特定的阶段,应该看作是世界观的、意识形态的范畴,看作是完全特定的世界观,在这种世界观的背后有着关于人及其同世界、同社会的相互关系的明确观念。颓废派世界观的特点是**人的不自由感**,人对在他之外奴役着他的某些非理性力量的屈从。这些力量的性质对颓废派来说始终是不可了解的,或者无论如何是极为模糊的。颓废派艺术把人看作孤单的个体,看作超社会的个人,因此没有抱定宗旨去研究人的社会关系,确定人同环境和历史的相互作用。颓废派艺术排除人与人、人与社会的物质的、实体的或是现实的社会关系,集中力量表现个人的内心感受,把它夸张、扩大到宇宙的规模,并且不时赞美蔑视道德规范的个人的任意妄为。颓废派艺术还竭力形式主义地、空泛地用自我欣赏的实验主义和唯美主义来弥补这些显而易见的缺陷。在它那里,发展的观念、历史变化的观念、历史时间的观念丧失了。资产阶级社会和在这种社会环境中形成的个人的冲突和矛盾,在颓废派艺术看来,对于一切时期、一切时代都是永恒不变的。渗透于颓废派艺术的资本主义文明灭亡的预感给这种艺术带来了悲观性质和对人的创造能力的怀疑,使它产生默示录的心情,因为颓废派艺术倾向于把私有制社会和私有制的灭亡,解释成整个人类文化和全人类的灭亡。不,依靠颓废派是不可能"扩大"现实主义的边界的。

毫无疑义,颓废派艺术的发生和形成是由于进入危机和没落期后烂熟的资本主义社会中异化过程的加剧。但是作为客观历史过程的产物,颓废派艺术对这一过程的反映是极为片面的,它回避决定现代性质的最重要的因素,即存在于现代的现实条件和为完全消灭使人的劳动和人的创造性的创造力同人异化的前提。马克思在建立唯物主义的异化论时指出,从异化劳动和私有制的关系中不可避免地产生把工人完全解放出来,把社会从私有制解放出来的必要性——也即在社会主义原则和基础上对社会关系进行改造。社会主义国家正在消除异化在**意识形态上的后果**，在这些国家内实现的历史发展这一基本趋势完全被颓废派艺术所忽视和否认，颓废派艺术不是把资本主义作为一种社会现象来接受和看待的，而是，用卡夫卡的话说，作为"心灵状态"即存在于人的天性本身，既不可能加以改变，又不可能加以消除的某种东西来看待和接受的。

尽管时常发生轰动一时的反叛，颓废派艺术是向资本主义现实俯首投降的艺术。

根据社会主义国家和有着强大的工人运动的资本主义国家中文化发展的条件不同而企图为现实主义同颓废派相结合的合理性进行辩护，这个论点也是不足信服的，它借以建立的理由正如安德烈·吉赛尔布莱希特[1]在《美学方面马克思主义研究的任务和成就》一文中所说的：资本主义国家所谓的"颓废"作品"构成进步人士日常阅读的一个部分，这些进步人士惯于认为颓废派也能贡献某种有益的和美好的东西"[2]。因此，在这类国家中，不可能像在社会主义国家中的批评界所做的那样去议论艺术作品的人民性。但我们不禁要问，究竟为什么不可能这样议论呢？在这方面只消回忆一下列宁的一个著名论点就够了。他认为，文化是不能装进自由主义者的公式中去的非同一的概念。在《关于民族问题的批评意见》一文中他写道："每个民族的文化里面，都有一些哪怕是还不太发达的民主主义和社会主义的文化成分，因为每个民族里面都有劳动群众和被剥削群众，他们的生活条件必然会产生民主主义的和社会主义的思想体系。但是每个民族里面也都有资产阶级的文化（大多数的民族里还有黑帮和教权派的文化），而且这不仅是一些'成分'而是占统治地位的文化。……我们提出'民主主义的和全世界工人运动的国际文化'这个口号，只是为了从每个民族的文化中取出民主主义的和社会主义的成分，而取出这些成分

---

[1] 安德烈·吉赛尔布莱希特系法共刊物《新评论》的副主编。——原注
[2] 《人道报》，1964年1月31日。——原注

只是并且无条件是为了同每个民族的资产阶级文化、资产阶级民族主义相对抗"。① 在这里,列宁多么广泛而直接地提出问题,因此,说实在的,在这些问题上,模棱两可是不适当的。列宁和列宁主义永远辩证地对待文化,永远同直接或间接地为资产阶级的利益服务,为占统治地位的资产阶级文化的利益服务的艺术进行斗争。我们党的历史上类似的斗争的例子是不胜枚举的,不过让我们单是举其中一个例子——沃罗夫斯基反对俄国颓废派的一些辉煌的论文。在这些论文中,沃罗夫斯基丝毫没有简单化,也没有降低思想——审美标准,他理解颓废派大作家和大诗人的才华的规模,同他们的艺术进行着机智的、不妥协的斗争。这种艺术本身是在攻击文艺创作中的人民性原则(正像现代颓废派艺术那样),并且使人在争取自由的斗争中解除武装(也像现代颓废派那样)。由此可见,人民性原则不但在社会主义胜利的环境中可以加以保卫:因为一切取决于批评和理论的马克思主义观点的主动性,取决于马克思主义观点的坚强信念,取决于它不至于使艺术中反映出来的矛盾简单化的才能,最后取决于它对现实主义和颓废派水火不相容的认识。自然,批评不能教导作家去创作他的作品,它却完全能揭示这些或那些艺术家在创作实践中遵循的那些美学观念的正确还是错误。批评在其为艺术服务时的主要任务之一即在于此。

必须指出,吉赛尔布莱希特在他强使社会主义文化同颓废派艺术共处的意图方面走得很远。如果相信他的话,苏联文化的悲剧竟然在于它同梅耶荷尔德②、泰伊罗夫③、瓦赫坦戈夫④、康定斯基⑤、马列维奇⑥、沙迦尔⑦以及构成派的探索断绝关系,因为"不能对俄罗斯民族,

---

① 《列宁全集》,第20卷,第6—7页。——原注
② 梅耶荷尔德(1874—1942),苏联导演。
③ 泰伊罗夫(1885—1950),苏联导演。
④ 瓦赫坦戈夫(1883—1922),苏联戏剧家。
⑤ 康定斯基(1866—1944),抽象主义画派创始人,生于俄国。
⑥ 马列维奇(1878—1935),俄罗斯画家。
⑦ 沙迦尔(1887—?),俄罗斯表现主义画家,亡命法国。

按照列宁的说法,这个仿佛是野蛮的民族提出要求,使他们立即接受欧洲艺术在这个时代能够达到的那个水平上的艺术"①。可惜吉赛尔布莱希特把比重不同的各种艺术家——例如一方面是梅耶荷尔德和泰伊罗夫,另一方面是马列维奇和康定斯基——的客观作用混淆起来了,轻视决定着革命年代和整个革命后年代俄国艺术发展的伟大的现实主义传统。正是符合于人民和革命的精神需要的这种传统把俄罗斯文学引导到它在世界艺术中有权占领的那个位置。正是这种现实主义传统以自己的艺术成就驳倒了俄罗斯现代主义的美学探索,揭示了它们的徒劳无功、前途渺茫和他们在表现社会主义时代的精神和意义时的无能为力。

不过,必须懂得,由此产生了把不可结合的东西——颓废派和现实主义——结合起来的离奇而无益的思想。这种思想是关于艺术与现实相互关系的性质的庸俗社会学概念的产物。现在正在进行的现实主义论争的某些参加者不能说明,二十世纪艺术,也即在资本主义危机与没落的环境中,在逐渐凋零的社会气氛中发展起来的艺术怎样,又是为什么能够产生并且真的产生出具有不朽意义的伟大艺术瑰宝。他们议论道,既然社会正在衰落,那么,按照事物的逻辑,反映这个社会生活的一切艺术也一定会因而衰落。不过,因为这个论点违反事实,不适合于一切艺术,所以为了使事实迁就理论,必须取消颓废的概念,而且不管尽人所知的事实,使大家相信,一切问题在于二十世纪的艺术根本不知道什么叫作衰落,其中也没有可以概括为颓废的现象。然而,这是一种使现代的、从而也使现代艺术的真正的、活生生的矛盾的图画极其简单化的错误的推理。

现代不能单单归结为资本主义社会的衰落与危机,它首先是对世界进行伟大革命改造的时代,资本主义社会强加于劳动群众身上的一切镣铐碎裂的时代,新的、社会主义的结构取代旧的社会结构而发生

---

① 《法兰西新闻》,1964年1月29日至2月4日。——原注

和形成的时代——从资本主义过渡到社会主义的时期。这一包罗万象的过程贯穿着本世纪精神生活的所有领域,其中包括艺术。它包含着一切伟大而高尚的东西,这种东西是同资本主义社会的犬儒主义和人性丧失相对立的,同颓废派的多种多样的影响和诱惑相对抗的;它带给人类关于人类本身的真理,使人类相信自己有创造的才能,并在严重考验的时期(这种考验在今天是那么常见)坚定人类的勇气。

时代的复杂性、它的矛盾性、理解时代的历史冲突内容的艰巨性毫无疑义也对那反映广大的民主主义群众的意向,反映全部民主思想的优缺点的批判现实主义发生影响。也对它的创作者的思想发生影响,这些创作者的思想并不总是能够抵御资产阶级意识形态的压力和影响的,其中往往夹杂有各种各样的因素。马克思主义美学的任务不在于使现代精神生活的图画简单化,把它归入寥寥可数的社会学的范畴并陷于自相矛盾,而在于揭示它的发展的辩证法,表明正在它里面进行的各种思想倾向的斗争,在这个或那个艺术家的思想和创作中区分出它们的主导的和占优势的特点,用决定现代内容和性质的、各阶级的历史斗争的观点来分析和评价它们。这样一来,就不会有主观主义存身的余地了,不会把艺术珍品的思想——审美标准混为一谈,而且将会准确地确定艺术作品的真正意义,于是,作为满足大多数人的审美需要并帮助他们认识现代的内容的艺术,现实主义才会呈现出它的真正规模。

现在,有些人写了多得不可胜数的文章,谈论所谓的"先锋派"给世界艺坛带来的革新贡献和"发现"。他们却往往忘记,这种用很不确定的术语作标志的现象,就其组成而言,是极其驳杂不纯而且反映着各种社会倾向的。

外国批评界通常称为先锋派的不仅是首先从事自我欣赏的专讲形式的创作的艺术家,而且是像马雅可夫斯基、奈兹瓦尔[①]或希克梅特

---

① 奈兹瓦尔(1900—1958),捷克诗人,他的早期诗作有浓厚的超现实主义色彩。

那样使形式革命化，以求形式能相应地传达新的、革命的内容的二十世纪最卓越的艺术活动家。与他们不同，许多道地的先锋派过去和现在都站在极其保守的社会立场上，例如，在某个时期是马里涅蒂①，而在今天则是庞德②、贝克特或是艾略特。社会观点的歧异逢到那样的时刻就会立时显示出来，即当在一个宣言下面（这种宣言通常是极其激进的，对小资产阶级艺术活动家也是适合的，因为，资产阶级美学的准则是允许表面激进的）临时聚集起来的艺术家们不单单对作诗法或是绘画技法问题，而是对具体的社会现实逐渐表明自己真正的态度时。那时候就显示了隐隐约约存在着但为友谊关系或依恋心情冲淡了的思想——美学上的分歧，从而出现公开的决裂，例如贝歇尔同表现主义的决裂，叶赛宁同意象主义的决裂，布洛克同象征主义的决裂，阿达莫夫③同超现实主义的决裂等等。不言而喻，对于二十世纪艺术中获得"先锋派"名称的现象需要作细致的马克思主义的分析。绝非一切宣称自己是世界艺术中的"先锋派"的艺术家都像他们自己所认为的那样，是僵化了的传统的破坏者，是新的形象、新的诗歌语言的创造者，他们为了做实验或哗众取宠而进行着实验或讲究形式的创作。他们之中多数人是他们所轻视和憎恨的资产阶级社会的杰出的儿子，对他们中间多数人而言，迷恋"先锋主义"是创作的悲剧和人的悲剧。

显然，批评界应该细致地衡量先锋派带给艺术的客观价值，并且确定，他们的实践同他们的美学和他们的理论体系完全相符，抑或这种实践克服了"先锋派"的美学教条的公式。时间对此来说是成熟了，它已经对许多"先锋派"的创作做出不偏不倚的评价了。然而，更为需要的是更全面地研究和揭示确实丰富了现代艺术表现手法的现代现实主义的美学宝藏和它的艺术成就。

这样做了之后将会发现，"先锋派"的许多所谓美学上的发现是从

---

① 马里涅蒂(1876—1944)，意大利未来主义作家。
② 庞德(1885—1972)，美国诗人、批评家。
③ 阿达莫夫(1908—1970)，法国荒诞派剧作家，生于俄国。

现实主义因袭而来的,于是事情就会真相大白,"先锋派"尽管叫嚣着否定现实主义,实际却是寄生在现实主义身上,把现实主义艺术家发现和发明的东西据为己有,并加以庸俗化和歪曲。那时候,"先锋派"给现代艺术做出的实际贡献那么微薄也就昭然若揭了。

甚至像上面已经提到过的斯蒂芬·斯本德那样信心十足的现代主义美学卫道士也不得不在他的《现代主义的斗争》①一书中承认说,现代主义既不能改变艺术的发展,也不能使它显著地丰富化,只有一点除外,即著名的现代派作家——埃兹拉·庞德、乔治·艾略特和詹姆士·乔哀斯——创造了令人费解的表现法和结构的极其假定性的、只有少数人才能懂的语言。不用说,那么大肆宣扬的艺术中"先锋派革命"的成果是微不足道的。

不论在往昔还是今天,现实主义由于能够认识与概括现实现象,并对现实进行社会分析而成为最完善的创作方法;借助于它,艺术能够表现本世纪的主要矛盾和冲突。艺术中现实主义思维的新形式——社会主义现实主义,是能够了解当代各种社会力量冲突的真正含义,并综合地表现这一冲突的,也就是能够概括与评价历史基本动力的真正意义,揭示它们的发展、它们的全世界性的历史性的冲突的社会前途。

现实主义作为一种创作方法,不但在旧的社会关系崩溃、新的社会关系形成的现代证明了自己的正确,而且在与其他非现实主义的艺术方法比较时也显示了自己无比的优越性。把社会主义现实主义和批判现实主义结合在一起,以高尔基、肖洛霍夫、罗曼·罗兰、萧伯纳、高尔斯华绥、托马斯·曼、罗歇·马丁·杜加尔、阿拉贡、海明威、马丁·安德逊·尼克索等人的名字为标志的伟大的现实主义传统在今天还在发展,这证明了现实主义艺术及其创作方法的威力和生命力。

今天,维护和发展这一传统的,有许多卓越的现实主义大作家,有社会主义现实主义作家,也有批判现实主义作家。现实主义在今天是

---

① 斯本德:《现代主义的斗争》,伦敦,汉弥尔登出版社,1963年。——原注

世界艺术中主要的、占统治地位的流派。现实主义艺术家的探索和成就有效地对抗着现代艺术中无数先锋派的和实验主义的大大小小派别的探索,这些派别实质上是文学中的新自然主义派,以及既起源于二十年代的超现实主义,也起源于表现主义的存在主义流派。这些流派在形式上做实验,几经演变,使世界的形象变了样子。他们在攻击现实主义传统时,否定十九世纪现实主义艺术的成就,鼓吹一种美学上的教条,从而武断地把自己的有缺陷的美学整个地强加于一切艺术,把自己描摹为艺术思维的革新者。非常有说服力地答复了他们的指责的是著名的英国作家——批判现实主义者恩古斯·威尔逊在去年(1963年——译注)举行的讨论长篇小说问题的列宁格勒作家会议上的发言。他说:"尽管现代小说家对时间这个范畴作了无数次的实验,归根到底按时间先后顺序描写事件难道不是最经济的方法吗?如果人是孤独的,那么他的真正的悲剧(也许是喜剧)岂不是在于他在人们中间也是孤独的吗?为了表达这一点,也许,确实值得使用旧的情节构造手法。如果情节的次要线索帮助我们抓住读者的注意力,那么,为什么我们只是因为它们是十九世纪的传统而必须拒绝不用呢?这里谈的是纯粹的技巧,不是写作的手法。"①谈的是表现真理的方法,是完整地、艺术上有说服力地表达真理的问题。现代艺术中的实验主义派之所以极少关心艺术作品的内容,轻视艺术的认识作用,这是完全可以理解的,因为他们反映了资产阶级意识的危机。不过,令人不解的是,在目前正在进行的关于现实主义的讨论中,为什么某些参加者,例如,以许多关于马克思主义哲学的有趣的论著而著称的加洛蒂实际上却对现实主义及其可能性表示怀疑,把它的范围扩大到无边无涯(这样就会弄不清楚,艺术中究竟还有什么东西不包括在"现实主义"的定义之中),不承认它是认识世界的手段。

  如果我们彻底地把"无边的现实主义论"应用于艺术的话,那就不

---

① 《文学报》,1963年8月13日。——原注

得不将任何艺术作品都看作是现实主义的,其理由是在它里边哪怕只反映出一丁点儿现实性也行,从而取消了艺术认识现实和概括现实的必要性,即艺术成为真正现实主义艺术的必要性。

探讨一般的现实主义美学问题,特别是社会主义现实主义的问题在今天有多么重要,这是无须详尽地证明的。现代现实主义艺术的发展这一新事实迫切要求方法论上的探讨。不言而喻,摆脱教条主义残余和被修正主义歪曲的马克思主义美学,必须站到时代要求的水平上,给现实主义艺术清扫道路,在现代的复杂的思想和美学问题上正确地为它指明方向。加洛蒂显然想以自己的著作对美学理论中各种形式的教条主义进行毁灭性的打击,给本世纪的一切新气息敞开现实主义艺术的门户。不过可惜的是,他的门户不是开在这个方向……

在他看来,艺术是人创造的新的现实,而一部真正的艺术作品不是别的,而是"**人在世界上存在的形式的表现**"①。加洛蒂在附和费歇尔对艺术的本质的观点时写道:"……艺术首先是劳动和行为的一种形式,也就是说,首先是创作,而不是对自然的模拟。"②

可能认为加洛蒂承认艺术是"劳动和活动的一种形式"是要强调艺术**认识**世界,以自己形象和思想的力量**影响**人们的理智和感情,从而参与变革和**改造**世界的积极的一面。不过,这种假设是为时过早的和错误的。

不应忘记,在加洛蒂看来,艺术是在创造一种**新的现实**——一种忽视真正现实形式和面貌的**新的现实**("创作的任务主要不是说明世界,而是创造另一个世界")。③ 艺术家创造的这个新的现实与现实生活**无关**,艺术家的任务不在于**体现认识了的现实生活**,而是在于借助于艺术作品发现人在现实生活中的存在。

因此,在加洛蒂看来,现代艺术的高峰是使现实生活遭到**歪曲**的

---

① 加洛蒂:《论无边的现实主义》,第243页。——原注
② 加洛蒂:《费歇尔和关于马克思主义美学的辩论》。——原注
③ 加洛蒂:《论无边的现实主义》,第126页。——原注

那些艺术流派,因为歪曲允许最充分地"发现"人的"存在",人根据自己的意思铺设宇宙的砖石,砌出大自然中空前未有的构造。确实,加洛蒂没有接受"歪曲"这个术语,而以"变形"的术语代替了它。不过,这在实质上是一回事。

加洛蒂认为创作活动的高级形式是像他所说的,参与处于形成中的世界的创造行为,这在实质上拒绝艺术**认识**形成中的现实的权利和义务,而离开这一点,照我们看来,是不可能有真正的创作的。加洛蒂公然写道:"黑格尔的传统把艺术看作借助于形象的认识,它区别于借助于概念而认识的哲学。因此,像任何的认识一样,给艺术下的定义也是反映客观的、特定的、十分完整的现实。这一现实可以借助于抽象观念表现出来,而艺术作品仿佛是这些观念的具体的插图。"①

诸如此类的观点,加洛蒂认为是在斯大林个人迷信思想与卢卡契思想的影响下形成的。依他看来,这种观点在现代马克思主义美学中占主导地位,为了反对它,加洛蒂企图借重布莱希特。当然,布莱希特是不能替加洛蒂对他的意见所做的那种解释负责的。

谈到布莱希特,他在有名的《现实主义方法的广度和多样性》一文中是曾经反对把生硬的**形式主义的标准**强加给现实主义的。他说:"要确定某个作品是不是现实主义的,只有拿它同它所反映的那个**现实**对照才行(黑体字是我标出的——引用者)。在这里没有值得注意的任何特殊的形式方面的特征。"②在下文布莱希特还坚持要以**历史主义**态度研究现实主义方法。这和加洛蒂以自己的"无边的现实主义论"所肯定的东西是完全不同的。

接着,加洛蒂还继续同马克思主义美学中的"黑格尔传统"争论,他写道:"如果仅仅把艺术看作认识的形式,把艺术的教育意义限于直接的说教,那么,创作探索的作用就缩小了。由此也产生了这样的一种批评观点,它的主要任务在于确定作品同工人阶级或进步力量的当

---

① 加洛蒂:《费歇尔和关于马克思主义美学的辩论》。——原注
② 布莱希特:《论戏剧》,莫斯科,外国文学出版社,1960年,第48页。——原注

前战斗目标是否一致。"①关于这一点,布莱希特曾这样说过:"我们的美学像我们的道德那样,是取决于我们的斗争的要求的。"②不,加洛蒂在布莱希特身上寻找同盟者是徒劳无益的。他们两人在艺术观上站的是不同的立场。对布莱希特说来,现实主义任何时候也不是一个含糊不清的无边的概念。他在出色的论文《人民性与现实主义》里写道:"我们称之为**现实主义**的是这样的作品,它们揭示各种社会原因的综合,把占统治地位的意见作为统治阶级的观点来加以**揭露**;我们称之为现实主义的是这样的作品,它们站在那个能够最广泛地解决人类社会所面临的最迫切问题的阶级的立场上,又能从具体到概括,强调发展的因素。"③这种说法绝对不同于加洛蒂硬加给今天的马克思主义美学的那种东西。

真正马克思主义的创造性的美学从来不认为艺术就是**模拟自然**对艺术的这种看法,众所周知,是依据古代传统而加以发挥的。在三百来年前的布瓦洛的名著《诗的艺术》里就可以发现这一论点。它同马克思主义和马克思主义美学毫无共同之处,正像对艺术的功利主义态度同马克思主义美学毫无共同之处一样。在马克思主义看来,艺术乃是意识形态的特殊种类,人类活动的特殊形式。

加洛蒂挺身反对那种把艺术看作是模拟自然的论点,但他却认为自己是在同斯大林个人迷信思想对马克思主义美学所做的教条主义歪曲做斗争。他想错了。个人迷信思想的特征是"稍稍提高现实",并把应有的东西描写成实在的东西,主张缓和或忽视生活中现实的、真正的冲突和矛盾;这种观点,即臭名昭彰的"无冲突论"、主观主义与唯意志论——才是个人迷信所强加给艺术的东西。哪有什么"模拟自然"呢。

加洛蒂只消稍微用心地阅读一下我国近年出版的苏联文艺学家、美学家和批评家的论著,就会在其中发现对教条主义和修正主义歪曲

---

① 加洛蒂:《费歇尔和关于马克思主义美学的辩论》。——原注
② 布莱希特:《论戏剧》,第55页。——原注
③ 同上书,第60页。——原注

马克思主义美学所做的严正批判,以及对现实主义方法问题所做的创造性的深入的研究。到那时,他关于个人迷信思想对艺术和艺术理论的影响的批判也将更为准确而不至于这么想当然了。

在断言艺术并不承担认识作用时,加洛蒂自认为是在动摇并推翻卢卡契思想的基础,推动马克思主义美学前进。在这点上他也错了。

真正的马克思主义美学,任何时候、任何地方也没有把艺术**仅仅**看作是**认识的形式**。对马克思主义美学说来,艺术是审美与认识的牢不可分的统一,不能从这种统一中抽掉认识或审美,不能使二者彼此分离,或者相互对立。

卢卡契之所以必须批判,并不是由于他承认艺术能够认识世界的能力,而是因为他低估革命的、改造世界的艺术的作用和意义,他应该受到批判的是因为他对现代这一时代特征的不正确的说明,是因为他认为的在成熟的资本主义条件下艺术绝对衰落的理论,以及他对艺术看法的机械论的错误等许多别的事情。但是加洛蒂文章中所包含的对他的观点的那种批判却没有击中目标。

加洛蒂否定艺术的认识功能,认为艺术的任务在于表现"人存在于世界",这实质上是一笔勾销了整个现实主义传统。如果从《论无边的现实主义》中所提出的艺术的这种定义出发,那么吉赛尔布莱希特怀疑艺术的思想性概念的论断的奇怪逻辑就可以一目了然了。吉赛尔布莱希特武断地说:"……如果像十九世纪俄国民主派批评家那样,说艺术是'形象的思维',那你是得不到远大成就的。"①当然,应该反对那种可能有的、轻视艺术特征的做法。然而,假如说从**形象**上抽掉**思想**就会不得不承认完全有权利用没有思想的形象,包括抽象的形象,那么,从**这种**论调看来,俄国革命民主主义者的观点的力量和生命力就是特别明显的了。

为了有利于自己的理论,加洛蒂歪曲了世界艺术史,并且努力证

---

① 吉赛尔布莱希特:《为马克思主义的批评而提的几点建议》。——原注

明,在二十世纪之前,当艺术里仿佛是产生了先锋派的"变革"的时候,现实主义艺术探求的基本目的是"幻觉论"①,也就是用艺术对现实外貌作极其充分的、能够造成确实性的幻觉的再现。在绘画中这种追求幻觉论的结果,出现了彩色照相术,在文学中,则创做出了以极其具体、毫不走样的形式来描写生活的作品。在这方面很典型的是巴尔扎克的现实主义以及所有继承十九世纪传统的艺术作品。至于说到加洛蒂比之于哥白尼在宇宙观念上的所做的变革、艺术中先锋派的"变革",他把这种"变革"同立体派艺术家的名字,首先是绘画中的毕加索与文学中的弗朗兹·卡夫卡的名字牵扯一起。依加洛蒂的想法,这些艺术家使艺术革新,因为他们抛弃了"幻觉论",并且在那六百年间为整个艺术所盲目崇拜,而至今已被推翻的偶像的位置上建立起关于创作的新观念,这种创作"并不在于再现存在着的世界,自然的世界,而是创造新的世界,纯粹是人的宇宙"②。创造"新宇宙"的建筑材料应该不是客观的现实,而是人的内心追求。艺术作品被看作客观现实界的"模型"③。

结果是,文学所要做的不是研究生活,研究环境与人的关系,不是对现代社会及其冲突、矛盾与前景作社会的分析——文学应该创造的

---

① "幻觉论"是一种反科学的主观唯心主义的观点,它认为物质世界仅仅是外貌和幻觉。
② 加洛蒂:《论无边的现实主义》,第41页。
③ 这是加洛蒂这本书中用语含糊不清的典型例子。把艺术作品比作模型是什么意思呢?是说艺术家在创造模仿现实的准确**副本**吗?因为在制造模型的方法中包含有对物体或过程的准确副本的创造,以求依这些副本来研究被当作模型的客体的实际行为。抑或是说遵循**相似论**,相似论的任务包括发现利用经验成果的可能性,这些成果是通过某种客体,或其他以其物理属性与几何属性而有别于这种客体的,或者甚至是另具一种物理本性的客体而获得的。加洛蒂借口说,"模型"这一术语用在控制论的词义上,这也不能使他摆脱窘境。大家知道,在控制论中运用的不仅是一种,而是许多种制造模型的方法——例如直观的形象的;标志的,使模型归结为假定的标志的体系;数学的,给予这种那种过程或现象以数学的描写,等等。这些制造模型的方法又分为亚种,因而要捉摸加洛蒂在自己书中谈到的究竟是什么——真是难乎其难。

关于把"模型"这一概念运用于艺术作品的问题,需要仔细研究,不仅要考虑到制造模型的认识论问题,而且要考虑到艺术特征与艺术反映现实的特征。这是一个专题,在这里研究它,既不是时候也不是地方。——原注

是这样的一个新世界，它之于我们就像神话之于现实一样。所有这些轻视真正艺术发展史的论断，却冒充为一种应该用以"革新"现实主义美学、规定现实主义艺术发展道路的理论。可是这种理论离开了批判现实主义以及社会主义现实主义的真正实践，对于现实主义的存在干脆讳而不谈。

  在臭名昭著的"幻觉论"与现实主义之间没有任何共同的东西，因为"幻觉论"这一概念不能掩盖现实主义的概念，也不能包括它。不言自喻，幻想成分也进入现实主义，正像它一般地进入任何力求利用现实界材料以再现现实的艺术一样，但是现实主义并不是模拟现实，而**是概括现实**，这一点乃是它原则性上不同于"幻觉论"艺术对待描写客体的态度。现实主义在拉伯雷的雷鸣般的大笑中确立，受塞万提斯的机智的讥讽的熏陶，为莎士比亚悲剧的严烈的太阳所照耀，还得到那些伟大的艺术家的培育，这些艺术家放手从生活洪流中吸取自己创作的材料，他们关心的主要是让自己创作带给人们以当代的真理、当代的智慧、当代的希望和痛苦，而不是使自己的创作在所有细节上同日常生活肖似，成为貌似生活的东西。

  在绘画里，大师们也并不追求把自己的作品成为周围事物的摹写。马萨卓在画中就已具有运动、体积与空间，而乌切洛则已具有远近表现法。至于像鲁勃辽夫、丢勒、米开朗琪罗、马蒂斯·格吕奈瓦德[①]、拉斐尔、苏巴尔兰[②]、伦勃朗等巨匠，他们在创造自己的作品时，是很少关心"幻觉论"的。大家知道，例如，可尊敬的阿姆斯特丹市民甚至起诉伦勃朗，因为他可以说是轻视幻觉论的，他在《夜巡》里允许自己这样做，在许多别的画里也是这样。对于文艺复兴时代的大画家说来，最主要的是形象真实，生活概括正确，他们所描写的那个世界的面貌正确。现实主义艺术在其以后发展的各时期中，对它说来最重要

[①] 马蒂斯·格吕奈瓦德(约1455—1528)，真名是马蒂斯·尼塔尔特，德国文艺复兴时期名画家。

[②] 弗兰西斯柯德·苏巴尔兰(1598—1660)，西班牙文艺复兴时期名画家。

的是概括的真实,而不是具有"幻觉的"确实性。追求后者的是自然主义,它把幻觉论作为自己的信仰,同样的,不管人们觉得怎样怪诞,现代的颓废派,力求借用不同的技术手法——"自动的行文",没有节制的内心独白等等——照相似的再现拘囿于自己个人生活之中的、孤独的个性的心灵的混乱和不协调。

有这样的一种观点——它在这次现实主义讨论中也间或出现——说自然主义并不像马克思主义美学所认为的那样糟糕。在艺术实践中它可以成为走向现实主义的一种阶梯。这是严重的、可悲的错误,是由于不了解作为创作方法的现实主义的本质使然的。要知道现实主义创作方法的最重要特点之一是善于观察并表达生活的运动和历史的运动。发展的观念是现实主义所固有的。而自然主义所持有的却是极端的实证主义的对世界的静止不变的看法,盲目拘泥于直接反映周围事物。因此,幻觉论是自然主义美学而不是现实主义美学的首要原则。然而,与"幻觉论"这一概念相对立的"形象真实"与"概括正确"等概念包含什么内容呢?

为了充实"无边的现实主义"理论,加洛蒂提出了"抽象现实主义"的概念,他以此论证说在现代艺术中占统治地位的应该是这样的一种描写方法,它不从生活素材出发,而从艺术家的幻想材料出发,这种幻想是离开生活的,而它的产物却被认为比现实的确实性更为确实。在绘画中,这意味着遵循毕加索的传统,甚至是他创作的最抽象的、危机的各时期的传统,在文学中则是遵循卡夫卡的传统,他们的传统必然会导向创造神话作品,这些作品是按照自己内在的逻辑把不受生活与现实的材料订正的、艺术家的幻想的产物组合而成的。不管怎样奇怪,加洛蒂竟想用列宁的一段有名的见解来支持这种为艺术中的主观主义所做的辩解。列宁在《哲学笔记》中写道:"当思维从具体的东西上升到抽象的东西时,它不是离开——如果它是正确的(**注意**)(而康德和所有的哲学家都在谈论正确的思维)——真理,而是接近真理。物质的抽象,自然规律的抽象,价值的抽象及其他,等等,一句话,那一切科学的(正确的、郑重的、不是荒唐的)抽象,都更深刻、更正确、更完全地反映着自然。从生动的直观到抽象的思维,并从抽象的思维到实践,这就是认识真理、认识客观实在的辩证的途径。"①列宁这段叙述反映论基本原则的见解,对于了解艺术有重要的意义,它显然被加洛蒂作了极其片面的解释。

就是法国的同行们,例如缪里,就已指出加洛蒂的见解的不彻底性。"既然加洛蒂否定艺术与认识的同一性,他所援引列宁的话——也不过是类似的东西,因而是不足为证的。"②——缪里公正地指出。加洛蒂反驳那种莫须有的、仿佛是马克思主义美学思想所持有的美学与认识论的混淆,否认艺术的认识作用,并进一步肯定现实主义的形式可以是那种极少以外部世界为依据的"主观抽象概念",可是,为了论证自己的理论,他仍然不得不求助于认识的过程,求助于反映论,并在其中为自己立足不稳的论调寻求支持。这也有其自身的规律性,因为同外部世界断绝联系的"主观抽象概念"的语言,归根结底要转变为某种干瘪的、没有生气的东西,变成一种不能再现与表达具体可感的、物质的、有血有肉的生活的美及其个性特色和丰富性的密码或暗号,因为没有丝毫认识(或者认识得极少)就丝毫也不能向别人转述什么。"主观抽象概念"的艺术同现实主义毫无共同之处,因为现实主义方法的主要特点——社会分析的能力,这仍然是认识、研究世界,研究社会和人的能力,对"主观抽象概念"的艺术说来是格格不入的。

当然,在现实主义的形象与现实主义的概括中也有某种抽象的从具体事物抽象出来的成分,也有假定性(因为形象首先是譬喻),因为没有抽象就没有概括。但是这种抽象之所以需要,只是为了在具体感性的、富于感情的、保留有自己的普遍重要意义的形象上揭示那些所以使每一个现象同另一个现象组成一体并使它们全体变成确实的生活画面的客观因果联系。

---

① 《列宁全集》,人民出版社,第38卷,第181页。
② 《新法兰西周报》,1964年1月29日至2月4日。——原注

对于现实主义艺术最有特征的是概括现实界材料的方法的多样性——或者以保留现实界的原来面貌的形式,或者以能够传达现实界的含义、实质和内容的假定性的形式。换句话说,马雅可夫斯基、布莱希特和肖洛霍夫的风格同样是现实主义所固有的,正像斯威夫特、果戈理、谢德林的风格在当时并不同菲尔丁、巴尔扎克、托尔斯泰的风格相矛盾一样。艺术上的假定性、形象的现实主义的集中、怪诞、夸张、幻想形象——正像再现实际生活面貌的具体生动的描绘一样,都是现实主义手法的合法手段。这就是说,在确定作品的现实主义性质时,光是考察它的纯粹艺术方面的特点是不够的。为了能更充分地了解真正的现实主义描写方法与非现实主义的方法,例如"主观抽象概念"的艺术语言所特有的描写方法之间的区别,应该回到刚才引用过的列宁的见解,那里强调指出,达到真理的基础是思维的**正确性**。而在《哲学笔记》的另一地方列宁指出:"智慧(人的)对待个别事物,对个别事物的摹写(＝概念),不是简单的、直接的、照镜子那样死板的动作,而是复杂的、二重化的、曲折的、有可能使幻想脱离生活的活动;不仅如此,它还有可能使抽象的概念、观念向幻想(最后＝神)转变(而且是不知不觉的、人们意识不到的转变)。"①对比这两段见解,可以做出完全适合于艺术的重要结论。当艺术思维是**正确的**,它能够揭示生活的规律性,接近于了解这些规律性,同样地还了解人的关系,从而也认识生活,认识现实的时候,艺术家的幻想就不会远离现实,不至于模糊和歪曲现实,并且正像艺术思维的其他方面一样,能够有助于阐明事物实质、人的心理与社会关系等等的隐秘含义。在这种情况下,我们所面对的是现实主义艺术,这种艺术因为社会分析所以能够以生活本身来校正艺术上的描写。而当幻想由于艺术思维的**不正确性**以及艺术思维脱离生活的时候,便会导致生活面貌的变形,这种变形与生活描写的**假定**性质是不同的,于是就产生了非现实主义的艺术思维。的

---

① 《列宁全集》,人民出版社,第38卷,第421页。

确,现实主义艺术也有改变现实面貌的,这里可以用果戈理(例如《涅瓦大街》)或狄更斯的某些形象为例。但是使生活变形是有一定限度的,超出它就不再是现实主义地再现现实的手法了,例如布拉克①或萨尔瓦多·达利②的画就是这样。

为了避免可能的误会与错误的解释,必须指出,当谈到艺术思维的正确性时,应该考虑到艺术作品的各种成分的总和,考虑到它的各个方面,而不仅考虑它的抽象逻辑的概念的方面,因为艺术作品是完整的活生生的有机体。因此,对于艺术,只能说艺术思维的也就是形象思维的正确性。

十分明显,对于那种说什么应该用某种神话使现实主义丰富化的理论,也应该采取完全批判的态度;要知道,这种理论,除了美学的见解与论点含糊不清外,再也没有包含别的东西。依据这种理论,弗朗兹·卡夫卡的创作被加洛蒂说成是神话性质的,其理由是,这位作家以极度的表现力与巨大的动人力量描写了日常生活的细节及其具体内容,描写了他的人物出现于其中的悲惨境况,他摆脱了现实世界,在自己作品中创造了一个与现实世界不完全相似的特殊世界。"卡夫卡像所有伟大的神话创造者一样,在形象和象征中看到并建立起世界,领会并表现各事物间的协调一致,把经验、幻想、虚构甚至魔术融合为一个不可分的整体,并且在这个超印象与附加的含义里对我们每一个人复活了日常事物的面貌,潜在的梦幻,哲学与宗教的思想以及要超出这一切事物范围的意向。"③

对于自己所描写的种种事件或状况的物质的、具体历史的基础,卡夫卡是不加考虑的,他作品中的人物存在于离奇的、梦幻似的世界并在其中活动着,这种世界被作家看作是客观现实,看作是人物的不自然境况或离奇状况的自然条件。这种描写方法之所以在卡夫卡那

---

① 布拉克(1882—1963),法国野兽派画家。
② 萨尔瓦多·达利(1904—1989),西班牙超现实主义画家。
③ 加洛蒂:《论无边的现实主义》,第232页。——原注

里产生,是由于他不善于而且无法揭示人——本世纪初资本主义社会的儿子——处于其中的悲剧情况所以产生的原因。在他这种从艺术上观察世界的方法的背后,隐藏着没有被认识而且他也无法认识的现实。

主张用神话创作使现实主义丰富的理论,对现实主义说来是个有破坏性的理论,因为它允许艺术家不使用通过他的思想感情的生活材料,而以他的同生活没有联系的幻想的产物作为艺术作品的基础,从而使艺术家不去研究现实、了解现实的秘密并揭示现实的发展道路。这种理论使艺术作品失去了历史的具体性,并且"取消了"艺术家思维的历史主义,因为它允许艺术家利用既超时间又超社会的形象。当然,艺术家可以做这一切,但这样一来,他的作品将会极其贫乏化,要知道,满足当代精神需要的艺术创作,永远是具有真正的生活感、历史感并能表现历史的特点及其运动的。

这里考察了这次讨论现实主义的过程中提出的、某些依我们的观点来看大可争论的论点。正像我们所认为的那样,它们没有推动现实主义的理论前进,而是使它陷于混乱。但是需要特别坚决加以驳斥的,是讨论中提出的关于统一的马克思主义美学不可能存在的论题。作为观点体系的马克思主义的一个部分,马克思主义美学依据马克思主义并从中抽出共同的、对所有马克思主义者都是统一的原则。正像不可能有不同的马克思主义一样(因为马克思主义是统一的、完整的学说),也不可能有不同的马克思主义美学。肯定另一种东西,就意味着陷入多元论的观点,这与真正活生生的、创造性的马克思主义相差十万八千里。

我们很好地了解并认清,现实主义是一种极其活跃的、蓬勃发展的创作方法,它同任何美学上的保守主义是格格不入的。然而它的发展任何时候也不会靠现实主义艺术拒绝认识世界而实现,因为现实主义艺术认识了真正的现实,并且促使它变化。

胡越 译

译者按：本文原载苏联《外国文学》1965年第1期。后来《外国文学》1965年第4期刊登了加洛蒂的答辩《论现实主义及其边界》一文，该刊同时又发表编辑部按语，表示希望通过讨论来阐明和克服观点上的分歧。

作者苏契科夫(1917—   )，苏联语文学博士，文艺批评家，1968年起为苏联科学院通讯院士。

再版后记

罗杰·加洛蒂的名著《论无边的现实主义》的中译本，一九八六年六月由上海文艺出版社出版。同年十二月，我赴巴黎高等社会科学研究院进修，一到巴黎就在十二月二十日拜访了他。我曾就这次访问的详细情况写了一篇文章：《堂吉诃德式的斗士——访法国理论家罗杰·加洛蒂》，发表在一九八八年三月十九日的《文艺报》上，后来收入了我的文集《远眺巴黎》。

当时我国尚未参加《伯尔尼公约》，我也没有关于版权的概念，所以我向他表示的歉意，只是由于我国的十年动乱等原因，他的这部重要著作在出版二十多年后才被译成中文。加洛蒂对版权当然十分熟悉，因为仅仅《论无边的现实主义》在出版后就很快被译成了十二种文字。但是他看到我送给他的中译本时非常高兴，不但对版权问题只字不提，反而把他的《向活着的人呼吁》(1979)、《人类的话》(1980)和《二十世纪的自传——罗杰·加洛蒂的哲学遗嘱》(1985)等著作送给我，鼓励我把它们译成中文。可见他看重的不是经济收入而是他的著作的影响，他首先想到的是读者："现在中国也出了我的书，中国有十亿人口，读者一定会更多。"

虽然蒙他亲口授权我翻译他的著作，然而由于国内出版界变化等种种原因，我回国后未能继续翻译他的作品，所以觉得于心有愧。不料过了几年，他又给我寄来他刚出版的回忆录：《我在本世纪的孤独历程》(1989)，并且在扉页上亲笔题词："赠吴岳添先生，兄弟般的罗杰·加洛蒂"。我在感动之余，想到他年近八旬还把我这个普通的中国人记在心里，似乎在问我"您为什么还没有把我的书译出来？"的时候，心中更觉惶恐无比。不知在他的有生之年，我还能不能给他一个满意的答复？唯一可以聊以自慰的是，他的《论无边的现实主义》出版后不久，就由上海文艺出版社在一九八八年六月再版了一万册，后来又由天津的百花文艺出版社两次再版，说明这部著作在我国很受读者的欢迎，我想加洛蒂知道了也一定会很高兴的吧！

吴岳添

2008 年 6 月 20 日